急症室的福爾摩斯II
守護生命的故事

（增訂版）

鍾浩然　著

商務印書館

急症室的福爾摩斯 II —— 守護生命的故事（增訂版）

作　　者：鍾浩然

責任編輯：蔡柷音

封面設計：楊愛文　趙穎珊

出　　版：商務印書館 (香港) 有限公司

　　　　　香港筲箕灣耀興道 3 號東匯廣場 8 樓

　　　　　http://www.commercialpress.com.hk

發　　行：香港聯合書刊物流有限公司

　　　　　香港新界大埔汀麗路 36 號中華商務印刷大廈 3 字樓

印　　刷：美雅印刷製本有限公司

　　　　　九龍觀塘榮業街 6 號海濱工業大廈 4 樓 A

版　　次：2018 年 7 月第 2 版第 2 次印刷

　　　　　© 2016 商務印書館 (香港) 有限公司

　　　　　ISBN 978 962 07 3447 2

　　　　　Printed in Hong Kong

序　　港產福爾摩斯

　　手執這本《急症室的福爾摩斯》續集，心想，看你還能寫出甚麼新花樣？

　　各位不要誤會，我不是來踩場的，只是這位人稱福爾摩斯的鍾浩然醫生太讓人期待了。

　　醫生為文，大都有濃得化不開的知識和分析，名詞術語一大堆，讀之驚心。鍾兄深知此弊，鍾愛閱讀的他於是用多變的文藝手法推陳出新，務求寫出新氣象。他以幽默、精準的人物對話，結合細緻的氣氛營造，於焉呈現鮮明的角色和跌宕的情節。時而橫眉冷對，如〈雙城記〉的文句結構；時而英雄有淚，如獨誦一首抒情的小詩。偶有不太明白的術語，但不打緊，我們仍然會被牽進文字的節奏，與妙筆生花的作者一起呼氣、吸氣。

　　看這本續集的目錄結構，如他所説，竟是小説形式，"小説的目的是透過虛構的內容反映現實。"説是虛構，我們才不相信呢！我倒更喜歡以幽默視之。我們看到的醫生，一板一眼，多有定制，惟鍾兄一直別出心裁，抗拒重複。好吧，這次是小説，看看下次你又給我們甚麼新樣式？

　　聽一些醫生朋友説，醫學界有所謂月球族（一個月賺一球，即一百萬），甚至星球族（一星期賺一球），對於我這個月光族的人來説，鍾兄貴為名醫，自然錢途無限，何苦還留在吃力不討好的急症室？當其他的醫生都把時間留給家庭、事業或休息的時候，他卻選擇在疲累之時奮筆疾書，記下一個個"虛構"而感情真摯的故事，所為何事？

他大概也曾問過自己同樣的問題，不管有沒有知音，他自勵説："我冒險另闢蹊徑，冀望開創一種融會真實知識和文藝味道的醫學寫作新風格，既能滿足讀者增長知識、享受閱讀樂趣的要求，又能凸顯醫生崇尚理性、工作實事求是的專業態度。"全書重心，幾句話説得明明白白，氣勢磅礴，任何堤壩都阻擋不了，也不應阻。既已在正確的航道，鍾兄，請允許我們順水推舟，像拍一拍膊頭，告訴你其實你早就超額完成。世上有痛，需要醫生；人生有苦，需要作家。醫生治病，作家治心，鍾兄實兼二者而優為之。

病人遇見他，知其為福爾摩斯，不待妙手回春，妙文早讓病人信心大增，病即半癒。君不見他的《急症室的福爾摩斯》一版再版，其後主編的《生命邊緣的守護者》更成為 2015 年商務印書館出版的最暢銷書籍，我相信這本續集一定能得到更多讀者的關注。我甚至相信，土生土長，由香港栽培成才的港產福爾摩斯，倘能委以更有影響力的重任，他一定能對社會作出更大的貢獻。

認識鍾兄，始終有一種極為老套的感覺 —— 榮幸之至。認識之後，我比從前更果斷、更有正義感，尤其重要的是，更樂觀，更有自信，更有能量。我相信，他的每一個讀者，或多或少，亦會暗

暗受其為人和文字的影響，得以更明白生命、尊重、關愛、珍惜、
同理心、守望相助……

顏加興

鍾浩然醫生的好友、讀者
本地作家，筆名蒲葦
聖保羅書院中文科科主任

目 錄

第一章　自圓其説的病歷

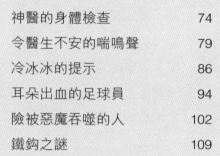

福爾摩斯的話

這是一本小說，書中情節全為本人的思想產物。如有雷同，實屬巧合。

不過，聰明的讀者應該知道，小說的目的皆是透過這樣的內容反映現實。

現實是，你是否願意接受，是否願意跟隨福爾摩斯，在醫院的急症室尋根究底？

福爾摩斯

Sherlock Holmes

引子　　守護生命的故事

2014 年 5 月中的一天正午，一名 40 歲的女病人以頭痛和嘔吐兩個月為由，由某診所轉介往醫院的專科診所檢查。專科診所的負責人接獲病人親自遞交的轉介信後，覺得病情嚴重，在仍未接觸病人的情況下便把她立刻轉介往急症室，並要求把病人收進病房作腦部電腦掃描（CT brain）檢查。

病人在急症室登記後，被分流為第三類"半緊急"級別。由於那天等候的病人不多，我在 15 分鐘之內就看上了她。病人見到我後，立即興高采烈地說："你不就是電視節目《守護生命的故事》裏那個醫生嗎？！這下我可放心了。"言談之間，早把自己患病的事拋到九霄雲外，似乎已好了一大半。

我為她詳細地詢問了病歷和做了檢查，原來有高血壓（Hypertension, HT）病史的她，一年前被該診所的醫生停發了降血壓藥。頭痛其實在半年前開始，越發嚴重，並偶爾伴有嘔吐的病徵。身體檢查結果除了血壓為 170/119mmHg 較高外，其餘一切正常。問診完畢後我安慰她說，她根本沒有任何急性或嚴重的情況，不需電腦掃描檢查，更不需住院，只需重新依時服用降血壓藥，把血壓逐步穩定下來就行了。只礙於其他科的顧問醫生白紙黑字地寫下住院的建議，我唯有把她收進內科病房觀察血壓趨勢，以決定所需藥物的劑量，並把判斷寫在入院病歷之上。

病房的醫生最終還是為她作了腦部電腦掃描檢查，結果一如所料地正常。病人隔天即獲處方降血壓藥回家。

　　像她這樣的病人我不是第一次遇上，只是從未見過如此雀躍歡欣的而已。何以素未謀面的人竟會每每給我受寵若驚的褒獎，一切得從一套電視節目說起。

急症室醫生的形象

　　2013 年 7 月中，我的第一本著作《急症室的福爾摩斯》出版，並在書展面世，當時正值某電視台籌備拍攝一個名為《守護生命的故事》的系列性健康資訊節目。11 月的某天，該節目的攝製隊編導在書店偶爾翻閱了《急症室的福爾摩斯》，深感書中的內容與節目的構想吻合，於是主動致電我工作的急症室，尋求合作。他邀請我在急症室現場實景拍攝一集節目，取名〈急症室醫生的一天〉，而我亦一口答應。於是，一個讓病人信任的急症科專科醫生形象，就得以在奇妙的緣分之下展現在觀眾眼前。

　　12 月底，在我當早班的一天，攝製隊一大清早就緊隨着我東奔西走，把我在當天朝八晚五共九小時的當值時間內看過的每一個病症，都差不多用攝影機真實地記錄下來。拍攝工作完結時，累得不可開交的攝製隊成員都驚嘆，何以我自始至終沒歇息過一秒，惟對不同類型的病症仍能敏捷地作出快速的反應和診斷。我沒有直接回答，心裏想，這不就是每位急症科醫生應有的能力嗎？

　　該集節目播出後獲得了空前的成功和廣泛的迴響。叨這節目的光，不時有市民致電或親自前往醫院的急症室，要求預約本人為他們或其親友診症。像上述那名女病人一樣，不少從未見過面的患者，在診症時若碰巧遇上我是主治醫生，都會不約而同地咧嘴而笑說："我以前看過你了！"常害得我要手足無措地在腦中寄存的眾多頭像中，快速搜索他們的檔案。在飽經誤會和尷尬後，不久我便學懂了。他們所說的不是現實中的我，而是指該節目裏"那個"急症室醫生的影像。

我是個頗有自知之明的人，對讚賞從不會盲目地沾沾自喜，但我嚮往知識和真理，對德國哲學家黑格爾（G.W.F. Hegel）那句名言"存在的就是合理的"深有同感。萬物背後，總有原因。我理解眾多萍水相逢的病人見到我時展現的那份喜悅，表象之下代表了市民對好醫生的熱切渴求。從這些市民的反饋中，我領略到這個世界很需要能讓病人信任的醫生。我最引以為榮的，就是透過該節目把眾多急症室醫生在繁忙工作中所體現的能力和精神面貌，原原本本

作者於健康資訊節目《守護生命的故事》中講述急症室的實際情況。

急症室現場實景拍攝。

地展露出來。不用多加額外的旁白和評語，觀眾已能對我們的水平有了客觀的認識，並對我們的努力給予公正的評價。電視裏那個守護生命的急症室醫生形象，正好符合了他們對好醫生的認知標準。

急症室每天都其門如市，忙碌緊張。

　　雖然反應良好，但畢竟〈急症室醫生的一天〉那一集播出時間短，只有區區 30 分鐘，而且拍攝當天沒有遇到真正危急的個案，所以電視熒光幕上那些扣人心弦的節奏和畫面，其實在表現醫療實況上是比較片面的，只能完美地顯示了製作隊在後期製作中鬼斧神工的剪接和配樂效果，卻難以完整地反映每天在急症室重複上演的拯救真相。

如實呈現拯救真相

　　在腦中揮之不去的遺憾在某一天竟然意外讓我得到啟迪，興起了以文字取代攝影機，以紙張作為熒光幕，重新製作一套《守護生命的故事》的靈感，希望能更全面準確地作為急症室眾多起死回生事跡的有力佐證。

　　要製作這樣的一個實錄，表面看來不是一件太艱難的工作，但細想之下，也絕非簡單的活兒。急症室處理的病症，五花八門，包羅萬有，涵蓋了內科（Medicine）、外科（Surgery）、兒科（Paediatrics）、婦科（Gynaecology）、產科（Obstetrics）、骨科

（Orthopaedics）、腦外科（Neurosurgery）、精神科（Psychiatry）和眼科（Ophthalmology）等臨床醫學科目。基本上醫學教科書上記錄過的疾病，在急症室都會看得到。醫學教科書上沒有記錄過的，在這兒也有機會遇上。急症室救治的病人，包括各色人等，當中有男有女，年齡跨度由剛誕下的嬰兒至百歲老人，嚴重程度由輕微到危殆，甚至剛抵達時早已氣絕身亡的也不少。面對這個複雜的戰場，如何選材，寫哪些故事，如何在一本書中展示出比攝影機更寫實的畫面，才能全面準確地反映急症室的實況，確非三言兩語就可以說得清楚，須得先動一番腦筋才能下筆。

出自醫生作家手筆的書籍，一般不是字正腔圓地講解各種疾病的原理和醫治方法，就是風花雪月般描述行醫時遇到的趣聞軼事。前者資訊性有餘而可讀性不足，後者則剛好相反。我不欲重複前人走過的舊路，寧願冒險另闢蹊徑，冀望開創一種融會真實知識和文藝味道的醫學寫作新風格，既能滿足讀者增長知識、享受閱讀樂趣的要求，又能凸顯醫生崇尚理性、工作實事求是的專業態度。

於是我再次想到了福爾摩斯。福爾摩斯是家傳戶曉的大偵探，是聰明、機敏、決斷和勇敢的化身。急症室醫生的工作性質其實和福爾摩斯極為相似，必須具備他所擁有的能力和特質，才可以在最危急的關頭挽回垂死病人的性命。我以此作為本書的構思主軸和人物藍本，借助福爾摩斯的鮮明形象套用在自己身上，站在醫生的第一身角度把觀眾帶到生死攸關的現場，以小說的筆觸解構急症室醫生在遇到不同類型的真實個案時，如何透過思考分析進行邏輯推理，如何運用簡單的方法為病人作出快速的臨床診斷，以及如何施行不同的治療手段搶救病人。

在這本書中，我對剖析診斷方法的描述着墨最深，因為診斷往往是急症處理中最困難的一部分，也最考究邏輯分析的工夫。只要作出了正確診斷，就可以順藤摸瓜地對症下藥，問題大多迎刃而解。然而，世事並不是永遠都那麼理想的。很多時候，病人被送到急症室時，無法親自向醫生講述病情。如何在沉重的壓力下，在完全沒有病歷資料的困境中，以最短的時間找出病因，就是對一名急症室醫生最大的考驗，也是顯示福爾摩斯卓越偵探頭腦的最好機會。

診斷三種

普遍而言，正確的診斷結果可以透過三種方法取得，分別是病歷查詢（History taking）、身體檢查（Physical examination）及檢測化驗（Investigation）。個人認為，病歷查詢是臨床診斷中最為重要的一環。還在大學求醫的年代時，不同的教授經常說，只要獲得一個完整詳細的病歷，根本毋須任何身體檢查和檢測化驗，已經可以對超過百分之七十的病症作出準確診斷，此番說話足以證明病歷查詢在診症中的重要性。但完整詳細的病歷並不是從天上掉下來的，需要醫生耐心細緻地從病人口中獲取資料，並以邏輯思維逐步拼湊出能夠合理解釋病人情況的完整畫面，這就要考驗醫生的病歷查詢工夫了。

餘下那些未能純粹憑藉病歷作出診斷的病症，身體檢查就成為第二種必要的診斷工具。有些時候，在身體檢查中會找到一些明顯的客觀跡象，足以作為診斷的重要線索。客觀的身體跡象對所有醫生都是開誠布公的，能否憑藉這些線索找到病因，就視乎醫生有否細緻的觀察力，從病人身上尋找得到這些跡象，以及能否推斷出它們背後所隱藏的意義。

若經過前兩個步驟仍未能揭開病因之謎，則必須依靠各類如血液化驗、尿液化驗、心電圖（ECG）、X-光、超聲波（Ultrasound）及電腦掃描（CT scan）等檢測化驗方法協助破案。當代急症室的檢測設施已頗為先進完備，為病人進行這些檢測化驗一點也不困難，醫生只要大筆一揮就能在數分鐘內完成，但如何詮釋結果就是另一回事。要把一堆冷冰冰的化驗數字和圖像正確地轉化為診斷結果，也是對醫生的知識水平和思考能力的一大考驗。

急症室醫生在面對不同的病症時，就是透過熟練地運用這三種診斷方法，在有限的診症時間內追查疾病元兇的。

找到病因以後，自然就要對症下藥。但在急症室裏形形色色的病人和千奇百怪的個案之中，並非依靠正統的醫學方式就能全部治癒的。當遇到某些獨特的處境時，主治醫生須得靈活變通，甚至敢於作出一些出格的決定，才能幫助病人解決特殊的切身問題。

在這本書緊接着的 28 宗個案中，我嘗試身兼多職，既當監製，又是編導，也任攝影師，更模仿福爾摩斯飾演主角人物，務求把讀者帶進急症室忙碌緊張的逼真場景，體驗一下現實中急症室的福爾摩斯如何守護生命的故事。

第一章

自圓其說的病歷

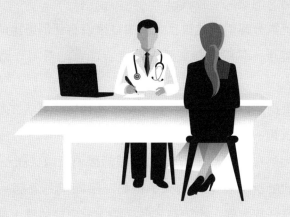

衣櫃裏的殺手

"我近來沒有接觸過樟腦或臭丸呀！"年青女教師以不及剛才一半堅決的語氣向我表白。

她數分鐘前還信誓旦旦地說從來沒有任何嚴重的疾病，被我查出破綻後，又瞪着鑲在蒼白面孔上微黃的雙眼，滿腹狐疑地嚷了起來。

受過之前的教訓，我對她剛才那句話的可信性難免打了一個很大的折扣。

大約在十年前，27 歲的女教師因為暈眩（Dizziness）和心悸（Palpitation）持續了兩天，在男友陪同下到急症室求診。她自稱從沒有任何大病，也沒有其他病徵。分流站的護士為她作了簡單的鑒別，得到以下的一組生理數據。

血壓	103 / 63 mmHg
脈搏頻率	每分鐘 108 次
體溫	37.2 攝氏度
意識水平	完全清醒

成年人心跳頻率的正常值，介乎每分鐘 60 至 100 次之間。她

除了心跳頻率略快外，其餘的維生指標一律正常。

　　不論暈眩還是心悸，都是急症室常見的病徵，同時也是醫生們不太願意處理的病症。這兩個病徵之所以常見，是因為兩者都不是一些具體明確的徵狀，潛在的病因極多，可以由源自不同器官、不同系統的疾病所引起。以這名年輕病人為例，只需約略盤算一下，就可以列出涉及心血管系統（Cardiovascular system）、中樞神經系統（Central nervous system）、呼吸系統（Respiratory system）、新陳代謝系統（Metabolic system）、內分泌系統（Endocrine system）、血液系統（Haematological system）、傳染病、婦產科病、心理病、中毒等等致病的原因，而且每個系統裏面可以再羅列出無數的可能性。要在成千上萬個可能性中毫不含糊地找出那個唯一的正確答案，就必須花上一番苦工和時間。對於平常被各種工作壓得透不過氣的急症室醫生而言，比必須花上一番苦工和時間更殘酷的是，辛勞過後，最終往往仍是找不到病因，以致付出與收穫難以建立對等的關係。這就是醫生們不太願意處理暈眩和心悸這兩種病徵的主要原因。

異常入微的觀察

　　病人獨自一人推開診療室的門，把同行的男友關在外面。外貌娟秀的女老師梳着一頭及肩的黑色長髮，髮絲繞到輪廓線條格外靈巧細膩的耳朵背後，嫻靜地垂掛在嬌小的臉頰兩側，默默散發着勤於翻卷的人獨有的幽香。一身淺灰色的辦公室套裝恰如其分，不帶半點浮誇和妖嬈，絲毫沒有試圖逾越老師端莊儒雅的界線。這位五官細節都別致得無法挑剔的女子，若非在眉目之間不經意地鎖上一縷愁絲，真無法讓人把她與病人的稱謂扯上任何關係。

　　我必須在全書的第一個故事就刻意聲明，我對這名女性病人的細緻觀察，確實超出了一名男士對異性的正常反應，但此舉動僅止於診症時對每一位病人的例行做法而已。這種觀察遠在病人開口說出第一句話之前就在悄然進行，而且往往早於病人察覺之先就讓我收集到不少有用的資料。

　　女教師關上門甫坐下，我瞥了一下如抹上最名貴化妝品一般潔白的臉龐，就趕在那白色影像從眼睛傳送到大腦皮層之前，找到了第一條破案的線索，心中也頓時冒起了病症的初步答案。我不禁暗自慶幸，儘管今天不太走運，又碰上暈眩和心悸，但這次應該不難追蹤到病因。

詳盡的病歷

　　作過簡單的自我介紹後，我就開始一邊跟她談起病情，一邊用墨水筆以醫生中少見的俊秀字體，在病歷表上寫下她的人生故事。她從我右手在紙上勾勒出的完美線條，不難看出大家都是熱愛書本和文字的人，不安的神情也漸漸踏實下來。

　　大約四、五分鐘後，病歷表已被深黑色墨水的筆跡填滿了一大片。

病　歷

既往病史（Past medical history）：

健康狀況良好，不吸煙，不喝酒。

主訴（Chief complaint）：

暈眩和心悸兩至三天。

現在病史（History of present illness）：

- 兩至三天前開始突然出現暈眩、心悸、全身乏力（Malaise）的徵狀。
- 運動耐量（Exercise tolerance）明顯下降。
- 沒有胸痛、呼吸困難和踝部水腫等心血管系統疾病的病徵。
- 沒有咳嗽、發燒、呼吸困難、咯血（Haemoptysis）等呼吸系統疾病的病徵。
- 沒有腹痛、嘔吐、腹瀉、排黑色大便（Melena）等消化系統疾病的徵狀。
- 泌尿系統和神經系統徵狀並不明顯。

……

藥物史（Drug history）：

無

旅行史（Travel history）：

近來一直留在香港。

月經史（Menstrual history）：

- 定期而且準時，流量正常，一般約持續 4 天。
- 上次月經在 4 天前完結。

過敏史（Allergy history）：

無

在查問完一個比較完整的病歷後，我緊接着為她完成了詳細的身體檢查。除了蒼白（Pallor）的面色、疲倦的神情和心跳頻率較快以外，她的整體狀況還可以，其他的檢查結果全都看不到有任何異樣。

早在進行病歷查詢和身體檢查之前，單憑她比舞台上的演員粉飾得更為純潔美白的臉龐，我就料到她患上了貧血症（Anaemia）。從病歷查詢和身體檢查之中獲得的資料，與我的推測吻合得天衣無縫。暈眩、心悸、全身乏力、運動耐量下降、膚色蒼白和心動過速（Tachycardia），皆是貧血的典型徵兆。下一步我要做的，就是運用一些在急症室裏用得上，既簡單又具針對性，而且可以在短時間內給出結果的檢測手段，以客觀的方式印證自己推想的真確性。

我隨即親自為她進行了簡單的臨床血液測試。兩、三分鐘之後，枱上的打印機發出機械式的叫聲，單調地列印出報告。結果顯示她的血紅素（Haemoglobin, Hb）只有 6.9g/dL，而成年女性的正常值介乎 11.5 至 15.5 g/dL 之間。

這個數值毫無異議地證實了我對病情作出的判斷，而我對這個比正常值銳減了一半的數字，一點兒也不感到驚訝。或許，一個正常的數字反過來倒會讓我吃驚，因為那代表了我的臨床診斷能力出現了連自己也無法容忍的偏差。

排除不可能的成因

身體一直健康的女性突然出現貧血，常見的原因不外乎是因月經血量過多（Menorrhagia）或腸胃出血而導致的缺鐵性貧血（Iron-deficiency anaemia）。在我之前的詳細問診之中，我已特別騰出額外的精力追查這兩種情況。然而，出乎我意料之外，她並沒有這兩方面的跡象。因月經血量過多或腸胃出血而導致缺鐵性貧血的假設，顯然不能成立。

導致貧血的原因成千上萬，大部分是由屬於內科範疇的病因所致，也可以由外科或婦產科的病症引起；既可是先天遺傳（Inherited）的，也可是後天得來（Acquired）的；既可是急性的（Acute），也可是慢性的（Chronic）；既可由良性的（Benign）疾病引起，也可由各類惡性的（Malignant）癌症造成。概括而言，這些林林總總的貧血成因，實在難以在缺乏詳細化驗報告的支持下，單憑臨床技巧作出診斷。正常來說，急症室醫生到了這個階段，可說是已盡了應有的責任，下一步只要把病人送進病房作進一步檢驗即可。

這樣處理雖說已負清了急症室醫生的責任，但依然會產生不少問題。現實中經常會出現這種危險，如果把一名屬於某個專科範疇的癌症病人錯誤地收進另一個專科病房，由於缺乏對自己專科範疇以外的診治經驗，病房醫生可能像急症室醫生一樣，無法找出引致貧血的根本原因。若果病房醫生誤把找到的一些小問題歸咎為導致貧血的主要原因，便有可能致使病人錯失接受治療的最佳時機，對患者造成難以承受的後果。

避免自己墮入這種陷阱，亦步亦趨地竭力接近真相，就是我一直鍥而不捨地追求最後答案的原動力。

「近來妳的小便是甚麼顏色的？」我那尋根究底的性格驅使我另闢蹊徑，像獵犬一般繼續在黑暗中四處尋找線索。

"最近兩、三天變成了茶褐色。"女老師有條不紊地牽動嘴唇，平和的臉上驀然翻起一陣雪白的浪花。

　　我的臉上隨即掠過一絲笑意，第一條問題就幸運地讓我嗅到了獵物的味道。剎那間，獵犬的雙眼在黑暗處閃耀着鋒利的光芒。茶褐色的小便（Tea-coloured urine）標示着病人患上溶血性貧血（Haemolytic anaemia）。

　　我本能地把身子從椅子中挺直，並傾前靠向老師的一方，右手迅速把她左眼的下眼皮翻下，又再把結膜（Conjunctiva）重新檢視了一次。由於這次知道她患有溶血性貧血，心中已有所準備，我隱約看見眼結膜泛起一抹微黃。黃疸（Jaundice）是茶褐色小便之外，溶血性貧血的另一個典型徵狀。我對剛才在身體檢查中忽視了這個徵狀，回想起來也並不過分責備自己。因為那着實不太明顯，錯過了也情有可原。或許，我在第二次檢查中加入了主觀的想像也說不定。

　　笑容只維持了嘴角向上牽起的那一、兩秒，我的面很快就回復了本來的棱角。雖然貧血的原因在數秒鐘之內已經大幅縮窄了範圍，但溶血性貧血的成因仍然成千上萬。同樣，既可是先天遺傳的，也可是後天得來的；既可是急性的，也可是慢性的……我只是在一所擁有無數房間的神秘大宅之內，找到了埋藏着寶藏的那個房間，但寶藏是埋藏在地板下、牆壁中，還是在天花板之上，甚至房間是否另有秘道或密室，我仍然一無所知。

逐步尋出病根

　　"妳有 G6PD 缺乏症（Glucose-6-Phosphate Dehydrogenase deficiency, G6PD deficiency，中文學名為 "葡萄糖六磷酸去氫酵素缺乏症"）的病史嗎？" 我試着先以一個較常見的病因碰一下運氣。

　　老師先是猶疑了一會，把鎖得緊緊的眉宇進一步擠成密不透風的堡壘。然後隨着雙眉之間的距離驟然拉開，她忍不住驚呼起來："有啊！只是從不曾病發，所以早忘了。"

　　重遇湮沒了近廿年的記憶，恍如隔世。

　　G6PD 缺乏症是其中一個較常引起溶血性貧血的原因。但此病症在正常狀況下不會引起溶血反應，患者也毫無病徵。只有在一些額外的誘發因素（Precipitating factor）介入後，才會導致病發。所以，接下來我要幹的活，就得證實溶血性貧血是否由 G6PD 缺乏症引起。若然是，又是由何種誘發因素所導致。

　　"那麼妳近來有接觸過樟腦或者臭丸嗎？" 我自信滿滿，差點按捺不住撲向獵物之前的激動。我得到的卻是故事開端的那個答案，就如一整桶的冷水從頭頂淋下來，一下子澆滅了滿腦子的希望。

　　我是個從不輕易認輸，不願向失敗低頭的人，何況這次我很有把握。接觸樟腦或臭丸，是誘發 G6PD 缺乏症患者出現溶血反應的其中一個最常見原因。我在剛才的病歷查詢過程中，幾乎已排除了其他所有的誘發因素。不論在機會率上還是在純粹的邏輯分析上，我的猜想都應該是最合理的解釋。於是稍微定過神後，我又厚起了臉皮向瞪着眼的老師請求："妳可以向在外面等候的男朋友確認一下嗎？"

老師點了點頭，便拖着疲憊的身軀轉了過去。她輕輕把門推開，趁着門再關起來之前走了出去。

數分鐘後倆口子一起回到了診症室，還未來得及坐穩在椅子上，她就向我報以尷尬的微笑，並開始迫不及待地向我表達歉意。如果要比拼尷尬的程度，站在她身後的男朋友面上的微笑，看來比她不遑多讓。

在講述前因後果的時候，她的臉上泛起了一抹難得一見的嫣紅，這比她的道歉更能讓我感到欣慰。

原來個多月前女老師搬到男友的新居。由於男友對她的 G6PD 缺乏症病史一無所知，在女方不知情下於衣櫃內放置了大量臭丸，試圖驅除新傢具的異味，卻因此意外地誘發了女方嚴重的溶血性貧血。

到此為止，我確信憑着這個迂迴曲折之下湊合而成的完整病歷，已經解開所有疑團。華特曼牌墨水筆的筆尖，不多久後就在病歷表上刻畫出堅定有力的弧線，於診斷結果一欄留下幾個英文字。

G6PD deficiency induced acute haemolytic anaemia

翻譯成中文，就是 G6PD 缺乏症誘發的急性溶血性貧血。

接着，深黑色的墨水在住院所屬專科的欄目，錯落有致地張羅出烙有強烈個人色彩的"內科"圖案。那個由我自己設計的圖案，表達了我對這個專科的理解，抒發了我對這個專科的冀盼。由心型

而遭受破壞，引發溶血性貧血。G6PD 缺乏症並非只由單一的基因變異引起，而是具有廣泛的異質性（Heterogeneity），存在不同方式的基因變異。每種基因變異都可以令到人體製造出不同結構和形狀的"葡萄糖六磷酸去氫酵素"，後者的抗氧化功能也因而受到不同程度的損害。直至現在為止，醫學研究共發現近 400 種不同的結構變異。

　　G6PD 的基因存在於 X 染色體的長臂之上，因此 G6PD 缺乏症是 X 染色體連鎖遺傳病，幾乎只影響男性，而由女性攜帶給下一代。統計數據顯示，約 4.4% 居住在中國南部的男性為此病患者。在正常情況下，患病的男性是完全不受影響的，過着和正常人一模一樣的生活，只有曝露在誘發因素之下，紅血球無法有效抵禦氧化損傷而遭到破壞，才會出現急性溶血反應，引致排茶褐色小便、黃疸、貧血等病徵，最嚴重的情況更會危及性命。常見的誘發因素包括服食蠶豆、奎寧（Quinine）和伯氨喹（Primaquine）等抗瘧疾藥物、磺胺類（Sulphonamide）及氯黴素（Chloramphenicol）等抗生素藥物、阿士匹靈（Aspirin）、川蓮和麻黃等中藥，以及接觸樟腦和臭丸等生活用品。所以每位患者都必須認識清楚這些風險，避免意外接觸。

　　帶有此病基因的女性通常一生都不會有任何病徵，只有在極罕見的情況下才會出現溶血反應。由於本港的教育水平較高，而且醫療資訊發達，由 G6PD 缺乏症在男性患者身上誘發的急性溶血性貧血已不多見，在女性身上的病例更是絕無僅有。時至今日，那名教師成為了我行醫生涯中逮到的唯一一個女獵物！

　　這個病例說明，當醫生跟當偵探在工作性質上其實並無二致。

過去多年的探案經驗，促使我一直堅守着一個信念。完整的病歷資料就是最具威力的武器，能讓我在急症室擊破不少兇惡的對手。只要肯動腦筋思考，努力不懈地搜證，不管面對多麼罕見的奇難雜症，即使缺乏先進的檢測儀器輔助，都可以憑籍一份詳盡的病歷資料破解懸案，最終擒獲躲藏在暗處的殺手。

病歷的重要

一個正常的病歷，主要由既往病史（Past medical history）、主訴（Chief complaint）、現在病史（History of present illness）、藥物史（Drug history）、旅行史（Travel history）及過敏史（Allergy history）幾個部分組成，每個部分在臨床診斷上都有其重要意義，不可或缺。

主訴就是病人是次求診的原因，通常以一個簡潔的句子表達。例如，斷斷續續地發燒了三天，或始於兩小時前的突發性腹痛等等。佔整過病歷最長篇幅的必定是現在病史，它詳述了與病患有關的所有細節。醫生主要是依據這個部分的資料，對病情作出分析及診斷。

如果求診者是一名女性，病歷中更要包含月經史（Menstrual history）、性行為史（Sexual history）及避孕方式等資料。不少藥物和檢測方法，如 X-光和電腦掃描等，對懷孕初期的胎兒或會構成危險。這些病歷資料就是要提醒醫生病人懷孕的可能性。若有懷疑，應先進行驗孕測試以作證實或排除，從而避免病人腹中胎兒遭受不必要的風險。

福爾摩斯的特質

　　當我在家中書房動筆寫下這篇文章的第一個字時，滿腦子依然被上午看過的電影《新福爾摩斯》（*Sherlock: The Abominable Bride*）裏的片段和情節佔據，以致這篇文章最後寫得好還是不好，我心裏着實不抱任何寄望。只知道日後如果真要找人算賬的話，我一定會把賬算到福爾摩斯的頭上。

　　電影中在百多年時空裏穿梭交錯的影像，既讓觀眾們沉醉於追隨大偵探的思想節奏，而獲得付出鈔票理應獲得的刺激和快感，同時又讓他們在複雜和混亂的推埋過程中，承受付出鈔票不應承受的挫折與失敗。完場後，無論觀眾是感到滿足還是沮喪，他始終貫徹着徹頭徹尾的福爾摩斯形象，永遠傲世孤高，永遠讓人難以猜透。不管凡夫俗子們可不可以跟得上他奇特的思考方法，也不理販夫走卒們能不能接受他古怪的行為模式，他都不屑一顧。

　　原因只有一個，他是有史以來最享負盛名的大偵探。

　　電影一開始，就忠於原著地以第一個故事《血字的研究》（*A Study in Scarlet*）裏的描述介紹主角出場，那情節深深地吸引住我的眼球，並劇烈地牽動着我身上的每一條神經。福爾摩斯在首次與華生醫生會面不到三、四秒，就能準確猜中他曾在阿富汗服過兵役，並曾於戰火中受傷。這段劇情馬上勾起我對八、九歲時首次閱讀福爾摩斯故事的美好回憶。像很多人一樣，我是個不折不扣的福爾摩斯迷，自小就愛上了這個偵探角色，也使我在不知好歹的成長階段中沾染了一些他的僻好，説不準也模仿了一些他的習性。

看不了多久，我就知道這套電影必定會比由羅拔唐尼及祖迪羅主演的那個系列好看。因為《新福爾摩斯》無論佈景、道具、服裝、人物造型和角色對白，都蘊含着更濃郁的英國風味，所以更貼近原著的本來面目。而且它並不像以前那個系列的兩套電影般，過分集中於賣弄電腦特技效果和標奇立異的拍攝手法，而是反璞歸真，運用出色編劇功力拼湊出合乎邏輯的偵探故事，以無懈可擊的推理情節把福爾摩斯的才華投射在銀幕之上，藉此贏取世界各地福爾摩斯忠實支持者的掌聲。

離奇曲折的死裏復活殺人事件，配合速度適中的節奏鋪排，誘使電影院裏大部分觀眾躍躍欲試，幻想早於大偵探一步破解懸案。平常我自詡擁有一個靈敏的腦袋，自然不可能錯過這次機會。最後我連做夢也想不到，自己竟然意外地成功了，一次又一次在福爾摩斯之前，破解了一道又一道的疑團：從死裏復活殺人的新娘不是單

福爾摩斯在倫敦貝克街 221 號 b 室的舊居。

倫敦地鐵貝克街站的月台牆上，鑲有拼湊成福爾摩斯頭像圖案的瓷磚。

獨一人，而是一個擁有共同目標的秘密組織；在富商妻子還未殺死其丈夫之前，就確定她是殺死富商的兇手；在福爾摩斯剛踏足秘密聚會的場所，就料到秘密組織的成員全是女性，身分全是別人的妻子，而且她們的共同目標是要向冷落她們的丈夫報復。

捕捉致病元兇

我把自己的兩本著作以《急症室的福爾摩斯》系列命名，除了因自小已是福爾摩斯迷，數十年來視他如偶像一般崇拜，以致一想到要經常像偵探一樣在急症室絞盡腦汁，替垂死的病人捕捉致病元兇的醫生取個足夠響亮的綽號時，腦中就反射性地浮現起福爾摩斯這個名字。

話亦需說回頭，我以"急症室的福爾摩斯"自居，也非完全用攀龍附鳳之名，行嘩眾取寵之效。經歷了百多年的物換星移，而且身處世界兩個不同的角落，我和福爾摩斯二人，竟在冥冥之中被一股神秘的力量連結起一段奇妙情緣。

全因《福爾摩斯》小說的作者柯南道爾爵士（Arthur Conan Doyle）湊巧也是一名醫生，與我份屬同行。他曾於 1876 至 1881 年間在蘇格蘭愛丁堡大學醫學院攻讀，並於 1885 年考獲該校醫學博士學位。無獨有偶，我也曾考取英國愛丁堡皇家外科學院院員（Membership of the Royal College of Surgeons, MRCS）資格。勉強要攀一攀關係的話，我應當恭敬地稱呼他為學長。更巧合的是，我和柯南道爾爵士都是業餘足球愛好者，而且都是司職守門員。讓我愧疚的是，柯南道爾爵士無論在寫作能力和足

柯南道爾爵士在 1859 年 5 月 22 日生於蘇格蘭愛丁堡。

球技術上，都比我出色和優勝。他參與了樸茨茅斯足球俱樂部
（Portsmouth Association Football Club）的籌建，並成為該球會
歷史上的第一名守門員。

　　我極為欣賞他成功創作了一名不可思議的聰明偵探，而這種人
物儘管讓人們以為只活在書本之上，但在現實中卻是真實存在的。
小說中經常出現這樣的情節：當一個人走進房間，福爾摩斯只需觀
察他的衣着、語氣、表情、動作，便能判斷他是一個怎樣的人，有
過甚麼樣的經歷，就像他首次遇到華生醫生時的情景一樣。這跟我
每天所做的工作十分相似，都是透過細緻觀察與分析微小的線索，
然後憑藉邏輯思考偵破各類頑疾。

　　日常工作中，我常在病人從遠處向我走過來時，就開始觀察他
們的表情和舉動，並嘗試透過簡單的分析推測他們的情況。久而久
之，病者是憂鬱還是焦慮，精神狀態是否正常，是否長期吸煙，有
否濫用違禁藥物，有否貧血或氣喘，是否擁有患上癌症的跡象，是
否患有腎衰竭、肝硬化、肺氣腫……等等情況，在病人停下腳步之

英國愛丁堡皇家外科學院的外科醫生大廳(Surgeon's Hall)。

前，我早已心中有數。

快速評估病因

記得 2014 年過了接近一半的某天晚上，一名三歲男童由父親帶往急症室求診。經護士分流後，隨即獲評定為第二級"危急"類別，繼而被推進搶救室（Resuscitation room，俗稱 R 房）進行救治。

聽到從廣播系統傳出的呼叫聲後，我迅速辦完手上的工作，便快步走進 R 房查看，只見面色蒼白的病童渾身無力地癱臥在牀上。

"病人身體一直良好，今天開始嘔吐，面色發黃及發燒，現在體溫 38.4°C，臨床測到的血紅素值只有 5.7g/dL，屬於嚴重貧血。"已完成初步評估的駐院醫生連忙向我匯報情況。

話音剛落，我已在腦中萌生了對診斷的推測。

"他有排茶褐色的小便嗎？"我向站在一旁的父親求證。

"今天開始有。"答案正中我的下懷。雖然父親沒有主動提及這病徵，但在我心中鎖定的病因裏，這是其中一個最典型的徵狀。一旦證實了它的存在，就消除了我心裏最後的疑問。

　　"他發燒燒得太高，不像是急性肝炎。"駐院醫生面帶難色地說，洩漏了他仍摸不透我提出那條問題的用意。

　　"你說得對，那不是急性肝炎。他患上了急性溶血性貧血（Acute haemolytic anaemia），而且很可能是由 G6PD 缺乏症引發的。"我在說這話時，進入搶救室仍不足半分鐘，而且還未有機會定睛看一下病童。

　　"你的兒子有 G6PD 缺乏症的病史嗎？"我很想馬上就享受到破案帶來的勝利喜悅。我心裏清楚，缺乏耐性是我人生的一個重大缺點。

　　"這個我不大清楚，需不需要我打給太太問一下。"他苦惱地說。

　　我沒有失望，而且很了解他。男人都是同一副模樣，換上是孩子的媽媽，應該立刻就回答得上。

　　兩天後，幼童的出院紀錄證實了我全部的猜測。

　　單獨來看，病童的每個病徵都有千百項可能的病因。嘔吐的原因多不勝數，黃疸的成因成千上萬，發燒和貧血的病因也多如天上繁星，而正確的病因必須包含所有以上的病徵。換句話說，答案存在於每個病徵各自的原因互相重疊的部分。對不少人而言，要在短時間內單憑病歷找出正確的病因，看來是不大可能的任務。但在擁有福爾摩斯頭腦的醫學偵探眼中，駐院醫生的簡單匯報，已透露了大量連他自己也未曾察覺的訊號。

微弱的病徵訊號

　　急性肝炎固然可以引起嘔吐、黃疸和排茶褐色小便等病徵，卻不能夠合理地解釋其餘的徵狀，所以不可能是最終答案。我從男童突然出現嚴重貧血入手，病因已大幅縮窄至幾個。加上茶色小便和黃疸等病徵，又可以排除了其他一些可能性，原因就只剩下急性溶血性貧血一個。雖然以急性溶血性貧血作為診斷結果，已經毫無懸念，但問題仍未完全解決。由於急性溶血性貧血也可以由諸多原因導致，一天尚未尋獲躲在迷霧之中的真兇，讓其繼續逍遙法外，一天仍未可以對症下藥，所以必須不停地追查下去。考慮到 G6PD 缺乏症在本地十分普遍，而且差不多只影響男性患者，而細菌感染會引起發燒和增加 G6PD 缺乏症患者溶血的機會，所以 G6PD 缺乏症因細菌感染併發出急性溶血性貧血這種假設，能解釋病童所有的臨床病徵，也就成為了這個案例最合理的結論。只要對各種隱藏在病歷中的線索細心推敲一下，就讓我在數十秒內一矢中的，偵破了這宗正常需要經過兩、三天繁複化驗才可以偵破的個案。

　　在本港，G6PD 缺乏症病人出現急性溶血性貧血的病例已十分罕見，這也只是我一生中在急症室遇過的第二宗同類案件。即使處理這種病症的經驗並不豐富，只要憑藉靈敏的頭腦細心思考，仍能以福爾摩斯式的獨特風格化解疑難。線索全在爸爸口述提供的資料之中，能不能找到被表象偽裝起來的元兇，就看醫生的本領了。

　　急症室每位醫生的工作性質都如同一名偵探，只不過偵探要追查的是殺人的兇手，而急症室醫生要追查的是致病的元兇。我把書名改作《急症室的福爾摩斯》，而非《急症室的偵探》，是深思熟慮的結果。雖然兩個名字只有後半部分幾個字的分別，而且福爾摩斯歸根結底也是一名偵探，但兩者最大的差異在於，福爾摩斯不只是一名偵探，而是偵探中最出類拔萃、查案能力最與眾不同的人。同樣的道理套用在急症室醫生的角色上也一樣，並非所有人都具備出眾的能力而當得上急症室的福爾摩斯。

　　福爾摩斯屢破奇案，看似匪夷所思，卻非柯南道爾爵士完全憑空捏造的情節，而是一個有能力的人融會了學識、經驗、洞察力、膽色和決心的綜合表現。而擁有所有這些特質的急症科醫生，才有資格被稱為急症室的福爾摩斯。

　　其實無論是柯南道爾爵士，還是福爾摩斯，還是負責撰寫《新福爾摩斯》電影的編劇，甚至是莫里亞堤教授，他們的思維模式都是有跡可循的。只要用心地用耳朵聽，仔細地用眼睛看，並站在他們的角度思想，跟隨他們的思路推測，不難找到小說或電影裏的兇手。

　　急症室醫生看病人，把病因看成是莫里亞堤教授，不也是相同的道理嗎？

一個揭露玄機的動作

"我前幾天進醫院了。"光顧了數年的理髮師 Sam 淡然地説着，手中開合得乾脆利落的剪刀，正一絲不苟地為我去除頭上那三千根悠長的煩惱。鋒利的刀鋒每當重遇時，便發出冷峻決絕的聲響。

"啥事？"

一聽到和我工作有關的話題，我本能地抖擻精神，把腰肢板直起來，雙眼斜斜地盯着前面鏡子中 Sam 的倒影，像飢餓的動物盯着牠的獵物一樣，迸發出慾望的火花。

"前幾天在家的時候，腰部好像突然扭了一下，疼得要命。" Sam 彷彿要吊我的胃口，説一段停一段。

"然後呢？"我追問。

"那種疼痛好像沿着左脅一直伸延到前面……" Sam 一面説着，一面以左手按着左上腹。

"你是不是患了腎結石？"我還沒有讓 Sam 把話説完，就立即以我一向的急促語調搶着説出心中的答案，生怕他把話説到第三句。

"你……你是怎麼知道的？" Sam 的雙眼露出既驚惶又不滿的目光，張得圓圓的嘴巴有那麼兩、三秒吐不出半句話來。我能感覺到他的內心正咒罵着我，為何讓他把一早鋪排好的故事發表一次的機會也剝奪掉，甚至連進入正題前的引子也沒法説完。

或許他永遠也沒法弄得明白，他的引子已揭露出太多的破綻，洩露了太多的線索，足以讓我一舉破解謎團。

我一直無法忍受時間毫無意義地流逝，所以經常斬釘截鐵得近乎不近人情。這恐怕是我人生其中一個最大的污點。我一度懷疑，以福爾摩斯為名的人，無論是偵探還是醫生，大概身體裏都注定擁有這種冷酷的個性，才配得上那個散發着特殊魅力的稱號。

"你當時有沒有想吐的感覺？"對話的態勢在不經不覺間已被完全扭轉過來，現在輪到我享受"施施然"的奢侈了。

"有啊。"Sam 仍然猶有餘悸。

"有頭暈嗎？"我變得更加信心十足。

"有！"

"我想你當時一定痛得冒出一身冷汗。"我毫不掩飾我的咄咄逼人。

"全中！你怎麼會全都知道的？"Sam 顯然被我的反客為主征服了。

"沒甚麼特別的原因。我説的那些全都是腎結石的典型病徵，我只是全猜對了而已。"

"你現在知道甚麼叫神醫了吧？我只問了你兩個問題，就知道你患的是甚麼病。其實，一個醫生為病人問病歷，不是為了跟他建立交情，也不是為了風花雪月打發時間，而是要得出這樣的效果。我不需要碰你身體，也不需要任何檢查，只要從跟你的談話中找到足夠的資料，就可以找到正確的答案。這可不是甚麼神秘的事情。"我停頓了一會兒後補充說，嘴角不忘流露出含蓄的微笑。

Sam 看着坐在鄰座正逗着我的大女兒玩的太太說："我只說了兩句，他就全猜對了！"餘音在理髮室內繚繞，空氣中仍滲着令人難以置信的味道。

Sam 繼續說："剛開始的時候還不是那麼疼，但已經坐立不安。我太太問我需不需要打電話召喚救護車。我最初還覺得是小事，不想濫用急症室，以為吃一點止痛藥就會好起來，所以沒打電話。過了一小時左右，實在痛得受不了，躺在牀上不能動。頭暈、噁心和冷汗全都來了，弄得渾身濕透。最後沒辦法，只能召了救護車。"說完以後，眉梢彷彿仍遺留着尷尬的皺紋。

"是你人生第一次坐救護車嗎？"雖然我的脖子在他閃着寒光的刀刃下不敢放肆，絲毫沒有抖動半分，但心裏不禁為他對前線醫護人員的體諒激烈地鼓掌喝彩。

"是。感覺一點也不好受，只想儘快到達醫院。"

"你去哪一所急症室了？"我好奇地問。

"瑪嘉烈醫院。"

"跟你作肌肉注射後就不痛了，對吧？"我想像得到主治醫生的處理方法，也料想得到應有的結果。

"對呀，打針約 30 分鐘後就不痛了。"

這是我預計之中的答案，隱約還看到了針藥的名字 Ketorolac 在眼前飄浮。

"我想主治醫生還為你化驗了尿液樣本，拍了 X-光和做了超聲波掃描。"我把平常在診治腎結石時的慣常做法說了出來。

"對，全做了。然後說我左面有腎結石！"Sam 對我的猜測失去了最初的驚訝，似乎早已習慣了自己在別人的眼皮底下過活。

"他有把你轉介到泌尿科專科診所作跟進治療嗎？"

"有，但我還沒有時間去預約覆診日期。"

"我建議你快點去，因為在公立醫院預約泌尿科覆診，動輒要等三、四年時間。"在公立醫院打滾了這麼多年，每當要把這句話説出口的時候，我仍總面帶羞愧之色。這種感覺和十年前我首次硬着頭皮告訴腎結石病人，要等如此長的時間才看得上專科醫生時並沒有兩樣。

遺憾地，對於要説一些難以啟齒的話，我一向缺乏當醫學偵探的那種幹練。

"如果經濟許可，我提議你到私營醫院看這個病。方便、快捷，而且費用也並不十分昂貴。"為了彌補內心的歉疚，面對患腎結石的病人，我總不忘補上由衷的建議，好讓自己心裏好過一點。這習慣在過去十年間從未間斷。

觀察同時分析

腎結石（Renal Stone）是一種十分常見的泌尿科（Urology）疾病，尤以男性較為普遍。腎結石由尿液中的礦物質經過長年累月在腎臟沉積而成。它的礦物質成分有極大的差異，但以草酸鈣（Calcium oxalate）最為常見。除了腎臟以外，整個泌尿系統的其他位置，如輸尿管（Ureter）和膀胱（Bladder），都可以出現結石的情況。

腎結石在平常情況下一般都是不會引發病徵的，所以在腎臟積聚一段頗長的時間也未必為患者察覺。一旦腎石掉到某個特殊的位置而引起泌尿系統阻塞，就會引發徵狀。典型的腎結石徵狀包括突如其來的強烈腰痛（Loin pain）、暈眩、噁心、嘔吐、冒冷汗及排血紅色的尿液等。腎結石引起的疼痛往往是患者一生以來從未經歷過的痛楚，那種在腰間的絞痛常使人蜷曲起來，不能動彈。如果腎石剛好掉到輸尿管裏，更會出現由腰間延伸到前腹或腹股溝（Groin）的刺痛。這種痛症在醫學專業術語中被稱作 Loin-groin pain（腰部－腹股溝疼痛），是尿道結石的典型跡象。我就是憑着 Sam 在講述病徵時，他不經意間把手掌斜斜地按在腰部側翼的簡單舉動，瞬間就想到了腎結石的可能性，然後逐一檢視其他典型病徵的。

　　雖然腎結石引致的痛楚叫人痛不欲生，但要止住這種疼痛卻意外地並不十分困難。以非類固醇類止痛藥（Nonsteroidal anti-inflammatory drugs, NSAIDs）作肌肉注射，一般在半小時內可大幅紓緩痛楚。當然，藥力消退後痛楚可能會復發，但普遍來説都沒有之前那麼強烈，大多情況下用口服非類固醇類止痛藥也可以控制得住。

腎結石的診斷和治療

　　腎結石的診斷比較簡單直接。尿液樣本的臨床快速測驗一般會檢測到大量紅血球的存在。可以説，在突然出現劇烈腰痛患者的尿液中找到紅血球，已能穩妥地證明病因源自腎結石。相反，若身體一直健康的患者突然出現腰部劇痛，尿液中卻查不到紅血球的蹤影，腎結石的診斷基本可以排除，必須找出其他可能更嚴重的病因。

專為拍攝泌尿系統而設的腹部 X-光被稱為 KUB，那是腎臟（Kidney）、輸尿管（Ureter）和膀胱（Bladder）的簡稱。視乎結石的礦物質成分而定，並不是所有的結石都可以在 X-光中顯現出來，能顯現出來的主要原因是結石中含有較高的鈣質。X-光穿不透含鈣量高的物質，所以身體中骨頭和腎石這些含鈣量高的組織和物質，在 X-光照片上便形成了不透明的白色影像。概括而言，約 90% 的腎結石可以在 X-光中看得到，餘下的 10% 卻像是披上了隱形的外衣，不為人所察覺，必須運用另外的一些檢測方式才能找得出來。

另一種常在急症室派得上用場的檢測方式就是超聲波。使用超聲波的目的除了要找出有否腎石之外，還有另一層更深的意義。它能給出準確的客觀數據，證實尿液系統有否阻塞，有否造成腎積水（Hydronephrosis）或輸尿管積水（Hydroureter）等併發症。若果病人證實患上這些併發症，腎功能受損的機會比沒有併發症的病人便高出許多，必須儘快把導致阻塞的結石消除，不能冒花上三、四年時間輪候看專科醫生，而引致病情惡化的風險。

若病人沒有泌尿系統阻塞的跡象，而且打針以後疼痛也大為減退，是不需要住院留醫的，可以回家等候泌尿科專科醫生的覆診和治療。泌尿科醫生一般會先為病人安排靜脈尿道顯影檢查（Intravenous urogram, IVU），以確定結石所在的位置和大小，才決定治療的方法。直徑小於 5 毫米的腎石一般可隨尿液自行排出，排出時患者經常會聽到結石撞擊便器所產生的清脆聲響。反而言之，直徑大於 5 毫米的結石通常難以經過狹窄的輸尿管排出體外，所以必須借助現代醫療技術才能獲得根治。治療的方式視乎結石的位置而定，大部分病人可透過體外衝擊波碎石術（Extracorporeal Shock Wave Lithotripsy, ESWL）獲得根治，只有小部分患者最終需要動用手術方式清除積石和阻塞。

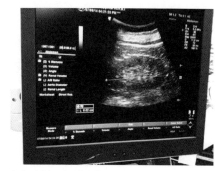

超聲波儀器的熒光幕上顯示正常的腎臟結構。

由於 Sam 購買了醫療保險，經過我一番催促後，他決定趕快到私家醫院看泌尿科醫生。我十分同意他的決定。若果有能力，何苦把時間和健康浪費在漫長的等候之上。畢竟，我已習慣了他那把鋒利的剪刀在耳邊一開一合的明快節奏。希望它可以在我有生之年，一直為我去掉醫院以外解決不了的諸多煩惱。

查問病歷的警覺性

　　早上八點半左右，剛開始早班的工作不久，隨手拿起的是一份覆診的空白病歷表。在呼喚病人進來診症室前，我慣性地一面在電腦屏幕前翻查病人以往的紀錄，一面不時以目光在病歷表已填上資料的地方進行快速搜索。我自認是個急性子的人，難以容忍時鐘的指針奔跑了若干個圈後，世界竟然一點兒也沒有趕上來。

　　分流護士在病歷表上以不經任何修飾的淺白文字，敍述了病人生命之中的一個短暫片段。閱讀這種文字縱然枯燥乏味，但好處在於簡單直接，省卻了我不少時間，也終究算得上一種現實意義上的優點。

　　病人的情況與護士的文筆也有巧合的共通點，同樣索然無味。綜合電腦紀錄和病歷資料，病人是位懷有約十二週身孕的三十餘歲白人女性，在兩天前曾到我的部門求診。當天的主治醫生以病人發燒、小便疼痛（Dysuria）和頻密為由，判斷她患上了尿道炎（Urinary tract infection, UTI），並處方盤尼西林（Penicillin）類的抗生素（Antibiotic）回家。她在服用藥物後情況毫無改善，仍然發燒，遂再次求醫。由血壓、心跳頻率、呼吸頻率、意識水平等客觀生理數據組成的維生指標全部正常，甚至連體溫也只有攝氏 37.4 度，沒有病人聲稱的發燒情況，所以被護士分流為第四類 "半緊急"級別病症。整份病歷表最吸引我之處，是她最近曾到訪印尼的峇里島，那可是我從沒到過的地方。

　　作為一個擁有數不盡的興趣，而且對天下萬物都懷有強烈求知欲的人，我經常在診症時被這樣或那樣的事情分散了注意力，這也不能不說是我另一種很壞的習性。我從不對自己諸多的缺點加以掩飾，因為以我親身的經驗所知，即使最聰明、最體面、最成功的人，在風光背後都有極多缺點。我身上的缺陷恰好與成就成正比，不落他人之後，也不必過分自責。

　　懷着對峇里的憧憬，我把外籍病人喚進了診症室。

病情加劇的覆診者

　　那條連接候診大堂和診症室的狹長走廊，正常人只要五、六秒就能走完，而她卻用上了接近半分鐘的時間。從她軟弱無力的雙腿展現的搖擺動作，和雙手一直捂着小腹的痛苦姿態，直覺告訴我上次的醫生很大機會斷錯了症。我從來沒見過一個這樣走路的尿道炎病人，她的狀況遠比尿道炎糟糕。原本想問一下峇里風光見聞的念頭，一下子就收斂了起來。

　　"妳甚麼地方不舒服呢？"待她坐穩後，我馬上單刀直入。

　　"小便時尿管很疼，而且小便很頻密，已經有了一個禮拜，兩天前還開始發起燒來。"她操着典型的美式英語回答，那種懶惰的口音難以説得準是因疲倦引起，還是由那個民族讓人生厭的傲慢性情所致。

　　"小便的顏色那幾天有沒有轉變，是不是變成了紅色？"她的病徵與尿道炎類似，所以我必須繼續查問其他尿道炎的常見徵狀。

"我看不到有這種改變。"她的語氣跟先前一樣虛弱。

排血尿（Haematuria）是尿道炎最典型的特徵。缺乏這個情況，讓我更難相信她的病症是由尿道炎引起的。於是，我再重複審閱了她上次的臨床尿液化驗結果，發現與尿道炎並不十分吻合。尿道炎是婦女極常見的疾病，診斷一點也不困難，只要結合病徵和臨床尿液化驗結果相互印證，一般在數分鐘內就能得出確實的結論，同樣也可以在數分鐘內就排除掉這個可能性。

我手上腕錶的分針只奔跑了兩個圈，世界已改變了原本的面貌。尿道炎已被證實不是合理的解釋，接下來我就得尋回那個失落的答案。

"吃過藥後有沒有好了一點？"

"一點也沒有，還越來越嚴重。"她的表情和神態證明她所言非虛。

"那妳還有甚麼其他的病徵呢？"

"一個星期前曾經拉了肚子三天，現在已經停止了，但小腹的痛就一直沒有停過。"

我從她一直沒有離開過小腹的雙手可以判斷，她是個誠實的病人。肚子痛和腹瀉的徵狀聽起來像是腸胃炎，但她的情況遠較典型的腸胃炎嚴重，這不太像是她的病因。

"妳有沒有咳嗽、流鼻涕、喉嚨痛或者氣喘的病徵？"

"完全沒有。"她以一貫的肯定語氣回答，但疲累的眼神卻出賣了她的語氣。我看得出她對自己的病因並不是同樣的肯定。

從她的回答中我唯一可以確定的是，她的發燒不是由呼吸道感染引起的。

"妳剛才説，上次來這裏看病後，情況沒有改善，還越來越嚴重。那究竟是甚麼的一回事？"

"回家後體溫越升越高，昨天最高的時候超過了 39 度。全身的肌肉都在痛，渾身無力，而且頭痛得要命。"

表面看來，那些都是感冒的徵狀，而且感冒也會引起拉肚子和腹痛等腸胃不適的病徵，但在這個階段就把病因歸咎為感冒未免過於草率，我可不會犯上這種低級錯誤。感冒的徵狀太模糊和普遍，不少其他的疾病也有相似的臨床表現，所以把診斷推定為感冒，還言之尚早，仍有很多疑點需要解答。

在詢問完大致的情況後，對峇里的念念不忘又把我的思緒帶到了這個位於婆羅洲南面、充滿熱帶風情的印尼小島之上。這次引起我注意的已不是與個人興趣有關，而全在於我對"熱帶"二字在醫學上的聯想。

"妳甚麼時候到過峇里？在那裏呆了多少天？"我説。

"我跟丈夫在那裏度了兩星期的假，八天前才回到香港。"

"妳在那邊有沒有被蚊子叮過？"我幾乎還未等得及她把話説完，就急不及待地把病人帶往我編排好的劇本去。

"有，而且被叮過無數次。那兒的蚊子實在多得要命。"她的眼中突然閃出難得一見的神采。那種眼神似乎在向我暗示，她也感覺到我走對了方向。

這一回我知道我問對了問題，而且距離謎底已經不遠了。只要多問兩、三條問題印證我的假設，答案應可浮出水面。

"妳曾經有過後眼窩痛（Retro-orbital pain）嗎？"我努力嘗試

壓抑着疑團揭曉前的興奮。

"有。這幾天一直在疼。"與我的含蓄恰好相反，她倒毫不掩飾自己的激動。

"我認為妳患的不是尿道炎，而是感染了登革熱（Dengue fever）。為了妳和妳的胎兒，我衷心建議妳留在醫院裏接受治療。"這次輪到我不需要再掩飾自己的興奮了，於是胸有成竹地向跟前的病人説，面上流露出如釋重負的微笑。

雖然熱帶病（Tropical disease）的範疇廣闊得自成一個獨立的醫學科目，但本着醫學診斷中"常見的東西永遠應該優先考慮"（Common things always come first）的原則，以及後眼窩痛這個獨特的徵兆，在未有任何化驗證據之前，我已牢牢地把登革熱逮個正着。

我出於好奇地提出了最後的兩條問題："上一次的醫生知不知道妳曾到過峇里？"

"知道。我告訴她了。"

我記得那天我問的最後一條問題是："那位醫生有像我一樣問過妳在峇里時的情況嗎？"

"沒有，完全沒有。"她説得很淡然，而我猜對了她的答案。如果上次那位醫生有問過那些簡單的問題，應不難早我幾天就捕獲元兇。

關鍵的旅遊史

其實整個診斷過程並不涉及任何深奧的學問，病歷中勾起我最大警惕的是她最近的旅遊史。根據病者自述，她在印尼峇里度假時曾被蚊子叮咬。於是我便抓着這個疑點作為切入之處，透過耐心的查詢為她重新拼湊出完整的病歷資料。上次問診時遺漏的一些重要線索，只花了數分鐘就直接破解了謎團。綜合所有資料，除了與尿道炎相似的病徵外，她還有腹痛、肚瀉、全身乏力、肌肉酸痛、劇烈頭痛和後眼窩痛等諸多徵狀，而後者正是登革熱最典型的病徵。

在理清了所有的細節後，我把她收進了內科病房。數日後，血液化驗報告證實了我的診斷正確無誤。

感染登革熱

登革熱是由登革熱病毒（Dengue virus）引起的熱帶病，主要由黑斑蚊屬的幾種蚊子傳播。本港確診的患者多有病發前兩星期內到訪東南亞國家的旅遊史，而本地的感染個案多由白紋伊蚊（Aedes albopictus）所傳播。

登革熱病毒共有五種類型。一般來説，首次感染者大部分都沒有或只有輕微的徵狀，只有小部分患者出現上述較嚴重的臨床病徵。登革熱的病徵比較模糊，與感冒及其他熱帶病頗為相似，臨床表現也有重疊之處，所以單憑問診和檢查難以作出準確診斷。依靠微生物實驗室對患者血液樣本進行病毒、病毒核酸、抗原和抗體的各種檢測，乃準確診斷該傳染病的常用方法。當今並沒有特效藥物治療登革熱，然而大部分患者在接受支援性治療後均能康復。

初次感染後對同型病毒可產生終身免疫能力，但對其他異型病毒卻只能獲得短期的保護。日後若不幸感染異型的病毒，出現登革出血熱（Dengue hemorrhagic fever）和登革休克綜合症（Dengue shock syndrome）兩種嚴重併發症的機會驟增，並有頗高的死亡風險。因此，有經驗的醫生從不擔心病人感染登革熱，只怕他們是第二次感染。那天從病人口中得知她以前從沒患過這病後，我頓時放下了心頭大石。

同一個病人，同一種病情，何以只是相隔了兩天，兩名醫生竟會查問到兩種截然不同的病歷，最終得出兩個截然不同的診斷結果？這顯然與兩名醫生的知識水平、臨床警覺性和查問病歷的技巧有莫大的關係。這宗個案是個絕佳的例子，說明即使病人十分了解自己的身體狀況，由於缺乏醫學上的知識，往往無法主動向醫生道出與病患有關的完整資料。從病人口中總結出一份詳細而有意義的病歷，完全是醫生的責任。醫生需要在問診過程中，快速地過濾、篩選、理解和分析病人提供的訊息，透過思考不斷引導病人說出有用的資料，從而逐步收窄病因的可能性，務求找到最終的答案。

在診治發燒病症時，患者最近數週的旅遊史對診斷而言，具有極為重要的價值。一段平平無奇的病歷，若配上一個特別的旅遊史，足以把先前的分析結論全盤推翻。在這個病例中，我就是憑着病人曾到過峇里的旅遊史，想像到她最可能染上的熱帶病，最後在完全沒有化驗報告作依據之下，準確診斷出登革熱。

那天中午，我坐在裝潢洋溢着濃郁歐陸風情的咖啡室，右手把盛着意大利熱拿亞地區的 Cellini 咖啡的杯子，隨意地往嘴邊送。無論是意大利還是咖啡，都在我生命中佔據着重要的份量，驅使我瘋狂地燃燒着追求美好生活的熱情。在懶洋洋地享受着地中海沿岸的香醇味道時，舌尖的味蕾突然傳來啟示。擁有數不盡的興趣，對天下萬物懷有強烈的求知慾，在診症時被這樣或那樣的事情分散注意力，也未必是件壞事。或訴，只有對身邊的事物心存熱愛，才能在與病人的對答中敏感地抓住最容易被忽略的訊息。

牙痛的誤診

"我不希望轉彎抹角，因為妳們已耽擱了太長的時間，我想直接跟妳們說出我的想法。我懷疑她患上了極嚴重的疾病，很可能是癌症。"當我詳細地詢問病歷後，在向病人及她的妹妹指示如何到放射室拍攝肺部 X-光前，便以堅決的語調向她倆說。

雖然這只是我們的初次會面，我看了她也不足 15 分鐘，心中仍未完全弄明白她的病的正確診斷，但根據病歷查到的線索作出推斷，我找不到另一個更為合理的結論。在每天成千上萬的求診者中，憑藉細緻的觀察、縝密的思考和嚴謹的推論，從一些毫不起眼而被旁人輕易忽略的蛛絲馬跡中，快速尋回草率魯莽之下遺失的真相，是一名經驗豐富的急症科醫生獨有的技能。

"不會吧？你還沒有做任何檢查，等一下再說好嗎？"病人的妹妹臉上掛着一副受驚的樣子，躲在累得連站也差點站不直的姐姐身後，使勁向我打眼色，生怕我讓病人瞎擔心。

"你們已經被誤診了好一段時間，已沒有更多的時間可以浪費。無論一陣子 X-光的結果怎樣，我都會跟妳們說同一番話。所以，我希望妳們快點拋掉幻想，調節好心態面對正確的病因和下一步的治療吧。"

我清楚善意的謊言，與其說是醫生出於對病人情感的保護，不如説是設法逃避面對自己説實話帶來的心理創傷，來得更準確。病人需要知道的是真實的訊息，而不是扭曲事實的安慰。事實無法逃避，殘酷的真相遲早要面對，不會因為推遲了三數天才知曉而改變了它本身的性質。儘管收到壞消息後所產生的負面情緒無可避免，真相畢竟越早知道越好。

繁雜混亂的病歷

2015 年接近年尾的某天，下午 1 時 58 分，當五十餘歲的女病人在妹妹的攙扶下，步履維艱地從大堂等候區走向診症室，在兩人的身影剛進入我視線範圍之際，直覺就告訴我她患上了極端嚴重的病症。我不清楚這種直覺是否能夠透過年月的洗禮而獲得，我只知道急症室有很多偵探，但不是所有人最終都能成為福爾摩斯。

根據急症室分流護士的紀錄，她是來看暈眩的，已經有了一個星期左右。另外還有咳嗽、喉嚨疼、噁心和疲倦的病徵，當天還開始有發燒的感覺。此外，最近一個月體重還下降了近 10 磅左右。表面上她好像只患上了感冒，分流護士覺得病情不十分嚴重，所以把她分流為第三類"緊急"級別，讓她在大堂的等候區候診。第三類"緊急"級別指的是介乎嚴重與不嚴重之間的病人。

病人好不容易走到我的桌子旁邊，馬上像完成了長途的賽跑，一下子就坐在椅子上，再也不願站起來。

我跟她只談了一、兩分鐘，便發現雖然分流紀錄上的病徵都是千真萬確的，但時間的排列方面並不正確，而且由於病歷複雜而遺漏了不少其他重要的徵狀，就連病人來求診的主訴也搞錯了。她這次求醫的最主要原因是來看牙齦腫痛、食慾消減和食量驟降的，而不是暈眩，雖然後者也是其中一個徵狀。有一點我十分明白，她不是不想說清楚，只是給自己的病況弄糊塗了，連病情的重點也掌握得不太準確，所以在不同時間對着不同的人會說出不同的病歷。要從她口中得到一份既清晰又準確的病歷資料，是對查問者談話技巧的一個考驗。我一直以身為一名出色的偵探而自豪，自問擁有良好的耐性和技巧，能從各類談話對象中獲得我希望得到的資料。這種能力正好在這種情況派上用場。因此，我樂於接受困難的挑戰，決心從混亂不堪的資料中整理出一份合乎邏輯的病歷紀錄。

花了大約八、九分鐘從不同角度入手的反覆詢問，我終於搞清楚了事情的來龍去脈。原來患有高血壓和焦慮症的病人自兩個月前開始牙齦腫痛，她從此就一直在私營的牙科診所求診。雖然在接受治療後，病情不但沒有半點進展，還不斷惡化，於一個月前開始出現食慾消減（Decreased appetite）和食量驟降（Decreased oral intake）的狀況，體重在一、兩個月內急劇下降了約 10 公斤，惟牙科醫生仍不斷把病因歸咎為簡單的牙周病（Periodontal disease），並謂體重大幅下降是由於牙齦腫痛致使少吃了食物而引起的。除此之外，她在兩週前開始出現暈眩和乏力的感覺，還有少許咳嗽。一週前開始出現呼吸困難（Shortness of breath），最初是走路時才感覺得到，後來惡化至連坐着也有問題。到了最近的兩天，她累得連走路都顯得力不從心，而輕微發燒的感覺已記不清楚有多久了。

只是牙痛惹的禍？

問診完畢，就憑着這個整理好事情先後次序的病歷，我已經十分肯定牙醫的思路出了問題。他似乎只專注於自己牙科方面的專業範疇，完全無視病人的整體情況轉變，以致病情持續惡化到病入膏肓的階段。對於我來說，那段病歷直指着患上某種癌症的極高可能性。

我快速地為病人做過身體檢查，發現她的膚色蒼白，脖子上有很多腫脹起來的淋巴結（Lymph nodes）。前者是嚴重貧血的跡象，後者是癌症擴散致頸項淋巴結的徵兆，兩者皆是在癌症病患者身上常見的情況。最讓我震驚的是，她滿口的牙齦腫脹得十分厲害，是我一生人從未見過的。除了面頰略顯消瘦，神色萎靡不振之外，身體其他器官的檢查結果大致正常。

雖說我仍未能確定最後的診斷結果是甚麼，但癌症是毋庸置疑的，問題只是哪一種癌症而已。根據口腔檢查的發現所得，我把目標鎖定為口腔癌（Oral cancer），和急性骨髓性白血病（Acute myeloid leukaemia, AML）中的 M4 或 M5 亞型。急性骨髓性白血病更廣為人知的統稱就是血癌。

由於病人有呼吸困難的病徵，所以我為她安排了肺部 X-光和心電圖的檢測。須臾，電子屏幕上已顯示出她的肺部影像，左肺中部存在一個不透明的陰影，肺癌的可能性在那階段也不能完全排除。

綜合所有病歷和初步的檢測結果，我把目光集中到三種癌症身上。由於急症室並沒有所需的專業儀器、技術和資源作出最終的診斷，於是我在病歷表的診斷欄目中寫上"排除惡性腫瘤，懷疑肺癌、口腔癌或急性骨髓性白血病"，然後把病人送進內科病房作進一步治理。

誘導病人說出重點病徵

第二天，我在電腦上翻查她的檢測報告，當一組血液化驗數據在不經意間映入眼簾時，我霎時便洞悉了答案。她的白血球數目竟超過 220（正常值介乎 3.89-9.93 之間），當中約 95% 為原始細胞（Blast cells），這是急性骨髓性白血病的典型血液化驗結果。雖然確切的診斷需要再進行一連串更繁複的檢測，但結合病人嚴重的牙齦腫痛，我對 M4 或 M5 型急性骨髓性白血病的診斷結果已成竹在胸。

當醫生的應該都知道，約七、八成的病症並不需要任何身體檢查和檢測化驗，甚至連碰都不需要碰病人一下，只要一個完整而精確的病歷，就能作出準確的診斷。但完整而精確的病歷不會無緣無故從天上掉下來，病人也沒有充足的醫學專業知識，懂得把自己的情況有條理、有系統地講述出來。這就需要醫生用心地在問診過程中，不斷透過即時的理解和分析去引導病人說出重點病徵，才能達至滿意的問診效果。

病歷查詢和普通閒聊最大的分別，在於前者是有的放矢，目的在於透過談話取得一切有助診斷的重要線索，而後者並不能帶給醫患雙方任何有用的訊息。是故談話是手段，診斷才是目的。如果在一次問診當中，醫生花了大部分時間在風花雪月的閒談上，那充其量只是與病人增進感情，博取病者下次再去光顧的市場策略，並不能稱為病歷查詢。

問診的技巧

病歷查詢顯然是需要經驗和技巧的。由於我對歷史有着濃厚的興趣，所以在病歷查詢的過程中經常潛意識地運用了編年史的法則，以病徵出現的時間為順序，以排列和記述病歷，讓病情的進展一目了然。另外，我那尋根究柢的性格使我每逢遇到病人對一條問題感到猶豫，甚或對同一條問題給出前後矛盾的答案時，便會本能地改變問題的方式再發問一次，或以數條問題從不同的角度查詢同類型的資料，以印證答案的可信性。當對診斷結果茫然不知頭緒時，我常會使出最後一招，不斷向病者拋出對各個身體系統的篩查性問題（Screening questions），冀望能得到意外的回報，讓我找到出現問題的器官或系統，並以此作為突破點，把我帶到正確的方向去。過去絕大部分我所破獲的奇案，都是依靠這些病歷查詢的技巧而成功的，這次也不例外。

我和病人交談了十分鐘左右，便確定她患上了癌症，主要基於三個原因。首先，她患了一個嚴重的慢性病，已為期兩個多月。病情不只影響身體的某部分，而是對整體造成明顯傷害。這不能不令人想到癌症的可能性。其次，她在接受過長時間的專業醫學診療後，情況繼續轉差，代表了治療的失敗。這不能不讓人重新審視診斷的正確性。一般而言，經專業醫療人員治療後失敗的慢性病例，大都弄錯了診斷結果，而正確的診斷通常比原本的嚴重很多。同樣道理，這不能不令人想到癌症的可能性。如果前兩個原因尚不足以斷定癌症的存在，那麼再加上最後一個，就一清二楚了。

癌症的線索

不同類型、不同位置的癌症雖然有不同的臨床表現特徵，但當癌症一直不受控制地生長至比較嚴重的階段，就會由只顯現局部的徵狀發展至表露出全身徵狀（Constitutional symptoms）。最常見由癌症導致的全身性徵狀包括食慾和食量消減、體重快速下降、疲累乏力、長時間原因不明的發燒等等。這些徵兆病人一個也不缺少，我也是因為逐一查問過這些病徵，才那麼肯定她患上癌症的。雖然這些徵狀不能直接告訴醫生病人確實患上哪種癌症，但就已經敲響了戒備的警號，叫人不能再草率了事，必須小心追查下去。

這些全身徵狀雖然極為影響病者的整體健康狀況，也對醫生有重要的警示作用，但由於比較含糊，所以病人一般不懂得主動提及，需要醫生在問診過程中因應病人的情況而明確地提問，否則就會與重要線索擦肩而過。與此同時，即使病人已說出重要的線索，也需要醫生及時理解和消化那些徵狀的正確含意，進而作出合理的邏輯分析和判斷，才能把線索轉化為診斷的真實價值。

在這個病例中，儘管癌症的線索全擺在那裏，私家牙科醫生卻令人費解地忽視了所有的全身徵狀，而且錯誤解讀了病人的病徵。他把食慾不振歸咎於牙齦腫痛，並將食慾不振說成是食量下降和日漸消瘦的原因。但這種解讀方法有一明顯破綻，並不合理，經不起邏輯推敲。牙痛是讓病人少吃了東西的原因，但牙痛不會導致食慾不振。牙痛的人是想吃而吃不下去，這跟不想吃是兩碼子的事。咀嚼有困難，吃不下固體食物，牙痛的人飢餓時會千方百計找流質的食物灌下去，所以體重不會有顯著的變化，這是跟癌症病人最大的差別，而後者是連流質的食物也不想吃。這才叫食慾不振。此等分別，只要耐心地詢問，是完全可以從病人口中得到答案的。只要肯多費一點唇舌，就可以避免一直錯下去。我相信這名牙科醫生以前也從未遇過因牙周病而在兩個月內消瘦了十公斤的客人。

我很早以前就知道，牙科診所也像急症室一樣有許多偵探在工作，施展各種技能為牙痛的病人追尋病因。在完成這宗病例後，我對牙科專業的了解加深了。也像急症室一樣，我意識到不是所有的牙科偵探最終都能成為福爾摩斯。

血癌

血癌的正確學名是白血病（Leukaemia），是一種癌症羣組的統稱，通常發病於骨髓（Bone marrow），引致血液中不正常的白血球（White blood cells, WBC）數目不受控制地大量增加。

白血病存在多種不同類型，主要由血液中不正常的血細胞類型作區分。依據細胞的形態特徵，白血病首先分為急性（Acute）和慢性（Chronic）兩種。急性白血病再分為急性淋巴性白血病（Acute lymphoblastic leukaemia, ALL）和急性骨髓性白血病（Acute myeloid leukaemia, AML）。而慢性白血病則分為慢性淋巴性白血病（Chronic lymphocytic leukaemia, CLL）和慢性骨髓性白血病（Chronic myeloid leukaemia, CML）。

急性骨髓性白血病（AML）又可按細胞的形態特徵再分成八個亞型（Subtypes）。總括而言，這些亞型的臨床病徵極為相似，難以單憑病歷和檢查作出臨床診斷。不過，M4 和 M5 兩個亞型的急性骨髓性白血病會引致牙齦腫脹的特殊徵狀，可作為臨床診斷的額外資料。

顯而易見的大腸癌

"妳認為他患了甚麼病？"當完成問診後，我向一直站在旁邊觀察的三年級醫科學生發問。

"Ca colon（大腸癌）。"從英國南部沿海城市布萊頓（Brighton）醫學院，到我所屬急症室觀摩學習的年輕學生 Diane 斬釘截鐵地作答。

那名獨個兒謫居本港鄰近地區的中年男子，身體向來良好。四天前由於肚子不適入住首都一所著名醫院兩天，苦於住院費用昂貴，而且未能即時查出病因而於昨天倉卒趕到本港治理。當天較早前曾到九龍區某私營醫院就診，惟仍茫無頭緒，主治醫生遂以"肚子痛"（Abdominal pain）作為臨時診斷（Provisional diagnosis），把病人轉介往公立醫院的急症室。

2014 年 9 月某日下午二時許，當病人緩慢地步進診症室，遠在他開口說出第一句話前，從他那憔悴得比真實年齡衰老了十多年的面容和姿態，我已即時斷定他患上了如癌症之類的嚴重疾病。於是不敢怠慢，用心地查問了一個完整詳細的病歷。

原來個多月前他已漸覺食慾不振（Loss of appetite），兩、三個星期以前開始反覆地出現肚子痛、嘔吐和拉肚子（Diarrhoea）的腸胃病徵，每天大便的次數遞增，而且大便的稠度（Consistency）

變得稀爛，同時伴有渾身無力（Malaise）的感覺，體重在這段時間內驟降了近 10 公斤。除此以外，沒有大便出血現象，也沒有患上某種癌症的家族史（Family history）。

病人的第一印象

臨床經驗豐富的醫生，都理當擁有鑒貌辨色的能力。這絕非只有大偵探福爾摩斯才擁有的神奇能力。病人給醫生的第一個印象十分重要，病情是嚴重的還是不嚴重的，臨床狀況是穩定的還是不穩定的，很多時候只要看一眼，就能說得出個大約來。一個精神飽滿、面色紅潤的成年人，自己可以走進診症室，無論他看的是甚麼病，都可以預知他的病情不可能太嚴重和不穩定。相對於一名老人，躺在病榻上只顧喘氣，良久答不上半句話，不用說也能知道他的情況很危險，心臟和肺部很可能出現了大問題，必須儘快救治以穩定他的狀況。

另外，病人的面色、膚色、肌體、姿勢、神情、語調，都在暗地裏向醫生出賣自己的私隱，因為所有這些訊息都是重要的臨床跡象，構成評估一名病人總體狀況的客觀線索。一名面色蒼白的人，很可能患有貧血；膚色枯黃的人，很可能患有慢性腎衰竭（Chronic renal failure, CRF）；沒精打采、不願多說話的人，很大機會遭受了情緒上的困擾，患上抑鬱症（Depression）也是常見的事。根據這些訊息形成的第一印象，即使仍未開始詢問病歷，高明的醫生應該也可以大致說出病人的總體狀況，並由此而針對性地為某些可疑的謎團尋找答案。這和小說中的福爾摩斯在跟他的客人或嫌疑犯初次會面時，就能説出對方的來歷和背景，原理其實是如出一轍的。在這次診症中，我就是在病人走進來之時，看到他瘦削得像是挖了兩個深坑的臉頰，灰黯枯黃得如好一段日子沒有打掃的牆壁般的膚色，和累得幾乎支撐不住上身的雙腿，便馬上在腦海中形成了病人患上某種癌症的第一印象，然後把注意力聚焦在這個方向之上，最終單憑病歷就破解了疑團。

簡而言之，這種在成年人身上突發的持續性"排便習慣改變"（Change of bowel habit）、衰弱和體重下降，就是大腸癌最典型的表現形式。不用説醫生，由於近年對公眾的宣傳教育普及了，現在就連普羅大眾對大腸癌的病徵也並不陌生。大腸癌是現代化大都市的主要殺手之一，為免錯過最佳的治療時機，必須儘快作出診斷，否則癌細胞一旦擴散（Metastasis）至身體其他器官組織，完全根治的可能性便大打折扣，存活的機會亦將大減。

既然大腸癌並非甚麼罕見的疾病，以數分鐘問診就能作出的診斷怎也稱不上特別困難，而且錯過及早診斷的後果又極端嚴重，那麼何以連尚未畢業的醫科學生都能作出正確診斷，先前兩所醫院的醫生卻辦不到呢？我特意向病人提出了疑問，然而心中早已預料到答案。

"他們根本就沒有像你剛才那樣詳細地問過我的情況，只是對我有否買醫療保險，能否支付住院和檢查的費用最為關注。當他們知道我付不起錢，就把我趕出院，叫我到其他醫院去！"一提及這個話題，他的怒火頓時被點燃起來，不斷憤憤不平地嘮叨着。

病人的徵狀與醫學教科書上關於大腸癌的描述，幾乎完全一模一樣。如果我把病人的病歷拿給不同的醫生和醫科學生看，我絕對相信大部分人可以輕易地給出準確的診斷。但現實中，至少兩所醫院的醫生未能即時解答病人的疑難。翻開我記憶裏的活頁簿，同類的例子多不勝數。換句話說，大部分修讀過醫學的人都擁有書本上的知識，但卻不是所有人都擁有把書本知識融會到生活中去，並有效地把知識運用到實際診治工作上的能力。當上醫生必定能惠及自己，讓自己及家人過上較富裕舒適的生活，但卻並不保證同時能惠及病人。

三大診斷關鍵：用心查詢、溝通、融會貫通

簡單直接、毫不複雜的病情，明明白白地呈現在醫生面前，只要睜開眼睛看一下，就根本不需要任何身體檢查和檢測化驗，都可以說出答案，為甚麼總有些醫生看不見呢？以我的經驗分析，原因有三個。

首先，雖然病歷很清晰，但有些人壓根兒不想花時間去詳細詢問病人的狀況。不能用心詢問、聆聽、理解和分析病情的醫生，是絕對沒有可能從病者口中整理出一份完整病歷的，只能與近在咫尺的答案擦肩而過。這種醫生我見過不少。他們之中有些自以為高人一等，不恥與病人詳談。另一些則迷信科技可以解決所有臨床問題，以為血液化驗、X-光、電腦掃描和活組織檢查（Biopsy）等診斷方法，足以取代病歷的作用，所以對查詢病歷毫不認真。這種方式在我的病人身上，已證明不是最有效的途徑。

第二個原因是，醫生雖然用心查詢病歷，但缺乏良好的技巧，最終仍然徒勞無功。這情況與人際溝通技巧有關。當世界快速進入

互聯網和個人電子產品泛濫的年代，缺乏人際溝通技巧的問題就逐漸在新晉醫生身上顯現出來。查詢病歷是需要高超溝通技巧的。病人大都欠缺醫學常識，不可能把自己所有與病情相關的資料，都以清晰簡潔的方式表達出來。這任務是要由醫生達成的。遇到病人說得含糊的地方，甚至前後矛盾之處，醫生需要以多條問題，從不同的角度反覆查問探究，直至把真實的情況理順。醫生亦需要在問答的過程中，不斷思考和分析收集到的資料，並提出新的有助診斷的問題，直至找到最後答案。對我來說，問診就像是寫一篇短篇的偵探小說。一篇偵探小說要寫得好看，必須緊湊合理，而且能自圓其說，難以被讀者洞悉邏輯上的破綻。當轉換成問診工作，若從病人口中得到的資料，足夠毫無破綻地解釋病人的所有問題和狀況，就是一個好的病歷。否則，就需要繼續追問下去，直至可以修補那些破綻和漏洞，才是停下來的時候。

其三，雖然醫生用心查詢病歷，也不欠良好的溝通技巧，但卻不懂得正確理解和分析病情，對病情的錯誤解讀最終只會把思考帶往錯誤的結論。這是與醫生的知識和經驗相關的問題。以大腸癌為例，所有醫生都清楚持續性"排便習慣改變"是最典型的病徵。但那是教科書上的描述，病人不可能會主動提出"排便習慣改變"的說法。病人只會說他拉肚子，但他可能並不了解病徵出現了一天和兩個月在臨床診斷上的重要性。肚子拉了一天是小事一宗，很可能只是腸胃炎（Gastroenteritis）。然而，肚子拉了兩個月就非同小可，就是教科書上所說的"排便習慣改變"，必須考慮大腸癌或其他嚴重腸道疾病的可能性。但不幸的是，我在急症室仍然不時遇見肚子拉了兩、三個月，卻仍被私家醫生們頑固地看待成腸胃炎的病人。他們當中的不少人，在看到我之前就已經踏上了不歸路。看來，在未來的公眾宣傳教育中，要教導市民在看病時，要主動把拉肚子二、三星期以上說成是"排便習慣改變"，以提醒擁有特強背誦能力的醫生。

問診完成後，我簡單地為病人拍了肺部和腹部 X-光，以排除大腸癌擴散到肺部和引致腸道阻塞（Bowel obstruction）的可能性。接着，我以大腸癌作為診斷結果，清晰地寫在病歷表上，然後把他送進了外科病房。六天後，外科醫生為他進行了結腸切除手術，摘除了生長在橫結腸（Transverse colon）的惡性腫瘤。

這世界太大了，大得我難以完全理解，竟與某些醫者的價值觀念存在判若雲泥之別。或許某些穿白袍的早就丟失了那件白袍所賦予的意義和使命。我希望這位病人明白，世上仍有一些十分固執的醫生本着一顆純粹的心為他而努力。

祝願他早日康復。

搖錢樹

　　這個病症在我過去十多年的行醫生涯中，原本並不應佔據任何重要的席位。病人的情況絕對稱不上危險，診斷過程沒有一丁點困難，治療也完全沒有所謂的驚心動魄，只是一個最普通、最簡單的病症，本來毫無理由侵佔我腦袋中的寶貴空間。但事實上，在那次之後，我卻經常回憶起病人母親在診症室中所說的一句話。那句出自一名看來沒有讀過多少年書的中年婦女之口，樸實得來卻擁有無窮震撼力的話，從她關上診症室的大門那一刻起，到現在已經兩年多了，仍時刻提醒着我約九歲時立志當醫生的情景，也時刻警惕着我要緊守初衷，切勿把當年純真的夢想沉淪為騙財的計謀。如果真有一天這樣做了，我一定不能夠原諒自己。

　　從這個角度看，這個病症註定在我的人生中具有某種重要的意義。

　　兩年多前一個普通得不能再普通的日子，太陽從東到西，在天上劃着它每一天都走過一遍的軌跡。還有幾分鐘，它就會越過熟悉的山脊，隱藏在我視線不能再觸及的另一邊。

　　公立醫院急症室當下午班的醫生護士，到了這個時候，心情一般都比較輕鬆愉悅，因為工作時間已大約過了一半，快到吃晚飯的時刻。幹了近四小時的活，接連搶救了數個諸如交通意外的傷者、失去心跳脈搏的病人和氣喘的小童後，疲累的身軀總可以趁着晚飯的一小時稍作休息。

我從堆積如山的候診者排板中，隨意拿起最上面那一份第四類"次緊急"級別的病歷表，踏着輕盈的步伐走向最接近候診大堂的診症室，心想這些簡單的病症，只需四、五分鐘就可以看完，接着就可以裹腹去了。

我一邊看着病歷表上分流護士寫下的資料，一邊把桌上的舊式揚聲器挪近嘴邊，把病人的姓名和診症室的號碼各自重複喊了兩次，以防她聽不清楚而耽誤了行程，浪費了我的時間。我是一個急性子的人，等待是我最討厭的耗用時間方式。

病人的身影還未出現在眼前，我把求診的原因和維生指數看了一遍之後，已對她的情況了解透徹，也毫不困難地作出診斷。對於那些簡單的病症，即使仍未見到病人，單憑護士描述的病歷，往往已足夠讓我作出準確的判斷。我相信這一次也不例外。

簡單的病情

病情雖然簡單直接，毫無懸念，但在護士的敍述中，一個不顯眼的細節勾起了我的興趣。我決定稍後問個究竟。

一對母女徐徐地走進了1號診療室，來到我的跟前坐下。患病的是女兒，年約20歲，母親大約50歲左右，從衣着和外表來看，都是極為普通的人，完全和達官貴人沾不上邊。從女兒的面色、神態和動作判斷，她根本沒有甚麼大問題，所有的維生指數都在正常範圍之內。我認為分流護士把她評定為第四類"次緊急"病人，是絕對正確的。換句更容易讓常人明白的話來表達，"次緊急"其實就是一點也不急，她甚至不用到急症室求診，所有醫生都應該可以輕鬆地治好她的病。

"妳是甚麼時候開始肚子痛的？"簡短的開場白結束後，我根據分流護士的資料，開始逐一向她求證。

梳着一頭及肩直髮的少女，外貌溫婉動人，舉止嫻熟得體，雖然不至於稱得上不可方物般的美麗，但也讓人看上去頗為舒服。

"是從昨天開始的。"她的聲線緩慢柔和，散發着與病人身分極為吻合的楚楚可憐。

"疼痛是在腹部的哪個位置呢？"

"中央的這個部分。"回答的時候，少女以右手食指在腹部前面比劃着，清楚地標示着我需要的資料。

"那種疼痛是時急時緩，還是持續不變，甚至越來越厲害的呢？"

"是第一種情形，有時痛得要命，有時會稍作停頓。"少女不但外表討好，表達能力也很強，回答得有條不紊。

"除了肚子前面痛之外，那痛楚有沒有伸延至背後或兩面的胳膊？"

"沒有。只集中在中央附近的位置。"病人如果對自己的狀況很了解，對於醫生的診斷是極有幫助的。

"那麼妳這一兩天有沒有嘔吐和肚瀉的病徵？"

"從昨天起一共吐了三、四次，肚瀉了兩、三次，拉出來的都是很稀爛的東西。"

"那麼除了腸胃的不適之外，妳還有沒有發燒或其他病徵？"

「其他的都沒有，最主要的都是肚痛、嘔吐和腹瀉。」她比很多其他病人更了解自己的狀況。

「最近有到過外地旅行嗎？家裏其他人有妳同樣的病徵嗎？」

「都沒有。其他家人都沒有我的問題。」說話的時候她把頭輕輕地轉往母親那邊，好像要向她尋求一下確認。

「妳患的只是腸胃炎（Gastroenteritis, GE），這是十分常見和輕微的疾病，不用擔心，很快就會好起來。」在多問了幾條簡單的例行性問題之後，我跟她說出了我的想法。這跟剛才她未進來之前我已作出的判斷一模一樣。

「妳現在可以躺在牀上，讓我檢查一下。如果沒有甚麼異樣，就可以拿藥回家去了。」我沒有說出口的是，我也可以去吃我的晚飯了。

不消一分鐘，我已完成腹部檢查，結果是一如所料的正常。除了腹部中央對手掌按壓時有少許痛楚反應之外，其他都沒有甚麼異樣。

「身體檢查的結果和病歷相互吻合，妳只是患了我剛才說的腸胃炎。據我所知，妳昨天到了某間私家醫院求診，為甚麼今天又馬上到我這裏來呢？是不是那位主治醫生的治療不很成功？但妳得知道，即使是腸胃炎，也需要一些時間才會痊癒。」待少女重新坐下之後，我提出了最感興趣的一個問題，也順便為那名醫生作了開脫。

急症室裏的不少病人，在到這兒之前都看過另外一些醫生。但由於病情得不到緩和，很快就跑到急症室來。疾病痊癒是一個過程，如生活中其他的很多事情一樣，都需要時間，急也急不來。像

64

腸胃炎這種簡單的疾病，我倒覺得看醫生後一天不好，第二天就立即轉看另一個醫生，是在浪費病人自己的時間。

徹底的誤診

"我們昨夜去了香港島的私家醫院，主治醫生不是說腸胃炎，他說我的女兒有腹膜炎，說是很嚴重的病，有生命危險，要求我們住院治療。她住了一晚，由於費用實在太昂貴，我們家境並不富裕，也沒有買醫療保險，所以今天決定出院，轉到這裏來看。"

我的問題好像觸動了一直默默坐在女兒身邊的母親，她一開口就連珠炮發，像要把剛才失去的說話機會，一次過補償回來。

"腹膜炎？這根本不可能，她的病歷和腹膜炎完全不吻合，而且狀態這麼良好，怎可能是腹膜炎？"聽到這個診斷結果，我可以說是吃了一大驚，無意之間表露了我的真個性和看法，收也收不回。這完全不像是一個醫生會給出的合理答案，倒更像是市井之中那些愛爭風頭的三姑六婆以訛傳訛的說法。

本來一臉憂戚的母親，不但沒有怪責我的輕浮，似乎更因聽了我說漏了嘴的評語而放下心頭大石："我們昨晚去醫院的時候，也沒有想過病情這麼嚴重。但他是醫生，他這樣說，我們沒有能力質疑，唯有相信他。昨晚真是嚇得我們半死，現在聽你這麼說，真是太開心了。"

"他有沒有像我剛才那樣，問妳們那些問題？如果他問了那些問題，原則上是不可能作出腸胃炎以外任何一個診斷結果的。"我很想知道那位醫生何以把簡單的腸胃炎說成腹膜炎，這可能比即時做出正確的診斷困難得多。這種常見的疾病，就連還未畢業的醫科學生，都能輕易診斷出來，根本不須勞煩到福爾摩斯。

「完全沒有！他只是簡單的問了幾句後，就說我的女兒患上腹膜炎，叫我們盡早住院，接受檢查和治療。」母親說話的語氣，由剛才的焦躁不安漸漸變為激動。

我開始意會到誤診的原因了。與其說那是學藝不精，不如說那是處心積慮的安排。以後發生的事情，我想也不難想像得到。

「那麼他有叫妳躺在牀上，像剛才我那樣進行檢查嗎？」

「莫說正式的檢查，他昨晚就連一下也沒有碰過我！」少女好像抑壓了很久似的，我的問題剛好給她一個極好的機會，盡情釋放出如夢初醒般的驚愕。

「竟然檢查也不做，就診斷病人有腹膜炎？這是完全不可以接受的。正常來說，只有在腹部檢查中發現很不正常的跡象，我們才會懷疑病人患有腹膜炎！」當了醫生這麼多年，這樣荒誕的做法，我還是第一次聽說。

如果在醫生的專業考試裏，考生不問詳細的病歷，也完全不做任何身體檢查，就說病人患上某一種疾病，考官一定會被氣得暴跳如雷，不可能給予考生任何機會通過考試，說不定還會把考生痛罵得狗血淋頭。我雖然從未當過這類專業試的考官，但我絕對能理解他們的心情。

「那麼昨晚他為妳做過甚麼？」經歷了一連串想像不到的錯愕之後，我越來越好奇究竟還有甚麼匪夷所思的事，能擴展我的認知範圍。

這次媽媽搶在女兒的前面，希望爭取時機發洩她心中的不滿：

"他為她拍了腹部的電腦掃描，抽了血化驗，作了靜脈注射，也開了一點藥。但病情基本上都差不多，時好時壞。"

"那電腦掃描的結果怎樣呢？能不能證實是腹膜炎？"我嘴裏雖然這樣說，但心裏早已知道答案，只是想了解一下拍出來的結果而已。這絕不可能是腹膜炎，我在她們還未進來診症室前，就已經知道是腸胃炎。

"他根本就沒有和我們解釋電腦掃描的結果！不要說電腦掃描的結果，他到出院時就連我女兒最終患甚麼病都沒說清楚！"

我可以聽得出，母親的心情已經由激動進化為憤怒，而且火苗有繼續蔓延下去的趨勢。

剛才所有問題的答案即使有多離奇，我在心理上也還算可以承受得住，但下一條問題的答案，我心裏確實沒有底。我戰戰兢兢地說："那麼，妳這次住院一共花了多少錢？"

"接近兩萬元！"母親的怒氣繼續升溫，聲線也伴隨着越提越高。

"一宗簡單的腸胃炎，根本不需要住院，也不需要拍電腦掃描，這筆錢花得真有點冤枉。妳在我們這裏，一百元就全包了，而且也不用住院。我等會兒開完藥，妳就可以走了。回家除了吃藥，要多喝一點水，記着吃得清淡一些，一兩天就會好了。"我在叮囑病人的時候，心裏對剛才的那個數字仍猶有餘悸。

"現在看來，那個醫生根本就沒有把我們當成是人。在他眼中，我們只是他的一棵搖錢樹！他在我們身上看到的只是錢！"母親的怒火在說完整個診症過程的最後一句話時，達到了沸點。

作為醫生，我在求學習醫的時候已經被灌輸一種觀念，要求在行醫的生涯中必須遵守"希波克拉底誓言"。誓言的其中一條，是不能對同業作出攻擊或詆毀。因此，為了謹守自己曾經發過的誓，我沒有勇氣和兩母女表達自己的觀感，但我在心底裏絕對同意那位母親所說的每一個字。

假如用心問病歷

在過去的十多年中，見過不少醫生以不良手法騙財，對這種現象並不感到特別驚奇。畢竟，金黃色鈔票的誘惑實在太大，能令人迷失方向，放下理想，誤入歧途。我也見識過一些認識的醫生，憑藉專業的知識和超然的權威，純熟地運用各種手段"痛宰"病人。在公立醫院工作，面對如山壓力、似海病人、無能領導、混帳管理、人手短缺、士氣低落、人浮於事等等問題，不少少年時滿腔熱誠的醫生都被歲月摧殘得心灰意冷，心萌去意。我以往也確曾數度考慮另謀高就，但每次均在最後一刻醒覺金錢對意志力的侵蝕，擔心自己抗拒不住利益的衝擊，恥於把自己變成他們的其中一份子，寧願繼續一腔熱血兩袖清風的生活，才打消了辭職的念頭。

即使我之前遇過不少相似的事件，騙取的金錢甚至比這次多，但這次騙徒的手法極之粗疏低劣，連最基本的掩眼法也懶得施展，卻是我人生首次見識到如此不堪入目的騙案，我只能搖着頭直說世風日下。對於某些同業往下沉淪，我雖然感到惋惜，但向來不便多說。畢竟，彼此只是道不同不相為謀，仍未到不是你死就是我亡的境地。但這次我所遇到的騙徒，連盜亦有道的江湖原則和底線也不顧，我實在難以控制內心的震驚和憤慨。這有辱自己專業的名聲之餘，也實在太罔顧對病人的責任。

　　雖然已經過了二十多年，但我仍深刻記得，在上大學醫學院的時候，一位教授曾經訓勉同學，如果我們能用心為病人查問病歷，超過百分之七十的病症是不需要任何身體檢查和檢測手段，都可以準確診斷出來的。在隨後的醫學生涯中，也一直秉承這個做法為病人診治。透過親身的經驗，我能證實那位教授的觀點是準確無誤的。

　　完整合理的病歷，能馬上給予醫生一個正確的診斷結果。例如，一個人發燒一兩天，另有咳嗽、鼻水、喉嚨痛，沒有呼吸困難的情況，就是由病毒引起的上呼吸道感染，而不是更嚴重的肺炎。年約兩歲的小童，突然哭叫，且無緣無故不肯再活動其中一條手臂，就是患上扯肘症（Pulled elbow）。年齡約 20 歲以上，尤其是女性，持續感到心悸、手震、發熱、緊張不安、無法集中精神，而且在食慾正常之下體重卻不斷下降，就是患上甲狀腺毒症（Thyrotoxicosis）。雖然看上去簡單直接，但病人本身是不懂得如此精準地把病歷告訴醫生的，有用的資料只能透過醫生耐心地一字一句從病人口中獲得，並透過思考分析之後才能綜合而成。

腸胃炎與腹膜炎

　　腸胃炎的主要病徵是急性肚瀉，另外或會伴有時隱時現的腹痛、嘔吐或發燒等症狀。如果兩個或以上的人在共同進餐之後，於 72 小時內出現上述的病徵，就是食物中毒（Food poisoning）。腹膜炎（Peritonitis）比腸胃炎嚴重得多，若不能得到及時診治，可以導致死亡。腹膜炎的主要病徵是腹痛。剛開始時腹痛的位置很模糊，於數小時或一日內逐漸變得越來越嚴重，而且持續不退。其他的病徵包括噁心、嘔吐、發燒等等，但肚瀉並非常見現象。另外在身體檢查中，腹膜炎會出現極多明顯的不正常跡象，不難被醫生查找出來。所以在臨床上，腸胃炎和腹膜炎很容易被區分出來。如果不認真查詢病歷，亦不作任何身體檢查，就說一名病人患有腹膜炎，那是完全說不過去的。患上腸胃炎的病人，若非出現脫水的現象，通常不需要住院留醫，更不需要使用電腦掃描這些昂貴的檢測，可以直接回家休息。當然這種正確的醫療方法，無法幫助醫生在病人身上透過並不需要的住院和各類檢測，賺取更高的醫療費用。

完成這個病症之後，我看了看手腕上的錶，原來比晚飯的時間已經遲了十多分鐘。在匆匆走往餐廳的路上，遠方的落霞越過山脊的樹林，散開成一道道淡紅的光影，如彩筆一揮把天邊的白雲蘸上使人陶醉的顏色。

時光彷彿回到了大約九歲那年，我出席了人生的第一次葬禮。在喪禮之上，我看見很多平常笑面迎人的親友都顯得傷感落寞。就在那個地方，突然有一道如閃光般的意念穿過我的腦袋，喚醒混沌的心靈。我告訴自己，長大之後要當一名醫生。如果我可以救治所有人的生命，那麼大家就不用再為生離死別而掉眼淚。

現在看來，當時的那個想法固然極端幼稚，但這個極端幼稚的想法從那天起，卻實實在在地在我的心房播下了一顆種子，確立了我想當醫生的夢想。這顆種子埋藏在我的心田裏，如冬眠般不動聲色地度過了很長的一段時間。到了陽光、雨水和養分最充足的那一個季節，它開始發芽成長，最後拔地而起變成了一棵大樹。

　　我終於達成了我的夢想，而我的夢想是當一個拯救生命的醫生。這個夢想雖然曾經在充滿驚濤駭浪的人生中有所動搖，但慶幸自己從來沒有放棄過。

　　我的病人在私家醫院花了近兩萬塊錢而一無所獲，而她在公立醫院急症室僅付出一百元後，卻滿載而歸。我雖然也希望賺取私家醫生的報酬，但更希望獲得治好病人的滿足感。如果兩者不可得兼，我寧願追隨那顆種子的決定而選擇後者。我希望由那顆種子生長而成的大樹是一棵可供蔭庇的樹，而非只是一棵搖錢樹。

第二章

身體的自我表白

神醫的身體檢查

　　病人還沒有走進診療室，我只瞥了一眼手中病歷表上護士寫下的分流紀錄，已對病因心中有數。病歷表上以醫護人員常見的潦草筆法寫着一段病情：

　　左肘（Elbow）疼痛月餘，看過私家醫生後仍沒改善。

　　其他的維生指標一切正常。

　　"你的左肘疼了多久？"神情肅穆的中年男子在桌旁的椅子甫坐下，我便以簡短的問題打開話匣子。

　　"一個多月。"他也以簡潔得不能再抽走多一個字的句式回答，像是有意向我還以顏色。

　　"以前有弄傷過嗎？"

　　"沒有。"

　　"看過私家醫生後有改善嗎？"

　　"沒有。"對方的回答仍然簡約得帶有冷峻的味道。

　　為了緩和一下氣氛，我打趣說："你相信世上有神醫存在嗎？"

　　"不信！"依然斬釘截鐵。

　　話猶未盡，我趁着他的嘴巴將要合上的空檔，在他毫無戒備的時刻一把拉直他的左前臂，並以拇指按着左肘後外側骨頭微微隆起之處，直截了當地說：「你這兒應該很疼，對吧？」

「對！」他的聲線在空中顫抖。

我把拇指移過些許再一次按下去：「這兒已經不疼了。我說得沒錯吧？」

「沒錯。」

接着我讓他先把左手腕（Wrist）向上曲起，再用力把它扳下去：「這樣應該很疼，對吧？」

我從他的表情已得到了意料中的答案，不用再刻意傾聽那些如果聽漏了一個字，就遺失了一半內容的暗語。

「你現在相信世上有神醫了吧？」我頗為意氣風發，期待着接受勝利者應得的歡呼。

「不信！」可惜大叔態度依然堅決。

「我只問了三個問題，還沒有碰你就知道你甚麼地方疼，甚麼地方不疼，而且知道你患了網球肘（Tennis elbow）。其他的醫生有那樣檢查過你嗎？有任何一位醫生能說出你的病因嗎？」對着這名欠缺最基本幽默感的病人，我的耐性快要被耗光了。

「沒有呀。」

「那你現在相信世上有神醫了嗎？」同樣的問題我只打算問最後一次了。

「信了。」雖然他的話仍然短得不能再短，但臉上終於掛上了一絲難得一見的笑容。從他嘴角向上彎起的方向和速度判斷，我真有點懷疑他是否在步入診症室的一刻，就一直在戲弄我。

我當然並非甚麼神醫。那個耀眼的綽號，似乎適合憑藉三寸不爛之舌販賣隱世醫術的江湖郎中多一點。我自問不配擁有，也寧可敬而遠之。我能飛快地作出診斷，全是憑藉多年臨床經驗，作出合理推測和針對性檢查的結果。那些故弄玄虛的招數只不過是我常用的掩眼法，唯一目的只是企圖令日常診症工作變得更有趣味而已。急症室的工作雖然繁忙，卻並非每分每秒都緊張刺激，無時無刻都出生入死。我人生其中一個最大的缺點就是貪玩愛刺激，永遠不能憋着發悶，所以經常在外科口罩的掩護下肆意想出眾多鬼主意，希望寓工作於娛樂。一來讓自己對熟悉的工作環境和程序繼續保存着新鮮感，二則讓已經悶悶不樂的病人重拾哪怕只是片刻的笑容。這跟銀幕上的大偵探福爾摩斯查案時所表現出來的古靈精怪行徑，其實並無二致。或許，這就是兩位在不同工作範疇的福爾摩斯，在性情上最為相近的地方。

早在看過病歷上分流紀錄的資料後，我就估計病人患的是網球肘，因為那是肘部長期疼痛最常見的一個原因。但我不能肯定他一定患上了那個病，因為當時我連看也還沒看到他一眼。雖說網球肘是最常見的一個病因，但還有其他如退化性關節炎（Osteoarthritis）、痛風症（Gouty arthritis）、高爾夫球肘（Golfer's elbow）等，可以導致肘部疼痛的原因需要排除。

病歷以外的檢查

在大約百分之七十的病症之中，醫生可以單憑一個可靠的病歷，碰也不需要碰一下病人的身體，就能作出正確的診斷。例如，一名年青人發高燒兩天，同時有咳嗽、鼻水、頭痛、肌肉痠痛、噁心和疲倦，此外沒有其他特別危險的徵狀，就是患上感冒，簡單直接。只需約 30 秒的問診時間，就能作出診斷，毫無懸念。但在餘下百分之三十的病症，即使病歷詢問得十分詳盡和全面，也難以單純依靠病歷而獲得最準確的診斷。為病人作身體檢查，便能在病人身上取得客觀的生理訊息，有助達致確診的目的。在很多病例中，結合病歷和身體檢查中得到的資料，不需任何額外的檢測化驗，就可以追尋到正確的病因。

　　在病人踏足診療室前，我在腦袋中早已不動聲色地把網球肘列為頭號嫌疑犯。接下來要幹的，只是透過身體檢查去驗證我的想法是否正確。網球肘的檢查方法十分簡單，在熟練的檢查者手中，只需區區幾個動作，四、五秒內就能得出肯定的答案。是或不是，一目了然。但被檢查的人沒有這種常識，不知道醫生的葫蘆裏到底賣些甚麼藥。我就是利用了病人在這方面的無知，略施小計，在狹小的診療室裏設下 "天仙局"，一步一步地把他引領到死胡同，迫使他不得不親口承認我是蓋世神醫，好讓我滿足了一次骯髒的虛榮感。

　　網球肘是一種常見的疾病，由於長期重複性的手腕或手肘動作，導致手肘的筋腱（Tendon）出現慢性發炎（Chronic inflammation）。患者常會感到手肘外側疼痛，於手肘及手腕用力時更甚。治療方法包括承托患肢紓緩勞損、服用或注射消炎止痛藥物（Anti-inflammatory drugs）和物理治療（Physiotherapy）等等。一般而言，病人在接受保守性療法數週至三、四個月後，多能痊癒。若經過正規的保守治療半年以上，情況仍沒好轉，甚或嚴重影響工作和生活，則可考慮採取手術治療方式。

容易誤診的網球肘

網球肘的診斷極為容易，只是如此這般輕微的疾病，卻經常被對骨科病症缺乏深入認識的其他科醫生誤診延醫，迫使病人不得不走到急診室碰一下運氣。如此這般的慢性病，和急症二字完全拉不上關係。但殘酷的現實卻把這類病人變為急症室的常客，無辜地加重了急診室員工的工作壓力。因此，我心裏時常暗忖，究竟外面的醫生大多是像我一般寓工作於娛樂，還是畢竟我的言行太光怪陸離，大部分正常人都只是寓娛樂於工作呢？另外還有一個可能性，就是他們比我把工作視為娛樂得更厲害也說不定。

我常對年青的醫生說："如果你幹同一件事 100 次，第 100 次不比第 90 次好，你就應該檢討自己，因為你沒有用心幹好工作。雖然有經驗，但你沒有從經驗中學到改進的方法。"

我一直認為，世上從沒有神醫的存在。或許在常人眼裏，醫生的智慧比一般人高不只是一點點，但他們畢竟都是人。在醫生眼中，大家的智慧都是差不多的。雖然有些成就較高、有些名聲較響，但透過努力，全都是可以觸及的目標。所有醫學知識都是承先啟後的，只要孜孜不倦地學習，在某種意義而言，或許誰都能成為神醫。杏林中出類拔萃者，最與別不同之處，唯 "用心" 二字而已。正如福爾摩斯，他在我的心中也並不是甚麼神探。倫敦街頭的警官幹探成千上萬，他只是住在貝克街 221b 室一個比同行更用心尋找線索，而且更貪玩、更愛刺激的偵探罷了。

令醫生不安的喘鳴聲

　　當從病歷表上瞥見病人來自加勒比海島國巴哈馬（The Bahamas），我馬上想起了占士邦系列電影《新鐵金剛智破皇家賭場》（*Casino Royale*）裏洋溢着熱帶風情的畫面，心境頓時豁然開朗，便邁着輕鬆的步伐走向病人所在的診症室。

　　讀萬卷書不如行萬里路。回想剛從醫學院畢業的日子，正值青春歲月，風華正茂，書生意氣，揮斥方遒。在那個敢於指點江山，激揚文字，糞土當年萬戶侯的人生階段，最愛獨個兒背着行囊周遊列國，渴望擺脫世俗羈絆，追逐無拘無束的自由。夢想覓到千山鳥飛絕的世界盡頭，披蓑笠泛孤舟，品味出世逍遙的奢華。

　　那時候，最愛遊歷的地方是歐洲。每逢假期的第二日，我必定已扛着沉甸甸的綠色大背囊鑽上穿越國境線的老式歐洲夜車，享受着輪子輾在路軌上發出既具有強烈節奏感，又清脆悅耳的金屬奏鳴曲，為耳朵帶來無限的歡愉。多少次，當火車蜿蜒行走在高山峽灣和密林深谷時，曾因感到自己相對於浩瀚宇宙的渺小愚昧而不禁惆悵感慨，唯有惘然昂首仰望深邃神秘的黑暗星空，輕問蒼茫大地，誰主沉浮？

　　由於巴哈馬是我遊歷足跡上的漏網之魚，腦海中對當地如詩似畫的風光之憧憬驅使我自動請纓當上該名病人的主診醫生。然而，在他以嘶啞的聲線氣喘吁吁地竭力回答我的首個問題時，我對該島的浪漫遐想卻在瞬間灰飛煙滅。單憑從他喉嚨深處發出的乾燥聲音，我已斷定他正命懸一線。

我花了約十分鐘的時間弄清楚他的病歷和從巴哈馬帶回來的醫療紀錄。旅居當地的港籍中年男子，三個月前聲線開始變得嘶啞（Hoarseness），且每況愈下。他於個半月前開始咳嗽，並出現呼吸困難（Dyspnoea），呼吸的聲音也十分嘈雜。他同時察覺到吞嚥困難的問題，體重明顯下降。在巴哈馬曾數度求醫，但病情持續惡化，故患者決定返港就診。他披星戴月飛越了大半個地球，甫下機便風塵僕僕地於大清早直奔我所在的急症室。當地的醫療紀錄在診斷一欄寫着：支氣管炎（Bronchitis），並給予口服類固醇（Steroid）作治療。

支氣管炎會聲音嘶啞？

我對這蒼白無力的診斷結果完全不敢苟同。支氣管炎的臨床表現方式與患者的病徵簡直風馬牛不相及，完全不可以相提並論。儘管支氣管炎也會導致咳嗽和呼吸困難，但不會引起聲線嘶啞、吞嚥困難和消瘦等病徵，所以不能完整地解析患者所有的徵狀。可以同時引致長期咳嗽和呼吸困難的病因有很多，常見的有肺炎（pneumonia）、肺結核（Pulmonary tuberculosis）、慢性支氣管炎（Chronic bronchitis）、支氣管擴張（Bronchiectasis）、哮喘（Asthma）和肺癌（Ca lung）等等，不能盡錄。因此不能由於患者擁有長期咳嗽和呼吸困難這兩個病徵，就輕率地把病因歸咎為支氣管炎，而罔顧他擁有的其他徵狀。於是我用不上三、四秒的推敲就自信地排除了這個可能性。

"我不認為你患的是支氣管炎。我想你患上了更嚴重的疾病，很可能是生長在聲帶附近的腫瘤。那個腫瘤造成了上呼吸道部分阻塞。如果上呼吸道被完全塞住，空氣進出不了肺部，你就會死於窒息。"我從來說話都十分直截了當，不喜歡拖拖拉拉。這樣更能給予病人信心。

"昨晚你在飛機上沒生意外，可真算走運。"我確實為他以帶病之軀作出的洲際飛行壯舉抹了一把汗。

即使仍未為病者作任何身體檢查和化驗，只需借助醫學知識進行快速的邏輯思辯，我已推斷出病者的慢性聲嘶乃因聲帶癱瘓（Vocal cord palsy）而起，而呼吸困難是因聲帶癱瘓引起的上呼吸道阻塞（Upper airway obstruction）而致。上呼吸道若遭完全阻塞，可即時誘發窒息而在數分鐘內奪命。吞嚥困難則因為聲帶附近長出腫瘤，壓着上呼吸道後面的食道（Oesophagus）導致阻塞，令食物不能下嚥而使患者日漸消瘦。所有這些線索都指向同一個目標：喉頭附近出現癌症病變。

面對複雜的病例，如果有那麼一個設想能夠統一地解釋所有的臨床表徵，那個就極有可能是最正確的診斷結果。在宇宙所有的規律中，共同的原理始終如一：簡單就是美麗。

氣道阻塞的聲音

當我走進獨立的診症室跟病人說了第一句話，就繃緊了身上每一條神經。最讓我覺得警惕和不安的，是病人嘶啞的聲線和吸入空氣時嘈雜的聲音。前者暗示着聲帶在説話時不能正常開合，導致發聲功能出現問題。後者如換以專業醫學術語來形容，就是"喘鳴"（Stridor）的意思。"喘鳴"是上呼吸道受到部分阻塞的典型跡象，也是最讓醫生焦慮不安的其中一個徵狀。當吸氣時，空氣在經過受阻塞而變得狹窄的上呼吸道進入氣管，就像吹簫時空氣流經狹窄的開孔一樣，會發出比較高頻的聲音。

上呼吸道，泛指由鼻、鼻竇、口咽（Oropharynx）、喉咽（Hypopharynx）、喉頭（Larynx）等細小區域部分所組成的氣道，是外部世界與肺部之間的重要通道。當人體呼吸時，空氣就是沿着這條通道進出肺部。若這條狹窄的通道遭到局部阻塞，空氣便不能順利進出肺部，引致呼吸困難。若氣道被完全堵塞，更會造成窒息缺氧。如未能在四、五分鐘內清除堵塞，重新打通呼吸道，就可能導致死亡或永久性腦部損傷等嚴重後遺症。由於上呼吸道阻塞的情況極為危急，後果十分嚴重，而留給醫生排除問題的時間甚為短促，所以對氣道的處理排在所有急救程序之首位，是急救中必須優先解決的項目。

導致上呼吸道阻塞的原因很多，成人常見的原因包括病人的舌頭在昏迷的狀態下往後壓、意外進入上呼吸道的異物（Foreign body）、病人自己的嘔吐物、口腔積血、由過敏反應引起的血管性水腫（Angioedema）、聲帶癱瘓、氣道附近的腫瘤、面部和頸部的嚴重創傷、面部燒傷引致的上呼吸道軟組織腫脹等，都可能是阻塞的元兇。在兒童方面則有哮吼（Croup）、細菌性氣管炎（Bacterial tracheitis）、會厭炎（Acute epiglottitis）、扁桃體周圍膿腫（Peritonsillar abscess）、百日咳（Pertussis）、咽後膿腫（Retropharyngeal abscess）和軟喉症（Laryngomalacia）等諸多原因。

我把想法清晰地寫在病歷表上，提示外科醫生儘快處理，然後把病人送進外科病房接受治療。同日稍後時間由耳鼻喉科醫生進行的直達式喉鏡檢查（Direct laryngoscopy），在喉頭部位發現了一個很大的腫瘤，與我的判斷基本吻合。病人須即時接受氣管造口手術（Tracheostomy），以解除上呼吸道阻塞導致窒息的潛在威脅，並於其後進行全喉切除手術（Total laryngectomy），以徹底清除喉部癌症（Ca larynx）。

外科病房的醫生和護士看了病歷表上我寫下的診斷後，或許會心生疑竇，急症室醫生既不是耳鼻喉科專科醫生，也沒有進行過電腦掃描或活組織檢查之類的測試，甚至連最簡單的 X-光和抽血化驗也沒做，何以如此信誓旦旦地把病因歸結為喉癌。

層層遞進的辨病推理

其實，要得出這個診斷結果並不十分困難。這個結論是對人體解剖學的深入理解及一系列邏輯推理的最終產物，亦是對病人全部表現徵狀所能作出的唯一合理詮釋。

病人呼吸時顯現"喘鳴"跡象，客觀地指出了上呼吸道局部受阻。上呼吸道雖小，但也分為不同的區域，到底哪裏受到阻塞？這問題可由病人沙啞的聲音揭開了謎底，確切地指出位於喉頭內的聲帶就是答案。

解答了上呼吸道受阻的確切位置，仍未能完成任務。緊接而來的下一條問題是，呼吸道受阻的原因究竟是哪一個？

　　要回答這條題目，就得從患者的其他病徵入手，尋求線索，把表面上看似互不相關的散亂資料，綜合起來仔細地加以分析。

　　病人的病徵已出現了三個月，表明並非由急性疾病而起，所以前列的大部分病因都可以排除。餘下的就只需考慮慢性的病變。

　　在聲帶附近位置引起阻塞的慢性病變以腫瘤為多。腫瘤有良性和惡性之分，後者就是廣為人知的癌症。那到底病人患的是良性的還是惡性的聲帶腫瘤？其他的徵兆提供了重要的佐證。

　　他除了上呼吸道受阻的徵狀外，還有吞嚥困難的問題，而吞嚥困難一般代表食道受到阻塞。食道是連接口腔和胃部的通道，食道的首段就處於喉頭的正後方。一個生長在聲帶的腫瘤從開始展現徵狀，在三個月內還導致處於其後方位置的食道阻塞，表示它的生長速度相當快，體積已擴大到了一個程度，足以對附近的器官產生擠壓效應（Pressure effect）。普遍而言，良性的聲帶腫瘤一般不會長得如此快速，也甚少導致如此嚴峻的擠壓效應。

　　經過一連串慎密的思考和推理，把不能與病人的臨床徵狀匹配的病因逐一排除，喉癌就成了最後一個站得住腳的病因。這是不需要任何複雜檢測和化驗都能以理性推想出來的結論。即使巴哈馬的醫療設施沒有香港的完備，我的問題反而是何以當地的醫生經過了那麼長的一段時間，竟然仍想不出一個像樣的答案來。

　　一個在地球彼端久治不癒之症，在病人抵港數小時後即被我戳破神秘面紗，快得就連自己也有點難以置信。從此，巴哈馬這個我從未踏足的國度，在我的記憶中留下了永不磨滅的烙印。

喉癌

顧名思義，喉癌是生長在喉部的癌症，主要可分為三個基本類型：聲門形（聲帶）、聲門上型（聲襞）和聲門下型，又以聲門形最為普遍。

喉癌最主要的風險因素是吸煙，吸煙者比非吸煙者的死亡率高約 20 倍。除此之外，經常飲用烈酒也大大增加患上喉癌的機會。而且，這兩個因素具有協同作用。

視乎癌細胞位置和大小的影響，喉癌的徵狀包括：聲音嘶啞、頸部腫塊、喉嚨痛或哽咽的感覺、持續咳嗽、喘鳴、耳痛及吞嚥困難等。具體的治療方法取決於腫瘤的位置，類型和期數，包括外科手術、放射治療或化療，它們可能會被單獨或組合起來使用。

冷冰冰的提示

"快把病人送往搶救室！"

在檢查過病人的右手後，我不禁大吃一驚。眼前這位被分流為第四類"次緊急"級別的病人，患的卻是我在十數年行醫生涯中只遇過三、四次的嚴重疾病，於是馬上以半請求、半咆哮的口吻向遠處的護士發施號令。

該名患有糖尿病（Diabetes mellitus, DM）、血壓高（Hypertension, HT）、冠心病（Ischaemic heart disease, IHD）和心房纖維顫動（Atrial fibrillation, AF）等長期病患的七十餘歲老人，因暈眩（Dizziness）、胸口鬱悶（Chest discomfort）和右手麻痺（Numbness）等眾多模糊的徵狀求診。他和妻子在中午十二時左右到達急症室，在分流站（Triage station）先經分流護士（Triage nurse）作初步評估，稍後即被認為病情並不嚴重，因而獲分派一個較低的分流類別，到我在下午二時十五分開始為他診治時，已躺在狹窄的診症室的病牀上等候了接近兩個小時。

該名病人在 2015 年 2 月初某一天的病歷分流紀錄上，寫着這樣的一段文字：

上午 10 時開始右手麻痺，沒有肌肉無力現象，說話沒有口齒不清，沒有嘔吐和流涎，腹上部輕微疼痛。在救護車上服用過阿士匹靈和舌下三酸甘油（TNG）後，情況略見好轉。

在客觀維生指數的欄目上填寫了下列的一組數據：

血壓（BP）　　　　　　　　　189 / 87mmHg
心跳頻率（Pulse）　　　　　　每分鐘 82 次
體溫（Temperature）　　　　　36 攝氏度
格拉斯哥昏迷指數（GCS）　　　15 / 15（E4V5M6）

由於病人既清醒，又能對答如流，維生指數中除了收縮壓（Systolic blood pressure, SBP）較高外，其他項目相對正常，病歷也沒有異常嚴重的情況，所以起初我也不以為意，只是如常地跟隨"問診－檢查－檢測"的常規診斷次序，為他作診治。

單獨的上肢麻痹是頗為常見的問題，一般是神經系統出現了毛病，並非如大眾所想的就等同於中風之類的嚴重疾病，因此我並不十分擔憂，可以多花上一段時間讓老人們慢慢說清楚情況。每當我提出一個問題，站在病人身旁的妻子總是以溫婉的眼神望着丈夫，薄薄的嘴唇先是微微合着。待丈夫把情況說完，才開始拉動她柔順的嘴角線條，為他作簡短的補充，而滿載斑駁皺紋的臉上一直帶着和善的淺笑。從妻子眉宇之間流露出對丈夫濃郁的崇敬之意，我相信她在人生的某個節點開始便對他深深着迷，並把同一份情意在流逝的時光中一直完好地保存在心上，從沒間斷。

茫無頭緒的病歷和檢查

在鼻孔噴得出薄霧的那個冬日午後，於細小的診療室內，我卻因無意中體驗到永恆愛情的溫暖而既羨慕又嫉妒。

從夫婦二人你一言我一語之中獲得的病歷紀錄，未能提供任何迅速引領我破解謎團的線索。我緊接着進入第二個診斷程序——檢查，希望能從他身上找到一些有用的資料。

我一面做着身體檢查，一面在心中默不作聲地記下結果。

病人整體狀態（General condition）良好，格拉斯哥昏迷指數（GCS）15 分，完全清醒，收縮壓較高。沒有臉色蒼白（Pallor）、黃疸（Jaundice）或發紺（Cyanosis）現象。沒有踝部水腫（Ankle oedema），心臟聲音正常，沒有雜音（Murmur），心臟功能表面正常。肺部音質清晰，進氣量（Air entry）兩側一樣，沒有任何呼吸窘迫（Respiratory distress）的跡象，呼吸機能無異常情況。四肢肌肉張力（Muscle tone）相同，但右上肢肌肉力量輕微減弱，兩面瞳孔大小和對光線反應一樣，頸部沒有僵硬，中風或腦溢血跡象不明顯，中樞神經功能無異樣。腹部平軟，沒有防衛姿勢（Guarding）、按壓痛（Tenderness）或反跳痛（Rebound tenderness），腸鳴音（Bowel sound）正常……

掛在急症室診症室牆上的大鐘，長指針滴滴答答地環繞它的中心跑了兩個多圈，可惜 720 度的天旋地轉沒有多給我一分踏實的提示，看來再跑下去也不會有多大的作用。正當我惆悵於各系統的檢查結果都正常得出人意表，無法解釋患者的狀況時，我的手無意間觸碰到他曝露於厚重外衣之外的右手掌，驀然被一股駭人的寒意嚇了一跳。那除了是隆冬寒流對軀體慷慨餽贈的見面禮外，也可能是肢體喪失了血液供應的跡象。

病人冰凍的右手帶給我的震撼，仿如北宋蘇小妹新婚之夜出題三難新郎，新科進士秦少游被最後一條題目難倒，百思不得其解時，望到蘇東坡投進水中磚片翻起的漣漪弄碎皓月倒影，登時茅塞頓開的情景一模一樣。

閉門推出窗前月
投石衝開水底天

我為曾經十分接近失敗，如今卻有機會親自打開藏着答案的禮物盒而興奮莫名。不由分說，我用力拉起他兩面的衣袖，把雙手的三枚手指頭，同時按到他一對手腕的橈動脈（Radial artery）上，數秒後即證實右手的血管失去了脈動，而且整條右前臂冰凍蒼白得像被嚴冬的積雪覆蓋着一樣。

使出簡單的一招半式以後，我深信已揭開了謎底。預料到病人的後果極為嚴重，治療的理想時間所餘無幾，必須迅速作出確診並儘快進行緊急手術，我不敢怠慢，隨即針對性地重新詢問了他數個簡短直接的問題。單憑他的回覆，再結合客觀的檢查結果作相互印證，無需任何額外的檢測化驗，我便準確地得出急性肢體缺血（Acute limb ischaemia, ALI）的臨床診斷。

寒意的契機

原來他在約四小時前突然出現右上肢疼痛（Pain）、麻痺無力（Paralysis）、麻木（Paraesthesia）和蒼白（Pallor）的病徵。由於情況其後稍為好轉，因而沒有意識到要主動向醫護人員提及那些病徵，並如此這般地騙倒了分流護士。那四個以英文字母 P 字作開首的病徵，加上我在身體檢查中找到的脈搏消失（Pulselessness）和冰冷感（Perishing cold），完整地湊合了急性肢體缺血全部六個由 P 字隱藏着的典型特徵。

二十多年前念大學的時候，由於醫學博大精深，在學習過程中有很多書本上的知識需要背誦強記。我自知才疏學淺，記憶力有限，所以對那些能夠幫助記憶的英語短句（Mnemonic）情有獨鍾。幸好醫學中有不少由心地善良的前人們創作的 mnemonics，得以幫助懶惰成性的後輩完成學業，不致因考試失敗而被殘酷淘汰掉。因為簡單而便於背誦，這六個 P 字也確實對我認識急性肢體缺血的臨床特徵起了重要的作用，使我由英國人尚未從香港撤退的年代，就一直把它們牢牢地銘記於心，到了那天竟然戲劇性地使該名病者間接得益。

或致截肢的急病

急性肢體缺血是指流經臂或腿的主要動脈（Artery）突然遭到阻塞，導致下游位置的血液供應完全中斷。如果被阻塞的血管未能在 6 至 12 小時內重新開通，回復對下游位置的血液供應，可引致肢體中的肌肉和神經因缺氧而受到永久性損傷，更會造成終身殘廢、截肢，甚至死亡。

急性肢體缺血主要由血栓（Thrombosis）和栓塞（Embolism）兩種情況引起，統稱為血栓栓塞（Thromboembolism），病例以前者居多。血栓通常由周邊動脈阻塞疾病（Peripheral vascular disease, PVD）導致。病因是膽固醇積聚於血管內壁，形成粥樣硬塊，使血管通道變窄，令血液流量減少，最終引起血液凝固而產生血栓，堵塞血管。此病的高危因素包括男性、老年、吸煙、肥胖，以及患有高血壓、糖尿病或高脂血症（Hyperlipidaemia）等病症的長期病患者。一般而言，周邊動脈阻塞疾病的患者，在血管阻塞情況惡化至急性肢體缺血前，受影響的肢體都會長期顯現冰冷、疼痛、肌肉萎縮、脫毛等慢性的缺血跡象，促使病人求診治療。

動脈栓塞則主要由於血液在心臟內凝固，形成栓子（Embolus），而心房纖維顫動（AF）是形成栓子的最主要原因。栓子隨血液離開心臟後在動脈內移動，一旦卡在肢體中通道較狹窄的動脈，就會造成阻塞。由栓子引起的急性肢體缺血通常不會在事發前顯現慢性缺血跡象，這是血栓和栓塞兩者在臨牀上最顯著的差異。

我的病人既是年老的男性，又患有糖尿病、血壓高和心房纖維顫動等疾病，明顯屬於急性肢體缺血最高危的羣組。另外，他在當日之前從未經驗過右上肢慢性缺血的徵狀，最合理的估計是由心房纖維顫動導致右上肢動脈栓塞。

在完成了心電圖、肺部 X-光和血液化驗等必要的檢測程序後，我把病人的情況在電話中轉告了當值的血管外科醫生（Vascular surgeon），讓他們作好準備，使病人得以在住院三小時後便及時接受了緊急肱動脈取栓術（Brachial embolectomy），並成功保存了右臂的所有正常功能。

我一向推崇用心查詢病歷在診斷中的重要性。但在某些情況下，無論醫生如何用心，都未必能直接從病歷中找到診斷結果，反而身體檢查中一個重要的發現，就能成為扭轉乾坤的線索，開拓出一條寬闊的坦途直達終點。從這件病例可以看到，認真仔細的身體檢查，是診斷程序中不可或缺的組成部分。

急性肢體缺血並不常見，大部分醫生都缺乏以臨床技巧準確診斷這個病症的經驗，我一生人充其量也只不過遇上三、四次而已。總結這次的成功經驗，全賴當時機警地抓住了冰冷右手的啟示，沒有讓稍縱即逝的機會溜過手指縫的罅隙而造成遺憾。

不過，相對於病人右手讓我震慄的冰冷，更令我難忘的卻是夫妻二人鶼鰈情深的暖意。或許二人在不知多少年前就約定今生的道路一起奔走，此世的姻緣一同尋求。到了那個寒冷的冬日，我作為一名短暫闖進他們生命的陌生人，從一對老人眉來眼去之間感受到的溫情，也許就是讓我快凍僵的腦袋及時回暖，助我破解懸案的最重要動力。因為這種動力，我樂意為雙方作見證，當年他們之間訂下的誓言，到了今天也絲毫沒有半點走樣。

知名度比較高的兩個醫學 mnemonics

"Sometimes lawyers take physicians to the court house"：幫助記憶手腕上共 8 塊、分列成兩排的腕骨（Carpal bone）的英文名的正確排列次序。八個名字的首字母，就是此短句的首字母。如果因記錯了這些複雜的名字而出了醫療問題，有時候律師可能真的把醫生狀告到法庭之上。

接近前臂的四塊腕骨為：

Scaphoid   舟骨

Lunate   月骨

Triquetrum   三角骨

Pisiform   豌豆骨

接近掌骨（Metacarpal bone）的四塊腕骨為：

Trapezium   大多角骨

Trapezoid   小多角骨

Capitate   頭狀骨

Hamate   鈎骨

CBIRD：英語發音與海鳥（Seabird）相同，以幫助記憶高鉀血症（Hyperkalaemia）的治療方法及其正確使用次序。

Calcium gluconate   葡萄糖酸鈣

Bicarbonate   碳酸氫鹽

Insulin   胰島素

Resin   樹脂

Dialysis   血液透析

耳朵出血的足球員

　　2014 年 7 月的某天晚上，當我坐在溫暖家中那軟綿綿的沙發上，在電視機前看着巴西國家足隊球的超級球星尼馬（Neymar），於世界盃八強賽淘汰哥倫比亞一役被對方球員從後撞倒，導致脊椎骨碎裂那一刻，我擔心的倒不是他。單從熒光幕所見，尼馬的受傷機制（Mechanism of injury）不至於讓他遇上生命危險，也絕不會嚴重到迫使他高掛球鞋，帶着傷感和遺憾提早離開綠茵戰場。這種在分秒之間憑藉觀察作出結論的能力，每位擁有運動場上救援經驗，而且善於分析思辨的醫學偵探都應該了然於胸。

　　自從孩童年代開始，我就是英國愛華頓（Everton）足球會的狂熱追隨者。到了中學時期，矯健的身手和爭勝的鬥志早已把我塑造成一名終日馳騁沙場的足球員。我先是司職正前鋒，憑藉優於常人的頭球技術屢屢取得漂亮的入球。後來，為了不浪費掉以往當中學手球隊正選門將而獲得的比賽經驗，在上大學時改任足球隊守門員。豈料焉知非福，當上醫生後，有幸晉身為連奪首三屆全港公立醫院足球盃賽冠軍隊的正選門將。但"禍兮福之所倚，福兮禍之所伏"，道家的道理我由衷地心悅誠服，在享受過三次高舉獎盃的勝利榮譽之後，不久我就因大腿傷患帶着遺憾退下了火線，故對所有運動員，尤其是足球員的身心之痛感同身受。

向來熱愛運動的我失去了在場上左飛右撲的奢侈特權後，心中自有不甘，於是稍微改變了一下身分，倔強地藉機重回英雄爭勝之地。"從哪裏摔倒，就在哪裏站起來"。這是運動員理所當然的應有態度。自多年前開始，我便在工餘時間以志願醫護人員角色，寓工作於娛樂，參與了本地舉行的多項體育盛事的駐場醫療支援工作，如：2008 年奧運馬術比賽和 2009 年東亞運動會，乃至每年舉辦一次的香港羽毛球公開賽、台維斯盃網球賽、每週兩次的賽馬日等等。本人並有幸於京奧馬術比賽期間，於沙田賽場醫療站內為一名外國代表團成員治理眼疾。由此而積累起的運動醫學經驗使我在電光火石間，即使於運動場邊那種缺乏人手、儀器和藥物支援的環境，仍能每每快速而精準地作出判斷。

　　在日常生活中，身為急症科醫生，當我在運動場上遇上傷患情況，自然責無旁貸地當上義務救護人員一職，此舉早習以為常。每當看到電視或報刊上有關運動受傷的新聞，必會條件反射般思索救治的方法，及估計復原所需的時間。這也逐漸變成了我在得知有運動員受傷後的第一個本能反應。

　　尼馬倒地不起，即時浮現在我腦海中的影像，卻是兩個月前我看過的另一名足球場上的逐夢者。從他的受傷機制和表現徵狀，我在簡單地詢問了兩三句病歷後，就知道他的情況遠較表面上的平靜嚴重得多。

看似無礙的球賽受傷

"我沒有甚麼大問題，只是左面耳朵好像聽得不太清楚。"四十餘歲的男子躺在病榻上泰然自若地訴説着病情，他身上那件鮮紅色的曼聯隊主場球衣，正把我的眼睛刺得隱隱作痛。我在診症時最討厭的事情就是遇到這件球衣。要與穿着這件球衣的人作詳細的問診，老實説絕對是對我忍耐力的一個不小的挑戰。如果容許的話，我倒希望他們能把奧脱福球場的制服先脱下來一會，待診症完結後才在我的背後重新穿上。

才剛踏進五月不到幾天，四月底那份獨特的初夏味道仍沒消散，空氣中依然混和着冷雨潮濕的清香。把自己想像成曼聯隊一份子的傷者，據報在晚上的球賽中因摔倒而引致頭部輕微受傷。他的紅魔鬼隊友若果不是把球賽的勝負看得比隊友的受傷更為重要，就必定是對急症室醫生護士的能力懷有絕對的信心，以至於當救護車把他送到醫院時，連哪怕是一名隊友也沒有跟隨到來。直到他的妻子接報隨後趕來，他在迷惘中徜徉的意識才找回了唯一的慰藉。

他已記不起在球賽中如何受傷，只是隊友們發現他摔倒後左耳曾流出少量鮮血，遂召喚救護車把他送院檢查。除了左面耳朵的聽覺稍微差了一點以外，他並沒有任何包括失去知覺（Loss of consciousness, LOC）、劇烈頭痛、反覆嘔吐、抽搐（Convulsion）、失憶（Amnesia）、肢體乏力和麻木（Limb weakness and numbness）等嚴重頭部受傷的典型跡象，身體其他部分也未遭受連帶性傷害。抵達急症室時他的意識完全清醒，血壓、心跳、呼吸等維生指標全部正常，四肢活動自如，神經系統的

2004 年 1 月第三屆全港公立醫院足球盃賽冠軍球隊在決賽前合照，本書作者任守門員。

作者現職賽馬日馬場監場醫生。

馬匹在閘前作熱身準備。

檢查結果沒有絲毫異常之處，頭皮表面也只顯現撞擊遺留下來的微細磨損和腫脹痕跡。表面上這僅是一宗輕微的頭部受傷（Minor head injury）個案。一般而言，年輕而且健康的輕微頭部受傷患者，在作過簡單的身體檢查和 X-光後，如無異常之處，均無需住院，可直接回家休養。

隱蔽性傷勢

然而，在我初次知悉傷者有左耳出血的徵兆後，瞬間就敲響了心中的警號。這個經常被急症經驗不太豐富的醫生直觀地視為耳道受傷，而輕易忽略掉的重要徵狀，對急症科和腦外科醫生而言，卻有着完全不同的詮釋和意義，是把大家的焦點引向某種隱蔽性傷勢最有力的線索之一。

我的腦海中清晰地浮現出緊貼在唯一一條問題後面的那個大問號，暗忖必須儘快分辨出他有否顱底骨折（Skull base fracture）。我知道只需解答完這條題目，就可以完成我的任務。

我先用耳鼻喉科的儀器檢查了傷者的左耳道（Ear canal），隔着耳膜（Tympanum）發現中耳鼓室之內浸滿了血液，找到了鼓室積血（Haemotympanum）的客觀證據。此外，左耳膜對光線的反射變得模糊，左耳道也存有少量血液，而右耳方面的檢查結果則完全正常。

我不是個隨便把病人置於電腦掃描（CT）的輻射危險之中的醫生，但在那個情況下，我也毫不猶豫地把他送進了電腦掃描室作腦部檢查。誠然，電腦掃描這種新式的檢測儀器，既快捷又準確，是醫院中不可或缺的診斷工具，但它也不是完全沒有缺點的。如拍X-光一樣，在進行電腦掃描的過程中，病人是直接曝露於電磁輻射之中的。病人在進行一次腦部電腦掃描所接受到的輻射劑量，就等於拍攝數十次頭骨 X-光的效果。人類長期曝露於 X-光的照射下是可以致癌的。如果對病人的情況不加以詳細評估，就貿然把他們送往電腦掃描室作不必要的檢查，累積多次這種不必要的電腦掃描檢查，就會大大增加病人因反覆曝露於電磁輻射之中而患上癌症的風險。雖然醫生現在已越來越輕易為病人進行電腦掃描檢查，但作為一名負責任的醫生，我依然是全力捍衛傳統臨床技巧的那一小撮人，堅持以臨床方式作為診斷的宗旨。如非必要，甚少建議病人作這種檢測。這一次，連我也認為腦部電腦掃描檢查是必要的。

難以發現的顱底骨折

電腦顯示屏不多久就傳來了掃描的影像。我一下又一下地敲打着鍵盤上的按鈕，眼睛一次又一次地掃視着接連出現的影像。掃描結果一如所料，顯示出顱腔積氣（Pneumocephalus）和乳突骨骨折（Mastoid fracture）的情況。這些都是顱底骨折的客觀證據，在短短十分鐘內就證實了我的推斷。與此同時，傷者的右額葉還有挫裂傷（Right frontal contusion）的跡象，那是腦內出血（Intracerebral haemorrhage, ICH）的其中一種形態。

人類的腦部被完整地包裹在四面八方由頭骨（Skull）保護起來的顱腔（Cranial cavity）之內，以抵禦外部撞擊對腦部造成的傷害。一旦外部撞擊的力量超越頭骨的承受能力，便會產生頭骨骨折

（Skull fracture），進而傷及腦部。若沒有頭骨骨折，單純由創傷引起的腦部出血是較罕見的。

　　長着頭髮的頭皮之下，只是頭骨的拱頂（Vault）位置，也是視線可及的頭骨表面部分。此處的骨折由於會造成頭皮血腫（Scalp haematoma）而容易引起醫生的懷疑，而且傳統的X-光片亦能輕易把骨折的紋理顯示出來，所以診斷毫不困難。然而，頭骨還有眼睛所看不到的一部分，由包括顳骨（Temporal）、枕骨（Occipital）、蝶骨（Sphenoid）和篩骨（Ethmoid）等多塊骨頭拼合成一塊扁平的平台，深深隱藏在頭顱之內，承托着腦袋的底部，把平台以上的顱腔和以下的鼻腔及喉咽等部位分隔開來。這片由不同骨頭組成的平台，在解剖學（Anatomy）上被稱為顱底（Base of skull）。

　　顱底骨折較拱頂骨折罕見，不一定產生明顯的頭皮血腫，傳統的X-光無法顯示骨折的紋理，所以較難作出準確診斷。由於腦幹（Brain stem）、脊髓、顱神經（Cranial nerves）及不少重要的血管都在顱底穿過，這些組織在顱底骨折中常受到牽連及損傷，造成極嚴重的後果，甚至有性命之憂，所以是個不容遺漏的臨床狀況。而要捕獲這個隱蔽的元兇，全賴高度的臨床警覺性。

　　雖然顱底骨折發生在目光難以觸及的頭顱深處，所幸的是它也非完全無跡可循，諸多臨床跡象能為醫生提供珍貴的破案線索，當中包括熊貓眼（Raccoon eye sign）、眼結膜下出血（Subconjunctival hemorrhage）、腦脊液鼻漏（CSF rhinorrhoea）、腦脊液耳漏（CSF otorrhoea）、巴特爾氏徵象（Battle's sign）和前述的中耳鼓室積血等等徵狀。鑒於傳統的X-光片不能對顱底骨折作出準確診斷，所以腦部電腦掃描已成為了這個情況的主流診斷方法。

當天，我就是憑着左耳出血的警示，迅速為那名曼聯球迷診斷出極具危險性的顱底骨折。他在住院後情況一直十分穩定，無需接受任何手術治療，並於觀察三天後平安出院。

雖然我對那件紅色的球衣沒有絲毫好感，但話得說回來，我對穿着這種球衣的人也從沒半點敵意。身邊有太多期望追隨魔鬼足跡的人，多得連自己的弟弟也是他們的一份子。除了從心底裏暗自嘆息他們選擇球隊的眼光之外，也只能提起勇氣面對他們奇異的目光，堅持把自己身上獨有的一點藍色隱沒在紅潮之中，然後相忘於江湖。

畢竟，福爾摩斯從來都不是隨波逐流的人。他只喜歡披着不合潮流的斗篷，戴着他那頂招牌式的帽子，獨自一人走在遠離俗世的鄉郊小路上。那條人跡罕至的林間小路，才是他最理想的歸宿。

險被惡魔吞噬的人

"A 房 Cat. 2 case ！"

廣播系統在全無預兆的情況下，突然傳出護士瀕臨歇斯底里的呼叫。尖銳得近乎淒厲的聲線響徹急症室的每一片空間，促使我不得不馬上放下手上的工作，抱着同情和好奇各佔一半的心情快步走向搶救室，沿路琢磨着該如何幫助那名第二類"危急"級別的病人和我那受驚的夥伴逃出生天。

已記不清楚那天是何年何月，只知道早上灑過一陣快雨。駕車上班途經東區走廊時，天空一片蔚藍。在寶馬房車擋風玻璃的右上方，雨過天青雲破處，一束金黃色的光線洞穿白雲的間隙，從高空直照泛着波光的維多利亞港，一片祥和靈秀的景象。論莊嚴的感覺，比得上穿過歐洲哥德式教堂巨大玫瑰窗的晨光。

面對如斯風和日麗的壯闊海天，被困在駕駛座上的我彷彿接收到上天的感召，當天不是適合看病人的日子。我的身體雖然正高速向着醫院靠近，但靈魂早已預留給大海。

福爾摩斯也是人，也有放肆的時候。畢竟，胡思亂想不僅是普通人的特權。

"這名病人剛才還在上班，約半小時前被同事發現變得迷迷糊糊。公司裏的人於是報警，由救護車把她送到醫院。現在上壓

（Systolic blood pressure, SBP）只有 80 多，而且左腿瘀黑浮腫得很厲害。"護士在慶幸她的驚詫已被分擔了一半的時候，卻一點都沒法意識到，她已無情地消滅了當天我對大海的所有殘餘憧憬。

我一面掃視着各種監察儀器上的生理數據，一面向躺在病榻上的女病人提出問題："妳哪裏不舒服？"

監察血壓的儀器發出 "呧、呧、呧、呧⋯⋯" 讓人極不耐煩的叫聲，令我無法聽懂她微弱的答話。

我把病歷表捲成一個長紙筒，先將一頭的開口對着她的耳朵，然後把嘴巴靠到另一端的開口高聲把問題重複一遍。

"左腿突然腫了起來，而且痛得要命。" 她的嘴巴艱辛地一張一合，吐出僅僅讓我聽得到的話語。

在她張開口的一瞬間，我瞧見她口腔裏的舌頭乾癟得像根木頭。那是嚴重脫水（Dehydration）的象徵。

"我看過她的左腿，就如她所説的，腫脹得很厲害。而且血壓很低，看來很嚴重的樣子。"護士在一旁聲色俱厲地補充，好像在為她把病人評定為第二類"危急"級別的決定尋找最合理的解釋。

當病人意識程度低時

根據病人的意識水平和反應速度，我料到再查問下去也不會在短時間內得到需要的資料，倒不如先為她檢查一下小腿，看一下究竟是甚麼一回事來得直截了當。而且繼續把時間浪費在病歷查詢上，可能錯失了及時穩定病情的機會，或有導致狀況惡化的風險。於是我立即決定放棄醫學診治中，"先問診，再檢查，後化驗檢測，確診了才作治療＂的傳統次序，先繞過費時的問診環節，直接跳到檢查和治療階段去。

我跨了幾步，從牀頭走到她左腿旁邊，翻開覆蓋着病人身體的被子。在小腿展露出來的一瞬間，我頓時被眼前閃爍着的強烈危險訊息愣住了。那條小腿比正常情況下被稱作小腿的身體部分，讓人吃驚地粗大浮腫了最少兩、三倍。小腿表面的皮膚瘀瘀藍藍的一大片，表示皮膚底下埋藏着驚心動魄的秘密。

我整個人在牀邊僵硬地站立了片刻，連半句話也說不出來。當了十多年急症室醫生，甚麼血腥恐怖的場面沒經歷過，以為不會再有甚麼驚慄的處境能讓我害怕。但橫放在我眼前的是一生中從未見到的景象，它的恐怖之處在於它甚至一點兒也不血腥，卻像把刀子架在被脅持者脖子上的罪犯，向追緝的警探展示出挑釁性的冷笑一般，讓我隔着空氣也感受到生死一線的危機。意會到這一點，倒讓我心裏不寒而慄地顫抖起來。

隨時奪命的急症

當我在兩、三秒後回過神來，腦袋中本能地浮現出兩種診斷的可能性：壞死性筋膜炎（Necrotizing fasciitis, NF）和由深層靜脈栓塞（Deep vein thrombosis, DVT）併發的肺動脈栓塞（Pulmonary embolism, PE）。兩者的臨床徵狀皆為急性的小腿腫痛，均可在短時間內奪命。無論是哪一個原因，她的生命已進入倒數階段，我的每個決定和動作必須快而準。

＂快給她氧氣，把牀頭降低一些。我現在為她建立靜脈管道，妳快去拿 Gelofusin，準備為她作快速輸液。"我以急促但堅定的語調向護士説出指令。

Gelofusin 是本港醫院在急救低血容量性休克（Hypovolaemic shock）的病人時，最常用到的血容量擴張劑（Volume expander），旨在透過把 Gelofusin 直接滴注進患者的靜脈而迅速提升血容量，從而改善休克的情況。

我一面低下頭來在病人的前臂努力尋找建立靜脈通道的血管，一面高聲向她查詢病歷的詳細情況。在經常要獨個兒搶救危急病人的環境服務了接近廿年，為了爭分奪秒在緊迫的時間內完成大量工作，我在很早以前已學懂了一心二用的秘訣。這也是急症室醫生無可奈何之下的生存之道。

英國自然學家達爾文（Charles Darwin）在其提出的進化論中關於"物競天擇，適者生存"的論述，在急症室這個對醫生而言極端嚴苛的工作環境，得到了最有力的印證。我親眼目睹過不少醫生掌握不到生存的技巧，無法適應這個危機處處的生態環境而被迫半途而廢。

建立好靜脈通道後，我趁機在膠管的開口接駁上注射器（Syringe），並抽取了 20 毫升的血液作化驗之用。在我把盛滿了血液的注射器從靜脈管道扭下來之際，站在我身旁的護士已迫不及待地接駁上 Gelofusin 的軟膠管，隨即開始快速滴注。

在完成了一連串的急救程序之後，病歷也問得七七八八了。該名中年婦人身體向來無恙，亦沒有任何損傷，當天早上仍如常上班工作。十時左右，左小腿突然腫脹疼痛，皮膚化作紫藍色，意識很快就變得迷糊。約兩小時後被同伴發現不太對勁，經救護車送到急症室時已神志不清，且被發現血壓極低。

食肉菌的威力

我很快就判斷出她正處於休克（Shock）狀態，必須儘快查出兩種可能性中誰才是真正的元兇。我立刻把搶救室內的超聲波儀器推到病榻邊，為病人進行了針對性的重點評估，發現她的左腿血液流通正常，心臟活動能力也無異樣，DVT 和 PE 大致可以排除。我順道以超聲波掃描了腹腔，並未發現因腹腔出血而導致休克的情況。雖然無法以超聲波直接診斷壞死性筋膜炎，但排除了其他最具可能性的病因後，答案就只剩下這一個了。

雖然這不是我首次診斷出壞死性筋膜炎，但這名病人的皮膚狀況，是以往治理過的四、五宗病例中最嚴重的。

壞死性筋膜炎更廣為人知的另一個俗稱叫 "食肉菌感染"，是由細菌入侵手腳的皮下組織和筋膜（Fascia）而引起的急性壞死性軟組織感染，可以在肌肉以上的軟組織層快速向四周擴散，從而引致大面積的身體組織壞死，宛如細菌把患者從體內吞噬掉一樣，死亡率極高。一旦遭細菌感染而壞死的範圍由肢體擴散至身軀或頭頸部位，成功治癒的機會就十分渺茫，所以搶救壞死性筋膜炎患者儼如一場與時間的生死決鬥，戰勝不了時間就意味着死亡。

壞死性筋膜炎分為兩種類型。1 型為多種細菌的混合感染，常見的致病細菌包括化膿鏈球菌（Streptococcus pyogenes）、金黃色葡萄球菌（Staphylococcus aureus）、產氣莢膜梭菌（Clostridium perfringens）、創傷弧菌（Vibrio vulnificus）、脆弱擬桿菌（Bacteroides fragilis）和厭氧菌（Anaerobic bacteria）等。2型則多由 β - 溶血性鏈球菌（β-hemolytic streptococcus）所致。壞死性筋膜炎主要侵襲嗜酒、吸煙、患有糖尿病、癌症、其他長期病患及免疫功能受損的人士。皮膚因傷受損，是細菌侵入身體的主要途徑。最為特別的是，若干比例的患者是在接觸海產或海水後染上惡菌的。此例中身體健康且皮膚未受損傷而罹患該症的病人，特屬罕見。

壞死性筋膜炎的早期病徵為皮膚腫脹、劇烈疼痛、發熱、變硬及膚色轉深等等。但皮膚表面的徵狀可能並不十分明顯，而肢體疼痛的程度卻可以遠遠超越皮膚表徵，以致病人一直在喊痛，而醫生卻在檢查中甚麼也找不到。如果醫生被眼睛所見而愚弄瞞騙，未能及時作出正確診斷而延遲了治療，病情可在數小時內急劇惡化，以致皮膚產生水泡及壞死，並出現敗血性休克（Septic shock）、多器官功能衰竭（Multiple organ failure）和瀰漫性血管內凝血（Dessiminated intravascular coagulation, DIC）等多種致命的併發症。所以在面對疑似個案時，一點也不能輕率馬虎。

延遲診斷，後果不堪設想

過往的診治經驗提醒我，救治這個病成功與否，取決於及時的診斷、正確使用合適的抗生素、以外科手術方式清除受感染的壞死軟組織，以及手術後在深切治療部內密切的支援性治療，缺一不可。雖然診斷已出來了，但離停得下來歇息的時機還遠着，我唯有一步一步地沿着以前的腳印往前走。在為病人進行心電圖、注射抗生素及強心藥物以控制感染和提升血壓後，我隨即召喚了深切治療部和骨科醫生到急症室會診。他們重新對病人做過簡短的評估後，都同意了我的臨床判斷，然後直接把病人送進了手術室進行腿部緊急手術，最終證實了診斷正確無誤。

她於隨後的三星期中先後接受了 10 次清除壞死組織的手術，在一個月後才得以離開深切治療部，轉往普通病房繼續康復治療。最終該名婦人逃過了被細菌吃掉的惡運。

事後當我翻查電腦紀錄，得知引起這宗壞死性筋膜炎病例的元兇為創傷弧菌（Vibrio vulnificus），才恍然大悟。創傷弧菌是一種棲息於海洋中的細菌。如果肢體上的傷口曝露在含有創傷弧菌的海水之中，傷口就有機會受到感染而導致壞死性筋膜炎。

我的胸懷不禁豁然開朗。原來那天早上洞穿白雲的神聖之光，並非意圖以大海的美景誘惑我脫離正途，而是隱喻性地贈予一道破案的靈感，暗示我應該把目光移往海上，在那兒便能輕易尋獲答案。

鐵鉤之謎

"這名男傷者剛才在街上做清潔工作的時候，不小心摔倒，左邊胳膊被一枝鐵鉤插了進去，現在鐵鉤仍在肩膊上。除此之外，沒有其他傷患。他的整體狀況良好，維生指數也十分正常。"

年輕的下屬在我幹完手上的工作走進搶救室時，誠惶誠恐地把已經總結的病歷，一字一句地向我匯報，生怕遺漏了任何重要的資料而遭我責備。

病人是在剛過午夜時分被送進來的。晚上急症室值班的醫生比白天少，11時過後就開始逐漸下班。2時過後，往往只剩下一名初級醫生和一名高級醫生負責所有夜間求診的病人。

那天晚上，我是負責督導的高級醫生。

我一面認真地聆聽着他的報告，一面默默地點着頭，雙眼快速地往他手上的病歷表掃描。

血壓	123/79 mmHg
脈搏	每分鐘 81 次
體溫	37.1 攝氏度
呼吸頻率	每分鐘 18 次
血液含氧量	98%
格拉斯哥昏迷指數	15/15

傷者所有的生理指數如初級醫生所説，正常得近乎完美。我從不掩飾自己挑剔的個性，但在他的簡報中實在找不到任何能觸動神經的地方。

我走近病牀，看了看他扭曲起來的臉。年約 20 歲的小伙子，眼耳口鼻都像湊熱鬧般緊貼在一起，體內那股鐵一般的冰冷和痛楚，使他一直緊鎖着雙眉。那根如鐵鈎船長假臂一般粗壯的鐵鈎，依然原封不動地插在他的左肩上。

"你是怎樣弄傷自己的？"我對他的受傷機理很感興趣。畢竟，除了在電影裏看過之外，這是我在現實世界中首次看見鐵鈎船長的鐵鈎。那是屠房裏把屠宰了的豬隻鈎掛在鐵架上的那種鐵鈎，看上去給人一種冰冷陰森的感覺，叫人馬上聯想到電影中連環殺手準備再次犯案的場面。

他的面容倔強地湊在一起，沒有絲毫意願回答我的問題。

"他被警察送來之後，就一直沒有説過話。"初級醫生極力地想紓緩沉澱在室內的尷尬氣氛。

言談之間，我的目光一直沒有離開過那根深褐色的兇器。注視那根鐵鈎越久，我就越看它不順眼。它前端彎曲的部分，插進了左肩的後半部，長而筆直的部分和連着的木柄，近乎平行地貼着上臂的旁邊往下垂。一柄長長的鐵鈎，只有最前頭的部分插進肌肉之中，隨後的大半部分搖搖欲墜，彷彿被人不小心碰一下的話，就會甩下來的樣子。我對於任何不穩妥扎實的東西，心裏都會滋生忐忑不安的感覺。這和我的人生態度，基本上是一致的。

"有問過隨行的警員到底發生甚麼一回事嗎？"我對年輕的醫生説。

"據他們説，傷者和他的母親都是清潔工人。他們今晚在後巷工作的時候，因為地面濕滑，他摔了一跤，摔在地上時被自己的鐵鈎給插進去了。"初級醫生給了我一個滿意的回答，證明他在問診的時候確實費了一番心機。

　　"跟着你打算怎樣辦？"我習慣了在工作中遇到問題時，趁機評估下屬的工作態度和能力。

　　"他的左臂沒有大量出血，臨床檢查證實沒有傷及上肢神經系統，手部活動自如，前臂脈搏強烈。在急症室這裏可做的並不太多。我想為他拍 X 光，看有沒有傷及肺部，鐵鈎有沒有在體內斷裂，以及插得有多深。如果一切都正常，我會把他收進骨科病房，讓骨科醫生進行手術把鐵鈎拔出來。"他説話的內容和神態，給人一種可以信任的感覺，也贏得了我的良好印象。對於一個剛進入急症室工作沒多久的醫生，這個治療計劃可算是頭頭是道。

　　"非常好，完全同意。"換上是我，也會同樣處理。

莫名奇妙的再三追問

　　沒多久，病人被推往 X 光室，偌大的搶救室頓時變得空空如也。趁着這個空檔，我隨即拿起揚聲器，召喚隨行的警員前來提供資料。

　　"警察先生，現場的環境是怎樣的？"我向穿着整齊軍裝制服的警員發問，眼睛有意無意之間停留在他腰間的左輪手槍之上。我自小就對士兵、制服、槍械、武器等事物充滿好奇，所以每當看見這些人和物，一定會目不轉睛。也許由於福爾摩斯的小説和電影看多了，對於和偵探一起工作的警察，我也有十分親切的感覺。

"現場是夾在兩棟大廈之間的一條狹窄小巷，兩面還堆放着一些雜物。我們收到命令趕到現場，傷者已經躺在地上，附近有一小灘血漬。"警察以受過訓練的口吻回答我的問題，簡潔直接，而且極具權威性。

"他報稱是怎樣受傷的呢？"

"剛才我們不是跟醫生和護士說過了嗎？他當時說是因為滑了一跤，摔在地上時身體剛好壓在鐵鈎上，所以鐵鈎尖銳的部分插進了左面的肩膀。"

我一向在對話時都用心聆聽，因此對語句字眼十分敏感。這次，我感受到他似乎有點不耐煩，腦中瞬間冒起了福爾摩斯身邊經常出現的那些蘇格蘭場警探的形象。

"真倒霉，竟然被自己的謀生工具弄傷。不知道他會不會獲得工傷賠償呢？"為了緩和一下氣氛，我和他嘻哈了起來，希望拉近一下彼此智力上的距離。這些蠢話我平常是不會說的。畢竟，我還有用得着他的地方。

"當時他的媽媽在哪兒？"

"他們當時在一起工作，我們到達現場時，他媽媽就在他身邊。"

"他媽媽怎麼說？"

"說的和剛才的一樣。"

"還有其他人在現場嗎？"

"沒有了。"

"那麼是誰報警的呢？"

"當然是他的母親！那根鐵鈎又粗又尖，他受傷後痛得要命，從來沒有講過一句話。"警員一臉不屑，彷彿要刻意讓我知道，我問了一個十分愚蠢的問題。

……

說着說着，病人已經拍完 X 光被送回了搶救室。雖然每個人說的話都一模一樣，沒有甚麼可疑之處，但我對傷者受傷的情況，仍未能完全理解。

福爾摩斯眼中的不對勁

"X 光影像看不到任何問題。"我盯着熒光幕上的圖像，自言自語地說。那根鐵鈎重新進入我的視線範圍之後，又不期然地觸動了我愛挑剔的神經。我覺得它這樣掛在手臂的旁邊，好像總有甚麼地方出了岔子，使我如坐針氈。

"鐵鈎沒有刺穿肺部，也沒有弄斷裏面的骨頭，本身也沒有斷裂，看來一切穩定。我們現在是不是把病人送上骨科病房就可以了？"年青醫生依照原來的計劃，希望及早把病人送走，似乎完全沒有察覺到我的不祥預感。

我輕輕的踏着步繞到病人頭部位置的病牀

模擬鐵鈎插進胳膊的圖像。

邊上，皺着眉把額頭摺出幾道深刻的皺紋，然後把嘴巴貼近他的右耳，吐出了一句我一直忍着不説的話。

"這根鐵鈎是不是你娘親插進去的？"

這個疑問，我早在感到鐵鈎的姿態不太合心意時，就一直憋在心裏。我只是耐心地等待着更合適的時機才説出來。

年青醫生和那名警員的表情，在隨後三、四秒內起了微妙的變化。他們先是像被人在後腦殼上敲了一下似的全身愣住了，然後面部肌肉開始輕微地顫動，連帶嘴巴也緊接着微微張開，眼睛到最後變成了兩團小火球的模樣。

就連話説得不多的護士，也被突如其來的情節給嚇壞了。數秒之內，她全身僵硬地把雙腿扎進了地板，怎樣也無法相信自己的耳朵，竟然聽到一個醫生如此誣告病人的家屬。

男傷者依然一言不發，面容依然扭曲，但我在他臉上仍輕易觀察到因驚惶而起的變化。他雖然極力掩飾，但仍騙不了我的眼睛。

當我的目光初次接觸到倒掛在病人左臂上的鐵鈎，那個畫面固然極為震撼，但我過不久就開始感到事態極不對勁。直覺提醒我，內裏必定事有蹺蹊。我懷疑他不是由於痛楚而閉嘴，只是不想節外生枝而不願談話。

"鐵鈎是你娘親插進去的，對嗎？"在第一次試探性的發問之後，我以更堅定的語氣把問題重複了一遍。與其説是問他，倒不如説是對他施加更大的壓力。第二個問題顯然是多此一舉，他的面部反應早已提供了最確切的答案。

但他鐵起了心，作最後的孤注一擲，仍舊咬緊牙關，一聲不響。

「所有的命案，最可疑的兇手都是死者最親密的人。這個所有警察都知道，不信你可以問一問他。」我把身體站直，指着警察高聲説。

口裏雖然這樣説，但我對那名警察是否擁有這個能力，卻並不十分肯定。但那並不重要，重要的是我能不能騙倒我的病人。

猶豫了很短的時間後，他終於無可奈何地點了點頭。眼睛仍然緊閉，五官依然皺在一起，只是痛苦與先前相比，似乎更加深了一點。

看來我的賭注成功了。

「你是怎麼知道的？」醫生、護士和警察三人異口同聲地説。

「甚麼我是怎樣知道的，難道你們不覺得奇怪嗎？」我故弄玄虛地説，已經預備好心情享受道路兩旁的人向巡遊的勝利者歡呼。

「你覺得甚麼地方奇怪？」六目交投了一會，最後由年青醫生鼓起勇氣開口。

「那根鐵鈎連着肩膀的角度，怎樣看也不像是由倒地而插進去的。一個人摔在鐵鈎上，不可能這樣被刺穿身體。那分明是被人高高舉起來，然後再從上面劈下來刺進肩膊的。」

「你是從一開始就不相信他的話，所以才不斷追問我現場的情況嗎？」警員聽了我的解釋後，看來已茅塞頓開，臉上泛過一抹微紅。

「一開始的時候，我沒有所謂的信或不信。但那根鐵鈎的存在，確實讓我感到很不自在。然後，他一直不答話，才真正引起了我的懷疑。他即使痛得很厲害，但那種創傷對他根本不會造成任何嚴重影響。他是完全清醒的，而且維生指數十分正常，由此至終一言不發必定另有原因。一個人受到這種罕見的傷害，到了醫院，正常來說必定願意和醫護人員合作，儘快說明自己知道的情況，好讓醫生護士及早為自己治療。他那種與正常行為相悖的反應，讓我難以理解，才使我心生疑竇。"

搶救室中另外三個站着的人，不約而同地張大了嘴巴，分不清是真的恍然大悟，還是在掩飾他們剛才走漏了眼的尷尬。事實上，兩者都應該有一點點才對。

"你為甚麼那麼肯定是他母親幹的？"年青的醫生在停頓了一會兒後，把最後的好奇心擠了出來。

"這個你應該問警察，他是應該知道的。"我一邊說着，一邊把含有多重意義的目光投向仍未平復過來的警察。

他好像沒有聽見這句話，也沒有直視我的雙眼。

沒等他開口，我便接着說："這個很容易理解。如果你有看過犯罪學的書，你就會知道很多命案，兇手都是死者最親近的人，包括親屬、朋友、同事等等。由於他們和死者有緊密的關係，所以有較多機會接觸死者，也容易引起糾紛，並容易產生殺人的動機。無緣無故，你怎會殺一個毫不相干的人。所以在調查兇殺案的時候，警方最初都會把死者的親人朋友列作嫌疑犯，直至有其他證據排除犯案的可能性為止。"

我刻意把頭再次轉往鐵鈎的方向，準備好我的結案陳詞："我剛才說過，這種傷勢雖然罕見，但只要憑細心的觀察和合理的推斷，就應該看得出不像是由他聲稱的意外導致。不是由意外引起，那就是人為的。當時在他身邊的人，嫌疑最大。所以我花了不少時間，嘗試確認當時還有甚麼人在他附近。當時，只有他媽媽跟他在一起，所以他媽媽的嫌疑也就最大。如果是其他人幹的，他根本就不需要為那人掩飾。只有是親人，他才會有動機隱瞞真相，不願張揚開來。"

"對嗎？"我沒有指望傷者回答我這條問題。

警員在聽完我的解釋後，腳步匆匆地離開了搶救室，躲在一角向總部匯報他的最新發現。

詳細檢查之重要

趁着等待把病人送往骨科病房的空檔，因應這個病例的啟發，我仍有一些心底話要跟我的下屬說明。我的下屬年輕勤快，對未來的醫學之路充滿憧憬和期盼，不失為可造之材，只是由於缺乏經驗而稍嫌稚嫩。我在他身上看到了我約 20 年前剛出道時的影子。

"剛才是單憑身體檢查的發現而找出正確病因的最佳例子。透過這個病例，你可以看到，有時候我們不需要準確的病歷和複雜的檢測，單憑身體檢查就可以解決問題。在急症室工作，我們不時會遇到不盡人意的情況。不少病人不能夠或不願意向我們提供準確的病歷，包括那些神智不清、昏迷、智力有問題、呼吸困難、濫用藥物、受情緒困擾、精神病、罪案中的疑犯，甚至乎那些不想同行父母知道自己狀況的青少年。對於這些人，你更要認真仔細地為他們進行身體檢查，因為在身體檢查中往往可以找出破案的重要線索。例如，對於那些昏迷的病人，經過詳細的身體檢查，你應該可以分辨出他們有沒有中風，大腦有否出血，有沒有中毒的跡象，血糖是不是偏低等等的情況。"

從他的眼神，我確定他正用心地把我的話逐字逐句地記在心裏。

　　最後，我語重心長地説出對每一名年輕醫生都會説過一遍的話。這是我行醫 20 年後最深刻的感觸："醫生和偵探其實十分相似，都是透過觀察細微的蛛絲馬跡，運用腦袋進行縝密理性的分析，最終尋獲事實的真相。在這個過程中，要時刻抱着懷疑的心態，不能絕對相信病人提供的資料。有可疑的地方，就必須結合病歷、身體檢查結果以及檢測化驗報告，相互印證比對，務求作出最合理的判斷。這是當醫生的正確態度，也是達致成功的唯一方法。"

　　數天後，我從秘密的渠道得悉，那名男子因為平常不務正業，與母親的關係並不融洽。那天晚上二人一起工作時，因某事引發爭執。母親激動之際，擎起利鈎，從上而下砍向不肖兒。兒子負傷後，因歉疚不願母親身陷囹圄，所以企圖把所有責任攬在身上，獨自一人承受所有苦果。

　　至此，他為自己贏取了最後的尊嚴。

　　福爾摩斯和其他的偵探，不論在能力還是成就方面皆有巨大的差別，否則柯南道爾爵士也不會特別為他起了一個響噹噹的名字。

　　無論是那名警察還是年輕的醫生，他日若想幹出一番成績，足以比肩福爾摩斯或急症室的福爾摩斯，顯然還有很多東西需要努力學習。

第三章

客觀證據的揭示

醫者父母心

"他沒有甚麼大問題，只是喝醉了。"病人的雙親在回覆我的病歷查詢時，輕輕鬆鬆地如是說，對迫在眉睫的危機沒有絲毫警覺。我作為他們的主治醫生卻繃緊了身上每一條的神經，半點也安心不下。

那是 2014 年 7 月上旬的某個晚上。在我跟前半夢半醒地倒臥在病榻上的青年，前一天與友人到長洲租住度假屋玩樂，晚上喝了一點酒，翌日早上仍安然無恙。中午時在廁所呆了頗長的一段時間，出來後吐了一次，以後就一直迷迷糊糊地昏睡在牀上。同伴們起初不以為然，到黃昏時始覺事有蹺蹊，便把青年送往該島的唯一一間醫院。那所醫院急症室的醫生在診治後，便以"醉酒"為由把病人轉送往我所在的市區急症室。

每次聽到長洲島上那所醫院的名字，定會勾起心中一段快樂的回憶。十多年前，我曾經被調派往該院工作兩個月。上班的第一天，便被那間古色古香的建築物深深吸引，愛不釋手。我租住了距離醫院只有六、七分鐘路程的一間獨立套房，每天早上睡到上班前二十分鐘才醒過來，簡單梳洗後就連跑帶跳地沿着長洲東灣海灘旁邊的小路趕回醫院，雙手總是忙於把法式長麵包一小塊一小塊地撕下來，看準牙齒停下來的時機便往嘴裏送。依稀記得那是十月時分，淺藍色的天空在最合適的位置點綴着數片白雲，清明而透徹。和煦的陽光從頭上撒滿一地，把金黃色的顏料塗抹在建築物的外牆之上。略帶着鹽的味道的清涼海風，從左邊平緩的海面吹來，掠過十餘米寬的半月型沙灘，輕拂着面龐上仍未完全消散的睡意，把昨夜殘留的倦容一掃而盡。一撮鐵了心要逃離文明世界的雁羣，在頭雁的帶領下向兩旁展開 V 字型的陣列，以前一晚操練過的節奏拍打着雙翼，整齊地飛越深秋海濱的樹林，一面發出道別的低沉鳴叫，一面漸漸隱沒在山的另一邊。

　　午飯的時間，醫院二樓的走廊總是空無一人。我愛趁着這個空檔獨個兒在走廊上踱步。走廊的一邊是辦公室和病房，另一邊是整排的窗子。溫暖的陽光從外面穿過玻璃，把窗子的形狀投射在地板上，變成一格一格刺眼的拼圖。透過窗子可以看到被建築物三面包圍的庭院，庭院中的老樹雖然已掉下一半的葉子，但一陣呼呼的海風吹來，剩下的一半仍舊使勁地抖動得沙沙作響。把目光從枝葉交錯的樹梢之間穿過去，就是蔚藍的海。海浪順着風的方向，捲起彎曲的白色弧線，排成一道道小矮牆般湧上灘頭，在一頭栽進沙子而無法再尋回自己的身影之前，用盡氣力依依不捨地唱出最後的詠嘆調。在最前端的一排浪花沒入沙子後，驀然化作探戈姑娘搖曳的裙襬，在水陸交接的邊沿時前時後地隨着擺動飄揚。滾滾浪花拍打着沙灘和岩岸，此起彼落地編奏成一曲聽風的歌。在那數十個糅合着陽光清風和藍天白雲的秋日午後，我經常倚在窗邊，着了迷似的看海浪起舞，且聽風吟。

長洲醫院。

長洲醫院二樓走廊。

長洲醫院的庭院。

作者以往總是沿着長洲東灣海灘旁邊的小路趕回醫院。

不是單純酒醉嗎？

在我仍然陶醉於對往日美好歲月的緬懷時，病人的父母聞訊而至。他們在短暫接觸過兒子後，竟反過來安慰我不必對青年人的荒唐行徑大驚小怪，謂醉酒只是少不更事的人一件很平常的事，並不會在他臉上增添不光彩的額外印記。我對父母的鎮定自若深感錯愕，心裏不禁萌生一個疑問，難道他們不察覺兒子跟平常的喝醉很不一樣嗎？

縱使我的鼻子不是特別靈敏，但我在病人身上根本嗅不到半分酒精的味道。而且即使他昨晚曾經喝過酒，過了這麼長的時間，也應該早已甦醒過來。依據這些簡單的分析，我馬上把“醉酒”剔除出正確診斷的考慮範圍。但事情也只是解決了一半，雖然病人的維生指標穩定，身體表面沒有明顯受傷痕跡，各個系統的檢查結果也大致正常，但引起意識混亂（Confusion）的潛在病因仍多如恆河沙數，必須花費多一點心思和時間逐一檢視推敲，才有可能找到最後答案。

無法自行訴說病況

醫生主要透過三種手段為患者診斷病情，分別為病歷查詢、身體檢查和化驗檢測。我一直不遺餘力地重申病歷查詢對正確診斷的重要性，但在某些特殊的情況下病人實在無法或難以提供有意義的病歷資料。這些情況包括昏迷（Coma）、神志不清（Confusion）、中風（Cerebrovascular accident）、智力遲鈍（Mental retardation）、腦退化症（Dementia）、精神錯亂（Psychosis）、聾啞人士（Deaf and dumb）等等。若遇到病人擁有任何一種以上的狀況，同時沒有熟悉患者病情的資料提供者在旁協助，病歷查詢可能完全幫不上忙，醫生在這種處境只能求助於身體檢查和化驗檢測。再以這名病人為例，某些時候，就連身體檢查的結果也沒有任何明顯異常之處，難以為診斷提供有用的臨床線索，化驗檢測就成了追尋最終真相的唯一出路。

急症科醫生不像其他專科醫生那麼幸福和奢侈，有一大堆檢測方法可供選擇運用。在急症室可供運用的檢測方式，只有快速尿液化驗、血液化驗、心電圖（Electrocardiogram, ECG）、X-光、超聲波（Ultrasound）和腦部電圖掃描（CT brain）等寥寥數種。不必說那些諸如核磁共振成像（Magnetic resonance imaging, MRI）、正電子電腦斷層掃描（Positron emission tomography, PET-CT）和數碼減影血管造影（Digital Subtraction Angiogram）等昂貴而複雜的先進檢測方法，就連比較繁複精細的血液化驗，急症室醫生也沒法用得上。不過話得說回來，所有這些複雜煩瑣的檢測手段都需要頗長的時間才能得到結果報告，對危急病人的快速救治沒有顯著的裨益，縱使急症室醫生獲得使用權限，在分秒必爭的搶救中也幫不上大忙。因此，即使在最嚴峻惡劣的臨床狀況之中，急症室醫生只能依靠極為有限的檢測資源，竭力尋找致病的根源。

在直覺和推理敲響雙重的警笛後，我旋即開始施展渾身解數，嘗試逐一檢驗每個有機會導致青年長時間意識混亂的潛在可能。意識混亂的成因很多，差不多身體每個器官（Organ）和系統（System）出了問題，都可以導致該種情況。於是我在手上可以運

急症室使用的血液快速檢測機，能在 2 分鐘內分析約 10 種化學物質的數據。

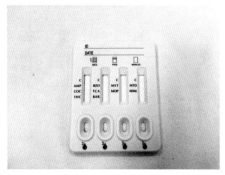

急症室使用的臨床尿液毒理快速測試盒，能在 3 分鐘內從尿液樣本中測試 10 種最常被濫用的藥物。

用的所有檢測手段中，採取了從易入難的策略，先從操作簡單、可以較短時間取得結果的方法做起。

血糖值 7.4mmmol/L，低血糖（Hypoglycaemia）的情況已即時排除……

心電圖（ECG）和肺部 X-光結果正常，各類心肺疾病大致已能排除……

臨床血液氣體分析（Blood gas analysis）結果正常，低血氧症（Hypoxaemia）、酸中毒（Acidosis）和電解質紊亂（Electrolyte imbalance）等問題均可一口氣從鑒別診斷列表中剔除掉……

臨床尿液毒理快速測試結果也正常，排除了吸食毒品引致腦部不良反應的可能性……

在一切結果均顯示為正常後，我唯有使出了最後的絕招，把病人送往電腦掃描室作腦部檢查，終把元兇逮個正着。CT 圖像顯示出極嚴重的急性硬腦膜外血腫（Acute epidural haematoma）和頭骨骨折，估計因早前酒後失去平衡摔倒造成。當我把診斷結果向父

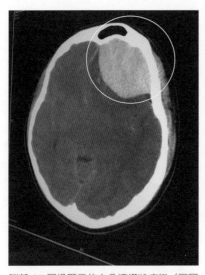

腦部 CT 圖像顯示的白色檸檬狀病變（圓圈位置），就是典型的急性硬腦膜外血腫。

母如實相告時，二人才如夢初醒般拾回遺失已久的驚惶。

隨後我給當值的腦外科醫生撥通了電話，傳召他到急症室會診。在評估過情況後，青年隨即被直接送到手術室進行緊急顱骨切開術（Craniotomy），以清除血腫。接受手術後，青年的進展良好。過了數天，已可轉往復康醫院作後續的休養護理。

辨病的警覺性

雖然青年不能自我講述病歷，但這個病歷本身也帶出了一個重要的訊息。依正常的情況而言，視乎體內血液中的酒精濃度而定，宿醉的人在酒後數小時至半天左右應能完全恢復知覺和意識。超過了這段時間仍未能清醒過來的話，就必須觸發臨床的警戒，不能仍舊把受抑壓的意識單純地歸咎於酒精的影響。畢竟，醉酒的人喪失了自我保護能力，極容易引致如吸入性肺炎（Aspiration pneumonia）和腦部受創等嚴重的急性併發症，而且血液中極高的酒精濃度本身也可導致心律不正和休克。所有這些情況都會抑制正常的腦部功能，引致長時間的昏迷狀態。即使病人的父母因為兒子以往經常醉酒已有所鬆懈，但作為一名醫生，也不應該輕率地放下自己守護生命的責任。

　　每當事後回想起這宗案子，我的眼前總是不其然地聯想起十多年前謫居長洲時，偶爾連夜乘船趕回長洲的情景。夜幕籠罩下吃力航行的孤舟，被包裹在無法撕破的黑暗中心，彷彿為四周稠密的不安全感所吞噬。哪裏是天，哪裏是海，哪裏是地，哪裏是湍流暗礁，我全然不知。對於不是經常乘夜船的我而言，那些不安和惶惑絕對不是愉快的感受。我只能在忐忑之中祈求航程能快點完結，那條看來不怎樣牢固的鐵船能把我平安帶到陸地。

　　當急症科醫生接獲病歷不明的病症，病人危在旦夕卻難以即時斷症時，就仿若漆黑一片茫茫大海上的一葉孤舟，本着一顆父母之心，憑藉豐富的臨床經驗和卓越的技術，頂着顛簸的風浪摸索着堅定前行，最終把病人護送往安全的彼岸。

心電圖的秘密線索

　　"她有很嚴重的問題，可能危及性命。雖然暫時仍不知道確切的病因，但我會盡力尋找出來。"在花了三、四分鐘快速地評估過病人的情況後，我已料到這位獲分流為第三類"緊急"級別的廿餘歲女士，卻是我整天看過最危急的一名病人，於是以率直的語調向同行的親友通報了情況。

　　2015 年 1 月下旬某日，晚上 8 時 14 分，我隨手拿過一份疊在"緊急"級別最上層的空白病歷表，踏着帶有個人特色的步伐走往 6 號診症區，看一個剛到來不久的病人。病歷表上簡單地寫着分流護士以黑色走珠筆記錄下來的幾個英文字：

Decreased appetite. Just discharged. Bilateral lower limb weakness.

Past health: Ketamine abuse

　　這段英語的意思是，"食慾下降。出院不久。雙腿乏力。有濫用氯胺酮的舊病歷。"

　　當了這麼多年急症室醫生，大大小小的危急病症看過不少。很多時候，只要看一下分流護士寫的病歷，即使還未與病人碰面，就可以憑直覺和邏輯推理盤算出病人的診斷結果。但這一次，只憑病歷表上的三言兩語，我毫不諱言對病因渺無頭緒。

　　我一面走着，一面本能地把目光投射到病歷表上的客觀維生指數上。

血壓	94/61 mmHg
心跳頻率	每分鐘 103 次
體溫	36 攝氏度
呼吸頻率	每分鐘 16 次
意識水平	清醒

　　以一名二十餘歲的少女而言，除了心跳較快外，其他生理數據確實沒有甚麼可挑剔之處。同樣地，這組數字對我的調查工作似乎也幫不上太大的忙。

面如枯槁的少女

　　當我踏進 6 號診症區，在視線隨意地掃落在躺於牀上少女的臉上的一剎那，整個人頓時愣住了。躺在牀上的人哪裏像是個二十餘歲的少女！她的膚色如乾涸的河牀底部裸露的泥土一般灰黑，皮膚乾枯崩裂。臉容像是一朵數天沒有被澆過水的玫瑰，枝葉凋零落寞。雙臂瘦得像兩根木柴，被甚麼人活生生地塞到胳膊上去。無論怎麼看，她的真實年齡與她的真實外貌怎麼也拉不上像樣的關係。

　　她的家人憂心忡忡地站在病牀邊，只是一直埋怨上次不該那麼早就讓她出院，但對於少女出院後的確實情況卻說得糊裏糊塗，一時間也沒法讓我找出準確的病因。病人的維生指數雖然尚算正常，惟一臉憔悴的她疲倦至連舉手的氣力也消耗殆盡，更不用指望她能親自道出完整的病歷資料。於是，我先在電腦上查閱了她過往的電子病歷，再綜合從親友們口中得到的零碎資料，繼而拼湊出這次病患的大致輪廓。

正值花季之期的青春少艾，臉頰卻塌陷得如具活骷髏。廿載光陰，其中十年泡在氯胺酮（Ketamine，俗稱 K 仔）的毒海中浮沉。她個多星期前才因腹痛住院，血液化驗結果顯示肝臟和腎臟功能均已長期受損，這些都是持續反覆濫用氯胺酮的典型後果。數天前，她不聽從醫生的勸告自行簽署出院書回家。歸家後情況急轉直下，胃口變差，四肢乏力，體重驟降，全身疼痛，更有呼吸困難的現象。諷刺的是，由於她累得連下牀的力氣也沒有，這段時間竟成了她十年來罕有地沒有觸碰氯胺酮的日子。

問過病歷，我隨即開始為少女進行身體檢查。一兩分鐘後，我已從病人身上尋獲了更多的線索。她的整體狀況極差，有明顯的脫水跡象，全身肌肉萎縮，心跳頻率過快，呼吸急促（Tachypnoea），腹部也有按壓痛的反應。新的線索雖然讓我對病情有了更深入的了解，但這些互不相關的資料仍然無法助我即時解開致病原因的謎團。病因一刻未能查出，代表仍然沒法對症下藥，親屬們就只能面對着病人乾着急。

心電圖露出端倪

正確診斷取決於病歷查詢、身體檢查和化驗檢測，那是追尋病因的三根必要支柱。由於前兩個途徑未能破解懸案，我於是開始轉為求助於化驗檢測。

須臾，護士依我的指示遞上了心電圖。盯着那些密密麻麻如山峰一般高聳入雲的 T 波不消幾秒，我不禁驚嘆着首個檢查已幸運地揭示出破案的端倪。

"快把病人送往搶救室，她患上了急性腎衰竭（Acute renal failure, ARF）！"我向護士發出急促的指令。

急性腎衰竭是指腎臟在數天內急促喪失了排泄體內毒素的正常功能，若得不到有效治療，可在極短時間內奪命。它的成因有很多，病徵又十分模糊，難以單憑臨床評估而診斷出來。急性腎衰竭的臨床表現一般為突發的疲倦、嘔吐、食慾不振、排尿減少、呼吸急促等等。到了最嚴重的情況，可以產生心律失常、昏迷和休克等狀況。急性腎衰竭最典型的血液化驗結果是，同時呈現極差的腎功能指數、高血鉀（Hyperkalaemia）和代謝性酸中毒（Metabolic acidosis）。腎功能指數通常以肌酸酐（Creatinine，簡寫為 Cr）作代表。在急性腎衰竭中，肌酸酐的數值會較平常急劇升高數倍。血液中過高的鉀（Potassium）濃度可以在心電圖上反映出來，最典型的轉變是導致心電圖上的 T 波（T wave）波峰（Peak）增高。我就是透過觀察到病人心電圖上那些不正常的 T 波而首先發現了高血鉀症，再結合病人那些含糊的臨床表現，繼而推斷出病者罹患了急性腎衰竭。

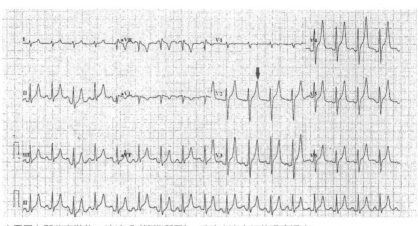

心電圖上那些高聳的 T 波波峰（箭嘴所示），反映血液中鉀的濃度過高。

　　一張薄薄的心電圖紙在數秒之內便揭示出急性腎衰竭，況且那只不過是最先完成的第一種檢測方法，就讓我急於把病人轉往危殆病人專用的搶救室，着實把護士們嚇了一跳。她們心裏也許會有疑問，我是怎樣作出那個在急症室中並不常見的診斷的呢？由於最能代表腎功能水平的血液肌酸酐化驗結果，要等兩、三小時後才能得到，或許不少參與搶救的護士甚至質疑診斷結果的準確性也說不定。

　　經過問診和身體檢查後，儘管我已確定病人情況十分危急，但仍未能查出病因，是由於病徵過於模糊不清，缺乏具體的客觀證據鎖定某一個可能性。從另一個角度而言，任何嚴重的疾病也可以帶出相似的臨床跡象。

　　當第一張心電圖完成後，我不費氣力地就從圖案中破解了背後隱藏的玄機，雖然我仍要等待抽血化驗，才能檢驗我對高血鉀症的解讀是否正確。但破譯了高血鉀症後，事情只是解決了一半，仍未完全為最終病因找到無懈可擊的答案。

　　由於高血鉀症的成因也有很多，除了腎衰竭外，還可以由橫紋肌溶解症（Rhabdomyolysis）、嚴重燒傷、任何原因引致的廣泛組織壞死、愛迪生氏病（Addison's disease）、醛固酮缺乏症（Aldosterone deficiency），和“血管張力素轉化酶抑制劑”（Angiotensin Converting Enzyme Inhibitors, ACEI）引起的藥物副作用等等原因而起。現場有相關醫學知識的人員必定很想知道，何以我竟一口咬定是急性腎衰竭。

K 仔損害腎功能

　　雖說先前的問診沒能幫上大忙，但畢竟幫我對病人的背景資料有了全面的認識。我深知長期濫用氯胺酮的人士，腎功能受損是常見的併發症。在翻查電子病歷紀錄時，我得知她四天前出院時的肌酸酐數值已比正常值高出了 4、5 倍，那是慢性腎功能受損的客觀證據。而她出院後情況急劇惡化，病徵與急性腎衰竭相符。更重要的是，高血鉀症是急性腎衰竭其中一個典型的化驗結果，而她四天前出院時的血鉀濃度仍維持在正常範圍水平之內。四天內突然升得很高的血鉀濃度，提供了一個間接的證據，支持腎功能急促衰退的假設。綜合各方面的資料和數據，我認為急性腎衰竭是對病人臨床狀況唯一的合理解釋。

　　轉到搶救室後，我先後為病人給予了氧氣治療、建立好靜脈管道、抽取血液樣本作化驗，及拍攝肺部 X-光等一連串救護程序。雖然送到醫院化驗室的血液樣本，要在兩、三小時後才能給出腎功能的化驗結果，但配置在急症室使用的便攜式血液快速檢測機，卻能在 2 分鐘內給出血液中約 10 種重要化學物質的分析參數。

　　兩分鐘後，便攜式血液快速檢測機以機器式的節奏打印出報告列表。

pH（酸鹼值）	7.08
PCO2（二氧化碳分壓）	1.8kPa
BE（鹼離子缺乏度）	-26mmol／L
HCO3-（重碳酸鹽）	4mmol／L
K（鉀）	7.7mmol／L
Na（鈉）	116mmol／L

　　臨床的快速血液測試證實了我全部的設想。血鉀的濃度高達 7.7mmol/L，是極危險的水平。血液中鉀的水平若高於 7.0mmol/L，就有造成心室纖維顫動（Ventricular fibrillation, VF）和無脈性心室頻脈（Pulseless ventricular tachycardia, pulseless VT）等高致命性心律紊亂的風險，可導致心臟頃刻喪失正常收縮活動功能，並迅速以死亡作結。報告同時顯示出嚴重的代謝性酸中毒，同樣是急性腎衰竭的有力佐證。

　　鉀的化學符號以英文字母 K 字為代表。K 字現時就像死神高舉的索命鐮刀，把她置於死神的邀約之內，隨時有心跳驟停的危險。我於是針對性地透過靜脈管道，按先後次序注射了葡萄糖酸鈣（Calcium gluconate）、碳酸氫鈉（Sodium bicarbonate）和葡萄糖—胰島素（Dextrose-insulin）混合滴注液。這些都是處理極高血鉀水平的緊急治療方法。

在暫時穩定了病情後，我吩咐護士插入弗瑞導尿管（Foley catheter），以監察尿液排出量。這是除了抽血化驗腎功能指數外，臨牀上一個簡單直接的腎功能檢測方式。在大部分的情況下，急性腎衰竭的病人無法在腎臟過濾足夠的水分，所以尿液排出量會大為下降。在插入導尿管後，這名少女竟連哪怕是一滴尿液也沒有，小便袋空空如也。

在完成了所有工作後，我把她直接送進了深切治療部（ICU）進行血液透析療法（Haemodialysis），以改善腎臟的功能及把高血鉀重新降下來。

毒海餘生

在急症室為她抽取的血液樣本，在她入院後終於有了結果。肌酸酐的數值較四天前出院時驟然上升了三倍，最終證實了我的推斷正確無誤。對於這個結果，我一點兒也不感到意外。若剛才還半信半疑的護士硬要我解釋，如何憑藉一張心電圖診斷出急性腎衰竭。我會這樣回答：「我不只是看到了心電圖上的異常情況，而是撿到了一把打開神秘密室的門匙。心電圖只是一條線索，我的思想順着它留下的記號向前摸索，最終想到了它背後隱藏的含意。」

在接受治療後，少女的腎功能回復到先前的水平，整體狀況也獲明顯改善。經此磨難，性命是保存下來了，惟如何以折翼之軀過往後的日子，全取決於個人的意志和選擇。涅槃重生還是繼續沉淪，就看小妮子的造化了。

氯胺酮

氯胺酮原本是一種速效的麻醉藥物，適合用於短時間的小手術或全身麻醉時誘導之用，常用於幼童的小手術之中。不幸的是，氯胺酮竟變成了本港近年被濫用得最嚴重的一種軟性毒品。

一次過量服食氯胺酮的急性反應，主要影響中樞神經系統和循環系統，前者的中毒徵狀包括神志不清、言語不清、焦慮、幻覺、身體形象扭曲、眼球震顫等。後者的中毒徵狀包括心悸、高血壓和心跳過速。在極端的情況下，癲癇發作、呼吸驟停，甚至因而死亡亦有零星匯報個案。

長期濫用氯胺酮達數年之久的人士，常會出現兩種慢性的併發症。一是氯胺酮相關性膀胱炎，導致尿痛、尿頻、小便出血等典型的慢性徵狀，帶來生活中的諸多不便。嚴重者更可造成雙側腎積水、腎功能衰退等情況。若得不到有效治理，能引致急性或慢性腎衰竭，兩者均會致命。其次是會出現因氯胺酮引起的長期反覆的腹痛。血液化驗結果常顯示出有肝功能受損現象，當中部分人更有膽管閉塞的情況。

獵犬一樣的嗅覺

　　剛吃過晚飯回來不到半小時，腕錶上的兩根指針張開着 120 度的臂彎，短的那根正好落在 8 字的前方。還有三個小時才到下班的時間，吃下去不久的食物仍佔據着胃部的大部分空間，隱約地發出不滿的訊號，暗暗宣示着這並不是最理想的工作時刻。

　　我自然也明白胃部的用心良苦，可是在大堂等候了數小時之久的病人卻從沒有對我如此寬容。不少等得不太耐煩的病人或家屬，像把自己視為騙案中的受害者一樣，斷斷續續地跑到急症室的護士工作站前訴苦，並趁機焦急地詢問已忙得不可開交的護士，何時才能看得上醫生。等得更不耐煩的就索性盡情地破口大罵，以抒發由到達急症室那一刻就逐漸堆積起來的壓抑感，借此催促醫生們手腳勤快一點，不要再繼續為難他們。

　　其實我心裏比他們還着急。晚飯後通常是急症室一天裏其中一個最繁忙的時段，因晚飯時間的人手短缺而積累起來的病人，時常佔據了候診區域的每一個角落。這個景象在八點至十一點間不算得上是件新鮮事。這一條密密麻麻的人龍，好歹需要剛吃飽了的醫生努力工作三、四小時，才可能消化掉。讓患有嚴重疾病的人等得太久，病情是有惡化風險的，所以我得儘快處理好晚膳時段內積壓起來的緊急病症。

那是 2014 年某月第三個星期二晚上發生的事情，我一直忘記不了這個病例，是因為破案過程的奇妙、特別和迅速，在我的行醫生涯中也算得上絕無僅有。

　　由於案件破獲得相當快速，快得其實沒甚麼好說的，三言兩語就能把事情的來龍去脈說完。與其說偵破這案件有甚麼難度，倒不如說要把它寫成一個像樣的故事難度更大。

　　由於當時沒有第一類"危殆"或第二類"危急"的病人在候診，我便隨意地拿起疊得像個小山丘一樣高的第三級"緊急"類別那堆病歷表最上面的一份。病歷表上以黑色的字跡記錄着以下的資料。

　　六十餘歲女性，有糖尿病、脂肪肝和心臟病病史，頭暈、全身乏力和發燒了兩天。

血壓	163 / 78 mmHg
心跳頻率	每分鐘 105 次
體溫	38.3 攝氏度
意識水平	完全清醒
血糖值	27.4 mmol / L

　　這些都是在急症室經常見到的病歷資料。擁有糖尿病、高血壓和心臟病病史的長期病患者，因為身體免疫能力下降，容易受到細菌感染而出現發燒和疲倦等病徵。我手上的那名女病人除了血糖值較高外，完全清醒，且其他的維生指標也相對平穩，而細菌感染經常會導致平時控制得不錯的血糖水平急劇惡化，正好從另一個側面反映病人受到細菌感染。這類病人我差不多每天都看四、五個，沒

有甚麼特別之處，於是我不以為然地把桌上的揚聲器挪近嘴邊，將病人的名字重複地叫了兩次。

那股熟悉的氣味

坐在輪椅上的女病人被丈夫緩緩地沿着狹長的通道推進 2 號診症室，整個過程被我鉅細無遺地看在眼裏。從病人出現在我視線範圍之內的一剎那起，就開始透過觀察他們的神態、氣色和舉止等細節，從而對背後的病因作出分析推敲，是我和福爾摩斯在工作上其中一個最相似的習性。從她閉起雙眼軟弱無力地蜷曲在輪椅上的模樣看來，她並非病歷表上所說的完全清醒，而且顯然病得不輕。

"妳叫甚麼名字？"我以最容易回答的問題打開問診的序幕。

回答我的是一陣長久的寂靜。她似乎希望把氣力留給更重要的問題，所以連眼皮也不願意眨一下。

"妳甚麼地方不舒服呢？"我委婉地面對她的冷淡。

"發燒，很累。"這四個字她用了大半天的時間才說得完。

"甚麼時候開始發燒？"

"前天。"另一個大半天又過去了，她始終沒有睜開過她的眼睛。

只跟她說了一、兩句話，我突然嗅到了瀰漫在空氣中的一股危險味道。這是一道好像空罐子被烤了一陣子，然後慢慢冷卻下來的鬱悶氣味。

這是從她的鼻孔和嘴巴噴出來的味道，隨着她急促而微弱的呼吸，變得越來越濃烈，竟然從四周把我緊緊地包裹起來。憑着這股不詳的氣息，好像突然被人在耳邊搖響了銅鈴，已經不用再多費唇舌，我相信已為她破解了懸案，而且對診斷結果成竹在胸。

第一次接觸這種病症，是 1996 年在內科病房當實習醫生的時候。夜裏接收了一名從急症室送到病房來的昏昏沉沉的妙齡少女，她呼吸得極急促，血糖值也是廿多。由於她一直未能親自講述病歷，我始終沒法為她作出診斷，唯有暫時施以支援療法，計劃待有了血液化驗結果後再作打算。第二天早上，內科醫生上班巡房，在少女的病牀邊只待了不到數秒，便以鄙視的目光望着我怒吼，質問我究竟知不知道她患的是甚麼病。在看到我摸不着頭腦的慌亂表情後，他還厲聲責罵道：“難道你聞不到那股氣味嗎？”

當時我只是一名剛畢業三、四個月的醫科學生，連正式醫生的資格還未取得，更不敢想像日後能與福爾摩斯沾得上邊，所以我真的聞不到甚麼味道。即使嗅到甚麼稱得上味道的東西，也絕不可能理解它所代表的意義。但當天的巡房結束以後，我確實特意重回了少女的牀邊，把鼻子湊近她的頸項好一陣子。從此以後，我就對這股氣味保存了特別敏感的記憶，而且再也沒有遺漏過這個診斷。

血液測試確認病因

我心底裏明白這名病人不只是“緊急”，而是屬於第二類“危急”病症，於是立即喚來護士把病人直接送到搶救室，從輪椅轉移到病牀上去。我很清楚要準確診斷這種病症一點也不困難，只要懂得抽取血液樣本作特定的化驗就可以。為了避免重複抽血的步驟，我在為她建立起兩條靜脈管道後，一口氣從管道中抽取了約 20 毫升的血液作各項的化驗。

在進行快速的臨床血液測試後，不到三分鐘就驗測到極高濃度的血糖（Glucose）和酮體（Ketone）讀數，亦呈現代謝性酸中毒（Metabolic acidosis）的狀態。血液中同時出現這三種情況，便滿足了糖尿病酮酸中毒（Diabetic ketoacidosis, DKA）的診斷標準，完全證實了我的推斷，同時也證明我仍擁有極敏銳的嗅覺。

該名需要每天在皮下注射胰島素的糖尿病患者，因發燒兩天求診，並伴有暈眩和乏力等病徵。由於病徵含糊，分流站護士只把她視為普通發燒病人處理。然而 DKA 卻是內科中少數真正危急的病症，必須儘快作出正確診斷，並迅速給予適當的治療，否則死亡率甚高。所以當我跟病者說不上三句話就把她移送搶救室時，也真的把她的丈夫嚇了一大跳。

雖然診斷已經毫無懸念，但我的工作才剛開始，忙碌的部分還在後面。接下來需要解答的另一些題目是，究竟有甚麼原因導致她突然患上 DKA，以及她有否因這個病而出現其他的併發症。這就需要我盡全力獲得一個比較完整的病歷，並且透過身體檢查和其他的檢測方法去評估病人的狀況。

"全速滴注 1.5 公升生理鹽水⋯⋯"

"靜脈注射 8 個國際單位（International unit, IU）的 Actrapid（愛速基因人體胰島素）⋯⋯"

"請準備葡萄糖胰島素混合滴注（Dextrose-insulin drip）⋯⋯"

從說一句話要花上大半天功夫的病人口中套取有用的資料，不是一件像從空氣中嗅到酮體氣味那樣簡單快捷的事情，我得在等候她作答的空隙中，趁機向護士們發出一連串指令。

危急病者的救治取態

　　危急病症和普通病症的處理方法存在極大差異。普通病症的處理，一般依循先診斷後治療的法則。具體的先後次序為先問病歷，接着做身體檢查，再進行各類檢測化驗證實診斷結果，最後才是對症下藥。相反，在面對真正危急的病人時，已等不及刻板地跟隨傳統的診治方式，得先給予必要的治療維持生命，待穩定病情後才重頭做起。

　　DKA 是糖尿病中最嚴重的急性併發症，一般只發生在身體不能製造足夠胰島素（Insulin）的 1 型糖尿病患者身上。簡而言之，由於患者體內極端缺乏胰島素，不但使血糖上升，脂肪分解（Lipolysis）作用亦大量產生脂肪酸（Fatty acids），並在肝臟轉化為酮體。身體積存過量的酮體會產生先前說過的獨特氣味，也會使血液變為酸性，產生代謝性酸中毒的現象。

　　1 型糖尿病患者不會無緣無故地出現 DKA，普遍是由一些額外的因素所誘發。常見的誘發因素包括細菌感染（Bacterial infection）、中風（Cerebrovascular accident, CVA）、心肌梗塞（Acute myocardial infarction, AMI）或因故突然停止注射胰島素。不少 1 型糖尿病患者在病發前毫無病徵，也是由於突然出現 DKA，才首次被發現患上該慢性病的。

　　細問之下，該名婦人因發燒引起的乏力而無法自行注射胰島素兩天。另外，她的臨床尿液化驗也顯示出細菌感染的跡象。根據各項客觀結果作出判斷，是次 DKA 應該是由尿道的細菌感染和缺少了胰島素所致。

DKA 的病徵通常十分模糊，較典型的有噁心、嘔吐、腹痛、疲倦、神志不清，甚至昏迷等。身體檢查結果常顯示呼吸急促、心跳過速、脫水（Dehydration），甚至休克等現象。高血糖、休克和酸中毒亦能進一步併發出電解質代謝紊亂（Electrolyte imbalance）、急性腎衰竭（Acute renal failure）、腦水腫（Cerebral oedema）及嚴重心律失常（Arrhythmia）等致命的情況。因此，無論 1 型糖尿病患者和醫生，皆不能對 DKA 掉以輕心。

由於誘發 DKA 的原因眾多，嚴重的併發症也不少，病人也有頗高的死亡風險，治療所需的藥物和程序也比較複雜，所以診治患上此症的病人往往需要耗費頗長的時間。

病人的情況穩定下來後，我為她補足了血液細菌培養（Blood culture），肺部 X-光和心電圖等檢測。在為患者透過靜脈注射碳酸氫鈉（Sodium bicarbonate）和抗生素後，我把她直接送進了深切治療部。

七天後，她康復出院，診斷結果同時寫着 DKA 和急性腎炎（Acute pyelonephritis），與我當天的結論完全吻合。

尋找神秘石

Multiple GSs in GB. No signs of acute cholecystitis. Stone in CBD. CBD dilated. IHDs mildly dilated. No SOL in liver. No ascites. Both kidneys normal. No hydronephrosis on either side.

在作過臨床超聲波（Ultrasonography, USG）檢查後，我馬上為數星期以來一直困擾病人的問題揭開了謎底，並在病歷表上以英語清晰簡潔地寫下我的發現。那段超聲波報告的意思是指：

"膽囊（Gall bladder）內有數顆結石，沒有急性膽囊炎（Acute cholecystitis）跡象。總膽管（Common bile duct, CBD）內有結石，導致總膽管擴張。肝內膽管（Intrahepatic ducts, IHDs）也有輕微擴張。肝臟沒有佔位性病變（Space occupying lesion, SOL）。沒有腹水（Ascites）現象。兩側腎臟正常。任何一側都沒有腎積水（Hydronephrosis）情況。"

現在回想起來，我是在 2015 年 3 月最後一個星期四的下午看他的。該名中年男患者數星期前開始上腹脹痛、噁心（Nausea）及不時打嗝（Belching），並因食慾減退而日漸消瘦。他雖然不斷在公、私營診所求診，但在大約十次的診症中，醫生均把病因歸咎為胃部不適，惟反覆服用胃藥後仍毫無改善。數天前他開始排茶褐色的小便，走投無路姑且再度求診，一名收費不菲的私家醫生面對棘手頑疾，無計可施之下遂以"急性肝炎"為由把他轉介到急症室，把最終的診治責任交給兩袖清風的公立醫院同行。

在詳細聆聽患者道出病歷後，我用不上多久就察覺到先前的醫生全都走錯了方向，在未能解開問題癥結之前都只是藥石亂投。雖然我未能即時說出答案，但已隱約看到了那條通往最終答案的寬敞大道，我確信自己有辦法沿着這條道路走到終點。

我先讓病人躺在牀上，簡單地做過身體檢查。病人除了眼泛微黃及腹上部（Epigastrium）有明顯的按壓痛反應外，其他檢查結果一律正常。在急症室為數不多可供選擇的檢測手段中，我的腦海只是單獨保留着一件法寶的影像。我毫不遲疑地挑選了這個最直接的方法為他作評估，並且一矢中的。這件法寶就是超聲波。

超聲波下的膽石

膽囊結石是膽汁（Bile）在膽囊裏長年累月沉積凝固而成的產物，因主要成分的不同而呈現出千變萬化的色彩。黑色的膽石普遍因膽紅素（Bilirubin）和鈣鹽積聚而成；混合數種成分而成的結石可呈現七彩繽紛的不同顏色；由膽固醇（Cholesterol）凝結而成的石則常呈黃、綠、褐或乳白色。中藥裏的牛黃，表面呈金黃色，極為珍貴，價值不菲，其實只不過是黃牛或水牛的膽囊結石而已。一顆由牛隻膽囊裏搜刮出來的石頭，有沒有珍貴的藥用價值，值不值得付出高價購買，視乎個人的學識和財富而定。自問厚於前而匱於後，我既沒有能力，也不忍心把稀世之寶據為己有，還是把它留在其他人的藥鍋，更顯物盡其用。

最容易患上膽石的人，在醫學教科書上常以四個英語的"F"字母為代表，乃指年屆 40 歲（Forty）生育（Fertile）年齡的肥胖（Fat）女性（Female）。由於簡單而易於背誦，這口訣我從學生年代起就一直深刻地牢記於心，但從不敢隨便向患上此病的女性友人宣諸於口，因而頗具前瞻性地避免了無數不必要的衝突和煩惱。

患上膽結石是一種極為普遍的情況，當中大部分患者是從來沒有病徵的，故不易被發現。不少人是在進行例行身體檢查時，才以超聲波方式檢測出來的。由於這類毫無病徵的患者眾多，他們既沒有任何不適，又沒有對身體造成任何影響，所以亦毋須接受任何治療。只要患者在心中記着這種情況，待身體出現不適時主動向醫生提出便可，主治醫生應不難作出正確的處理。

儘管大部分患者與體內的膽石和平共處，與其結成比現實中的婚姻長久得多的連理關係，或在數十載的孑然一身中相忘於江湖，而最終共渡餘生，但卻不能因此而小看了這小小的石頭。由於膽石的密度高於膽汁，在地心吸力的作用下，它一般隱沒於膽汁之下而靜臥在膽囊的最底部。當患者轉換身體的姿態，如從躺臥的姿勢站直起來，膽石也會隨之而在膽囊底部翻滾，直至在最低的部位重新停下為止。膽石這種可以移動的特性，常為患者製造不少麻煩。

膽石滾動易造成堵塞

當膽石因為滾動而碰巧堵塞住膽囊的出口，使膽汁進出膽囊出現阻滯，便會導致右上腹劇痛、噁心和嘔吐等常見的膽石徵狀，被稱作膽絞痛（Biliary colic）。膽石其中一個最常見的併發症是急性膽囊炎，典型的跡象是右上腹劇痛、噁心、嘔吐及發燒，必須進行緊急的膽囊切除手術（Cholecystectomy）才能治癒。若膽石從膽囊掉進數厘米開外的總膽管，或能引致總膽管阻塞及擴張，顯現黃疸和排茶褐色小便的徵狀。總膽管阻塞最可怕之處，乃可引發急性膽管炎（Acute cholangitis），典型的臨床病徵為上腹脹痛、發燒及黃疸，能迅速導致敗血性休克而危及性命，死亡率極高。

此外，若膽石掉進胰腺（Pancreas）內部的胰管（Pancreatic duct），或整個膽道系統在十二指腸出口處的"瓦特氏壺腹"（Ampulla of Vater），並因而引致阻塞，亦會併發高度危險性的急性胰臟炎（Acute pancreatitis）。病徵除了發燒、噁心和嘔吐外，最特別之處是上腹的脹痛感更會伸延至背部，從而為有經驗的醫生提供了一個重要的破案線索。急性胰臟炎能引起諸多嚴重的併發症，是一種高致命性的疾病，因此必須儘快作出正確診斷，才能準確地對症下藥。急性胰臟炎的診斷並不困難，血液化驗能檢測出驟升的澱粉酶（Amylase）水平。治療方面主要是使用有效的抗生素和各種支援療法，若出現嚴重的併發症，則需要手術治療的介入。

柯南道爾爵士筆下的大偵探福爾摩斯，經常於倫敦貝克街 221 號 B 的住所客廳中，在和他的客人閒談數語後，就能得出結論，讓喝着桌上同一壺茶的華生醫生感到莫名其妙。而一百多年後，在香港薄扶林道某所急症室的診療室中，我在多年的工作後竟無意間發現自己似乎參透了他的技倆，也偷偷地學到了他的一招半式，而且常常作出其他人難以理解的想法和行動，以神秘獨特的方式追尋真相。

不能忽視患病期

剛詢問完病歷，即使仍未開始為病人作身體檢查和化驗，單從他的病徵分析，我就信心十足地跟病人說：＂你的病因並非私家醫生所說的急性肝炎，而是膽道阻塞（Biliary obstruction）。＂

急性肝炎（Acute hepatitis）的成因有很多，可以由病毒（Virus）、藥物、毒素（Toxin）和自體免疫疾病（Autoimmune disease）等導致，所以未經血液化驗，基本上難以只憑臨床技巧作出診斷。急性肝炎固然能引起上腹脹痛、噁心、打嗝、黃疸及排茶褐色小便等全部患者擁有的徵狀，表面上私家醫生言之成理。但若連同時間性的因素一併考慮，就使急性肝炎這個診斷顯得十分欠缺說服力。急性肝炎一般是自行痊癒的疾病，即使不作任何治療，病情在兩、三個星期後就會好轉過來。小部分不能自行痊癒的嚴重急性肝炎患者，在兩、三個星期內應早已病入膏肓，或因急性肝臟衰竭（Acute liver failure）而排在等待肝臟移植（Liver transplant）的名單之上。我的病人已有了病徵數個星期，只是到了最近幾天才開始展現黃疸及排茶褐色小便的跡象，但仍活動自如，整體狀態不算太差。這個病歷在時間性上和急性肝炎不能互相吻合，因此我在瞬息之間就排除了它的可能性。

縱使成功跟上了福爾摩斯的思路，使我很清楚急性肝炎是絕對站不住腳的，但我仍未敢輕言已完全破解了懸案。根據病人持續數星期的病徵，和最近才出現的黃疸及排茶褐色小便的現象，自己過去一段頗長的日子在病牀邊磨練出來的敏銳嗅覺，已急不及待地不斷把強烈的訊號傳送到腦袋作思考分析，並提醒我原因肯定與肝膽胰系統（Hepatobiliary system）的慢性疾病有關，而且正逐漸惡化，形成膽道阻塞。然而，肝膽胰系統的慢性疾病也有很多，而且各種疾病的臨床表現形式十分相近，膽結石只是其中一種，所以答案仍需繼續尋找下去。雖然未能即時説出答案，但我肯定自己已經站在道路的正確起點，而且知道借助超聲波的幫助，就可以把我引領到這條路的終點。

代替醫生聽筒的神工具

超聲波是針對肝膽胰系統最簡便直接的檢測方法，準確性極高，由疾病引起的任何結構性改變，基本上在超聲波下都無所遁形。膽道阻塞原因不少，最讓我擔心的並不是膽結石，而是生長在膽管附近的癌症病變，如胰頭癌（Ca head of pancreas）和膽管癌（Cholangiocarcinoma）等等。由癌症引致的膽道阻塞在醫學上被賦予一個專屬的名稱，叫"惡性膽道梗阻"（Malignant biliary obstruction, MBO），以跟由良性疾病引起的膽道阻塞作區分。前者是較多出現在老年人身上的惡性腫瘤，不易及早作出確切診斷，手術過程困難複雜，所以極難透過手術方式完全根治，而且也較由良性疾病引起的膽道阻塞更容易併發膽管炎。另外，惡性膽道梗阻的病情惡化得很快，死亡率也極高。由此可見，膽道阻塞無論其因和果都可以十分嚴重，必須儘快作出診斷和治理。

在病榻邊做過超聲波檢查後，膽道阻塞被快速偵測了出來，由膽石而起的原因得到了確定，我也沿着自己選擇的路走到了終點，並露出了如釋重負的微笑。該名病人被我送進外科病房，兩天後接受手術，摘除了總膽管內的結石，並被安排稍後進行更徹底的膽囊切除手術。

雖然急症科醫生並非運作超聲波的專科醫生，但在受訓過程中必須接受操作超聲波的相關訓練，能在臨床診症時對諸多特定的狀況作出快速的診斷。超聲波儀器的探頭，彷彿變成了急症科醫生手中穿透病人身軀的利劍，已經成為日常檢查的重要部分，對體內的多種病變一覽無遺。日後，人們可能不再看到急症科醫生把聽筒掛

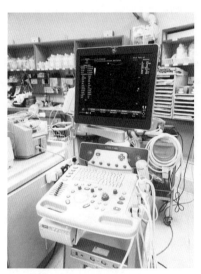

超聲波已經成為經驗豐富的急症科醫生在
日常診症中重要的檢測方法。

在脖子上此招牌動作，卻總會看到我們緊握着那部發出人類聽覺以外聲波頻率的儀器。

我對時空交錯的情景經常充滿好奇，時常幻想着百多年前總是被福爾摩斯的光芒掩蓋的華生醫生，在遇到當代的急症室的福爾摩斯時，會否對同行的能力產生同樣的敬愛之心？我只想對他說，在為病人以超聲波尋找到疾病的源頭時，我每每不期然地心生疑問，暗忖當年他手上若擁有這台儀器，會否仍是那麼不濟，還是可以至少一次早在福爾摩斯之前找到答案，為我們醫生的顏面挽回一點光彩。

都是感冒惹的禍

"你是乙型肝炎帶菌者（Hepatitis B carrier）嗎？"

我雙眼緊盯着熒光屏上那清晰地顯示的肝臟佔位性病變，握着超聲波探頭的右手卻不期然地被這意料之外的一幕嚇得輕微抖動了一下。待收拾情緒後，我開始慢慢向他解釋起當前的情況來，並本能地向仍躺在病牀上的患者發問。

臨床的超聲波檢查，發現他的右肝長出了一個直徑超過 12 厘米的巨大肝癌（Hepatocellular carcinoma, HCC）腫瘤。

在行醫近二十年的歲月中，有些病人的面孔讓我永遠無法忘掉。這些人在我心中留下特別鮮明的印記，當中有着各自不同的原因。一些是原於病情格外危險，搶救的過程特別嚴峻，使我得以親身體驗常人無法想像的緊張刺激；另一些是因為病症的表現形式極端古怪離奇，最終被我偵破十分罕見的疾病，足以讓我日後跟同事好友談論起來都津津樂道；還有一些是因為親眼目睹過他們悲慘的遭遇，觸動了自己一向以來脆弱感性的心靈，無法迴避上蒼對良知的拷問，而曾在心底裏偷偷滴下過眼淚。雖然與他們非親非故，但由於曾經直視過他們的雙眼，彷彿經歷過他們內心所有的恐懼與彷徨，傷感和絕望。因為這種緣故，我對最後的這羣人印象最為深刻，也寄存了最強烈的感覺。每當想起他們之中的任何一位，都總會令我欷歔不已。

這個故事裏的主人翁，就是最後那羣人的其中一位。

"是。"他的面色低沉，眼神在空中飄浮，若有所失，未敢相信眼前的事實。

"你有定期到診所覆診嗎？"我硬着頭皮追問下去。

我明白病人現在心裏極難受，要從他口中得到答案，就如向他施以最殘忍的酷刑。但那是我作為醫生的責任，必須搞清楚事情的來龍去脈，唯有刻意收藏起悲天憫人的情懷，換上鐵石心腸的外衣。

但願我當天沒有遇上他，不用聽他訴說接下來的故事，也不用在腦袋記下他的容貌。

"以前在新界區某所公立醫院覆診，但已多年沒去了。"在他的話語中可嗅到濃烈的悔意。

"為甚麼呢？"從我嘴巴吐出來的惋惜之情，並不比他口中的悔意稀薄。

"去了那麼多年，身體沒有甚麼大變化，一直不需要吃藥，所以後來就沒再去了。"他的話似乎只說對了一半，今天我和他不幸地要一同經歷錯的那一半。

我在急症室的 2 號診症室看他的時間，是 2015 年 3 月裏的一天，還有一個星期左右才到月底。凌晨零時五十四分，被分流為第四類 "次緊急" 級別的他，在等候了約三個小時後，終於進入了我的視線。我看着手上病歷表中的名字，把嘴巴靠近揚聲器，用足以讓大家聽清楚的聲音呼喚起他來。

我一邊等待着病人進來，一邊把目光投射在病歷表上，熟練地在適當的位置搜索着有用的資料。病人的主要維生指標全屬正常。分流紀錄的欄目上寫着簡短的兩行字句：

位於九龍區的某所私營醫院，以上呼吸道感染為由，把病人轉介到急症室。右上腹疼痛了三、四天，沒有嘔吐和肚瀉。

臉上顯露的壞消息

當坐在輪椅上的病人被妻子和一對十餘歲的子女簇擁着，以緩慢的速度沿着狹長的過道推進診症室時，我遠遠的就看到了他臉上的痛苦表情。比他臉上的痛苦表情更早吸引我目光的，卻是憔悴而略顯消瘦的面頰。在過去的十餘個年頭，我見過不少這樣的面容，瞬間已料想到這張臉昭示着比表面徵象嚴重得多的情況。不少曾擁有這張臉的病人，過不了多久就失去其他所有。由於又再出其不意地遇到這張臉，在輪椅的兩個輪子仍未停止轉動之前，我的嘴巴早已忍不住咕噥，這怎可能是私營醫院醫生所説的上呼吸道感染，並且在心裏小心翼翼地做好了聽取壞消息的準備。

年約五十歲的中年男子在講述他的病歷時，痛得一直在輪椅上挺直上身，不敢轉換一下姿勢。臉上的皺紋在説話時一動也不動，生怕過於明顯的動作會觸發更厲害的痛楚，以致在旁人看來，他木訥得不近人情。他的太太一直站在他身後，眼中流露出憂心的神色，不時為他説得不完整的地方加上補充。他的兩名子女木無表情地低垂着頭，即使半句話也沒説過，也足夠讓我理解他們心裏的感受。我的視線一直沒有從他略為瘦削的面龐離開過半秒，而且在那裏停留得越久，就越能感受迫在眉睫的危機。

在碰上這樣的一家人後，我立刻下定了決心，無論多麼困難，也要儘快為他找出病因。我的第六感告訴我，他很可能成為其中一名我一生難以忘記的病人。

跟感冒病徵全配不上

在詳細查問過病歷後，終於得到了病情的大致輪廓。他在過去的兩、三個星期胃部持續脹痛，並有肚瀉、食慾不振、疲倦和排茶褐色小便等病徵，體重在同一時間驟降了四公斤。他四出求醫，但不知何故，私家醫生數度將徵狀歸咎為感冒所致。在藥石亂投之下，病情絲毫沒有好轉，且日漸惡化。三、四天前右上腹開始劇烈疼痛，就連呼吸和轉身也會加深痛楚，最終由當天早上看過的一位心腸較好的大夫轉介往急症室。

從病歷和初步觀察中，我已確定他患上了極端嚴重的疾病，絕非私家醫生口中最常聽到作為診斷結果的"感冒"。感冒（Influenza）一般引起的是發燒、疲倦、頭痛、肌肉痠痛、食慾不振及暈眩等核心徵狀，再輔以喉嚨痛、咳嗽及流涕等上呼吸道感染（Upper respiratory tract infection, URTI）病徵，以及肚子痛、嘔吐和肚瀉等腸胃炎（Gastroenteritis, GE）病徵，普遍在一星期至十天內便能自行痊癒。由此可見，感冒無論在病徵和時間性上，均不能與這名病人的臨床表象匹配。

我無從得知何以私家醫生們總愛把病徵模糊，或他們自己也弄不清的病因説成是"感冒"。或許感冒這種疾病常可在各種媒介聽得到，為普羅大眾所熟悉，免於耗費唇舌解釋，容易蒙混過關也說不定。但我清晰記得，在不長不短的行醫生涯中，不少被私家醫生們稱為"感冒"的病人，最終被我在急症室準確診斷出患上不治之症。所以我對"感冒"這種病特別敏感，甚至直接說成反感也並無不可。

排茶褐色小便，一般反映肝膽胰系統的病變或溶血性貧血。從病歷分析，溶血性貧血的可能性基本可以排除。肝膽胰系統雖然在人體內所佔的區域並不太大，系統結構卻十分複雜，究竟病人出現問題的地方是在肝臟（Liver）、膽囊（Gall bladder）、膽道系統（Biliary tree），還是胰腺（Pancreas）；病因是肝炎、膽結石、膽道阻塞，還是更嚴重的癌症？我深知單憑病歷和身體檢查，實在難以說得清清楚楚。但我知道急症室裏的一件法寶，絕對幫得上這個忙，為纏繞了這個家庭兩、三個星期之久的難題，給出一個肯定的答案。這件法寶就是超聲波，是診斷肝膽胰系統病變最快捷便利的檢測方式。

無法挽回的癌症

由於太了解這件法寶在這宗病症中所能提供的幫助，在問診完畢後，我便直接把病人推到不遠處的搶救室，為他進行了臨床超聲波掃描檢查。欷歔的是，他在數十秒後便迅速加入到那條不幸的"感冒"病人隊伍之中。雖然癌症是我心裏猜測的其中一個病因，我萬萬料想不到的是，那個長於肝臟的腫瘤竟有 12 厘米的巨大，恐怕已對附近重要的血管和膽道造成壓力效應（Pressure effect），癌細胞甚至早已擴散（Metastasize）到身體的其他器官組織，無法以手術方式徹底切除。

　　鮮明地停留在熒光屏上的影像，讓我條件反射般聯想到他很大機會是一名乙型肝炎帶菌者，因為約九成的本地肝癌患者是由潛伏在體內的乙型肝炎病毒引發的。他在進行超聲波掃描檢查前，仍堅稱自己身體一直良好，從沒患過任何慢性疾病。如果他能早點對我說明，可能在更早的時候就找到了答案。

　　慢性乙型肝炎是中國及東南亞地區國家的風土病（Endemic disease）。乙型肝炎帶病毒率在本港約為 8.5%，約 50 萬名居民為帶菌者，在世界上屬於極高的水平。乙型肝炎帶菌者最嚴重的併發症乃肝硬化（Cirrhosis）和肝癌，由於兩者均為本港常見且致命性極高的疾病，而病發初期的徵狀並不明顯，所以一般建議乙型肝炎帶菌者每半年覆診一次，接受超聲波檢測及進行包括肝功能及甲胎蛋白（Alpha-fetoprotein, AFP）的血液化驗，以便及早診斷出併發症，並儘快加以治療。在正常情況下，血液中的甲胎蛋白水平只有單位數字。若病人患上肝癌，甲胎蛋白的水平就會急劇飆升，提高至上萬的數目。由於乙型肝炎帶菌者較正常人容易患上肝癌，定期監測血液中的甲胎蛋白水平，就可以透過發現突然上升的指數，及時獲得罹患肝癌的間接訊息。

　　這是我第一次遇見這名病人，也是最後的一次。把他收進外科病房後，就再也沒有見過他。由於病人過於輕率的決定，以及私家醫生們過於輕率的診斷，他在發現患上肝癌的一刻，就已錯過了根治的最佳時機。了解到他出院後曾到過治療肝癌的專科診所覆診三次，我就從此失去了他的下落。

雖然不知道確實的原因，但我的直覺一向很準確。從風突然轉換的方向，和空氣突然改變的味道，我料到腦海中那條因擁有悲慘遭遇而讓我印象特別深刻地隊伍，無聲無息之間又多了一名新成員，心裏無可奈何地有了最壞的打算。

男人的責任

"我對那間醫院真的十分不滿，他們的處理方法實在太不像樣了，我的憤怒已經到了極限！"

"剛收到電話的時候，我的未婚妻擔心得馬上就哭了起來，到現在仍未能完全平復心情！"

診症室的窗外高懸着九月兇猛的太陽，金黃色的光線穿過窗戶映照在桌上，把我拿着日本思樂牌墨水筆的右手灼得微微發燙。但比起坐在我跟前這位 40 歲男病人説話時口中噴出的怒火，我手上的感覺根本算不上甚麼。

我能感覺到被點燃起來的空氣，正逐漸灼傷我的面龐。

"今天，我和未婚妻在數碼港拍攝婚紗照。本來是歡天喜地的，但接到那通電話之後，瞬間就把我們的喜悦化成惡夢！"男的展現出一副不把心中的怨憤説完就誓不罷休的架勢。

仲夏午後五時半左右的氣溫，本來就讓人悶熱得透不過氣來。今天我遇到的事情，簡直將溫度一舉提升到接近爆炸的邊緣。

"我一定要投訴那間醫院的人，真他媽的氣死人了！真不明白他們是怎樣幹活的，有帶腦袋回去工作嗎？"

如果我不是在數分鐘前把整件事的真相向他簡明地解釋了一遍，我相信必定成為他下一個攻擊對象，甚至已經被罵得遍體鱗傷也説不定。

　　話得由數小時前開始説起。

　　當男病人興高采烈地在和煦而燦爛的陽光下，與未婚妻拼了命似地擺出各種對骨骼和肌肉均極具挑戰性的姿勢，期許兩口子的努力能在攝影師的手中昇華為幸福的見證和感情的烙印，一名不速之客卻不解風情地打通了他的電話。

　　電話的那一端傳來一名女護士附帶有命令式的聲音："兩天前你在我們醫院抽的血液化驗結果出來了，其中肌酸激酶（Creatine kinase,CK）的數值上升了很多，代表你最近曾經有過嚴重的心臟發病，恐有即時的生命危險。你要馬上回來我們醫院的急症室接受治療！"

　　我能想像到對於他倆而言，那一刻就像被喝醉的司機猛踏下刹車器的車子，整個世界驟然停止了轉動。四周的花草樹木、藍天白雲頓時丟失了所有顏色，遺留在兩口子腦中的只剩下徬徨、驚慄和空洞。

　　新娘子春風滿面的臉龐頓時下起傾盆大雨，無意間變成最能反映雙方情感深度的畫面。即使事過境遷，時至今日，我仍暗忖那名攝影師是否具備足夠的感性和敏捷，能否及時捕捉住這個珍貴的鏡頭。我深信這幀相片將會是整套結婚畫冊的代表作，比一切矯揉造作的姿態來得更深刻和寫實，必然是芸芸眾生、千篇一律的婚照中難以比擬的經典，日後將會成為兩口子最回味無窮的時刻。

　　在腦袋逃出了那一段真空期之後，男子漸漸恢復鎮定，隨即開始和對方討價還價起來。

　　"我現在身體一點毛病都沒有，怎會是心臟病發？"

"我現在有重要的事情要辦，可不可以過一兩天才回來？"

"我現在在香港島那邊，回來路程很遠，可否在辦完事後才到附近的急症室？"

雖然男子因面對權威而逐步降低要求，但話筒另一面的那名女性，態度依然堅決。

"你將要成為別人的丈夫，就得承擔起做男人的責任！你不為你自己着想，也要為你的未婚妻負責。不要再婆婆媽媽，馬上走！"

突如其來的病危警告

於是，穿着整齊而隆重黑色禮服的男子，就如此這般地來到了我的跟前。那名女護士所説的最後一句話，也從此深深地烙在我的腦海。

我深信這名男子真的已經負起了做男人的責任。然而，如果那一名女護士更小心謹慎一點，他可能並不需要在那天承受這麼沉重的責備。

他是單獨一個人進來診症室的，垂頭喪氣地走到我跟前就一下子跌坐到桌子旁的椅子上。雖然穿戴整齊，但他頭髮蓬鬆，額角上仍停駐着豌豆般大的汗珠。剛開始的時候，他仍顯得溫文有禮，但白色襯衣上的汗漬，以及身體散發出略帶酸性的味道，明明白白地昭示着他曾經歷過一段苦苦掙扎，掩蓋不掉努力隱藏起來的焦慮和不安。

這名被分流為第三類 "緊急" 類別的病人，急症室分流表格上維生指數的數值全都是正常的，而且除了顯得略為疲累和困惑之外，身體的整體狀況極為良好。結合這些最初步的觀察，多年的行醫經驗和直覺告訴我，這名病人並沒有任何嚴重的病況。

在他道明來意之後，我為他的遭遇感到歉疚之餘，也很快就想出了合理的答案。我們之間的對話開始變得輕鬆起來，即使空氣開始燃燒，我的嘴角仍禁不住不時露出滿意的笑容。

我在電腦上翻查紀錄，知悉這名病人是乙型肝炎帶菌者，並於新界某醫院接受長期診治。除此之外，他沒有任何其他嚴重病患。兩天前，該醫院為他進行了血液檢測，除了肝腎功能的化驗之外，也包括了 CK 這個項目。結果顯示該次的 CK 數值為 3985U/L，比正常上限高了大約 10 倍。

肌酸激酶是人體內一種負責催化肌酸磷酸（Creatine phosphate）和肌酸（Creatine）相互轉化，從而為細胞產生能量的酵素。它存在於身體內眾多細胞之中，尤以骨骼肌（Skeletal muscle）為最，而心臟的肌肉細胞內也不缺少。

血液內的 CK 水平一般保持在一個正常範圍之內，若果存有 CK 的細胞因任何原因受到損害，血液中的 CK 水平就會上升，從而被血液化驗檢測得到。由於 CK 存在於不少細胞之內，所以因不同疾病引起的細胞受損，皆可以透過血液中上升的 CK 水平而被反映出來。一般而言，血液中的 CK 濃度上升，反映如心肌梗塞（Acute myocardial infarction）、橫紋肌溶解症（Rhabdomyolysis）、肌肉萎縮（Muscular dystrophy）、肌肉過度勞累、肌肉長期受壓等與肌肉受損相關的疾病和情況。

以 CK 作為檢測手段最大的局限性，在於它不夠具體，只能大概歸納出一些可能性，卻不能分辨血液中上升的 CK 水平是由哪一種疾病引起。因此它只能提供一個參考數據，卻不可作為最終的診斷手段，必需借助其他的檢測方法提供佐證，以作為最終診斷的依據。

"坦率地跟你説，你根本就沒有甚麼心臟病，絕非那個護士所説的狀況。你以後怎樣，我不能保證，但我可以保證今天你一點生命危險也沒有。"為了讓他早點釋懷，我如是説。

在簡單地查詢過他的病歷，及對照過他那張正常的心電圖之後，他一點心臟病的跡象也沒有，莫説有甚麼即時的生命危險。

檢測數據的各種可能

排除了心肌梗塞或其他心臟的病因以後，血液中的 CK 水平上升至 3985U/L，我倒一點也不擔心。我十分肯定，他的 CK 上升是因為肌肉問題引起的，只是我仍未找出最後的原因，要再多花一些心思和時間去尋獲真相而已。另外，CK 上升至三千多U/L，其實並不嚴重。我一生中見過最高的 CK 水平是 22 萬 U/L。那名年輕的學生因在大學的迎新營玩得太忘形，肌肉得不到適當休息而患上橫紋肌溶解症，導致肌肉細胞嚴重受損溶解。這就是急症室醫生們戲稱的"迎新營綜合症"。這是本港某所著名大學每年迎新期間經常出現的病症，病人經常因為肌肉受損而導致全身肌肉疼痛無力，甚至出現急性腎衰竭（Acute renal failure）、高血鉀症（Hyperkalaemia）等嚴重併發症，是一個有潛在致命風險的疾病。然而三千多和廿二萬之間，仍有一段十分巨大的距離。三千多的血液 CK 濃度只代表骨骼肌肉輕微受損，並不會為病人帶來任何病徵，更不會帶來任何嚴重的併發症。

"你最近有摔倒或撞傷嗎？"

"你的肌肉有痠痛無力的感覺嗎？"

"最近有進行一些劇烈運動嗎？"

在得到了一連串否定的答案後，我終於在一個問題上偶然地得到了解開謎團的線索。

"劇烈運動就沒有，倒是一個星期前我參加過一個為期兩天、旨在培養領袖能力的訓練營。那段時間我們每天都要為提升自信心而聲嘶力竭地盡力呼喊，睡得也很少，因此比較勞累而已。"他猶猶豫豫地回答，彷彿對應否如此回答仍有所懷疑，卻渾然不知他已親口道破了因由。

"我相信你的 CK 水平上升，跟你那兩天太勞累，肌肉得不到適當休息有關。"未等他的話音完全消失，我已興奮地瞪着眼睛搶着說。

雖然當醫生已經這麼多年了，但我仍一直改不了在尋獲真相時所表現出來的壞習慣。

那名男子在我把事情完全弄清楚之後，開始按捺不住壓抑已久的心情，立刻放任鬱在胸中的怒火盡情地燃燒。於是，故事剛開始時的那些粗話，便排山倒海地向我傾瀉而來。

記憶之中，我從未如那天一樣，看着另一個人動怒時，仍能保持愉快的心情。我知道，在飽受一輪擔心和惶惑之後，那是他唯一合適的宣洩方法。

"你的攝影師現在在哪兒？"在粗話稍作停頓之後，我出於好奇地問。

"他們仍在數碼港一間酒店的花園中等待我們的消息。"

"現在已經真相大白，你大可以放心。你從沒有心臟病發過，而且一點生命危險也沒有，所以不用再呆在醫院。今天是你的大日子，我也不耽誤你的時間。等會兒我讓職員跟你再抽一次血化驗，你不需要在此等待化驗結果，可以趁着太陽還未下山，和你的另一半繼續完成你們要完成的事。我會寫一封信給你，清楚說明這次你來這裏的原因和最終的診斷結果，讓你下次回到那所醫院覆診時，捎給那邊的醫生看，讓他們了解你的情況。"我不徐不疾地叮嚀着他，希望他能把所有訊息都記得清清楚楚。

"真是太感謝你了。如果那間醫院的人都像你一樣細心，就不需要浪費大家的寶貴時間。"從他雙眼綻放出的光芒，我深信他的感謝完全發自內心，沒有半點討好和奉承。而且，他真的不需要。

"我想藉着這次特殊的遭遇，以特殊的身分恭喜你和你的太太，白頭到老，永結同心，永遠幸福快樂。"一面說着，我一面微笑着向他伸出了右手。

我突如其來的恭賀，讓剛才仍滿腹怨憤的男子，在臨別前臉上掛起難得一見的笑容。畢竟，在醫院這種特殊的環境，難以讓人聯想到主治醫生會說出這樣的話和作出這樣的舉動。

接着，病人和醫生的手有那麼幾秒鐘緊緊地握在一起，為我們這次的奇遇畫上完美的句號。

雖然他倆今天被迫體驗了一次生離死別，擾亂了婚紗照的拍攝安排，經歷了心情的起伏跌宕，但慶幸在離開的那一刻，他們最終都尋回了幸福的感覺，總算不枉過了這一天。或許日後感情因此更牢固，成就意料之外的收穫也說不定。

醫院與生俱來就是上演生老病死的舞台，但這一天，它陰差陽錯地換了一個角色，意外地變成婚姻的誓壇，而我也糊裏糊塗地當上了牧人，見證男方對女方承擔的責任。事情的發展，讓我喜出望外。這個糅合矛盾、諷刺和驚喜的劇情，就連最高明的劇作家也未必能創作得來，最終憑藉醫學智慧大團圓結局，自此在我心中留下最美好和愉快的回憶，讓我不時津津樂道。

檢測結果須配合專業分析

作為一名精明幹練的偵探，小說和電影中的福爾摩斯經常可以迅速地找到懸案的真兇。讀者和觀眾在驚嘆他的絕技時，大部分人都可能忽略了一個在書本和鏡頭前極不顯眼的細節。大家都緊盯着這位聰明能幹的偵探如何找出兇手，其實他在鎖定某個疑犯之前，早已花了不少精力，把很多其他相關人士犯案的可能性一一排除掉。

醫生跟偵探也一樣，其實在找到最終答案前，必定會花上不少心思，排除一連串表面上與病情相關的可能，把合理診斷的可能性逐漸收窄起來，最終鎖定唯一的答案。但要把眾多可能性快速排除，說起來容易，做起來卻並不那麼簡單。這需要醫生對病人情況、疾病病理、各種檢測結果作出全盤的分析和綜合的思考。醫生成功找到正確的病因，固然可以贏得病人的掌聲，但能快速排除一些嚴重的疾病，其實也理應獲得同樣的喝采。

同一個病徵，可以由多種嚴重及不嚴重的疾病引起。對於一個醫術不高明的醫生，可能需要依賴多種檢測方式才能排除那些嚴重疾病的可能性。而採用多種檢測手段必定會增加病人和社會的醫療成本，耗用病人和醫生的寶貴時間，甚至要置病人於某些風險之中。而一名精明能幹的醫生，面對相同的病徵，若能以最簡單的方法排除嚴重的疾病，則無論對病人、醫生和社會都有所益處。這就是醫術高低的分野。

在這個投訴盛行的年代，為了避免因醫療失誤所帶來的訴訟風險，現今醫學界流行一種很壞的風氣，就是業內俗稱的 "防禦性醫療術"（Protective medicine），務求以滴水不漏的方式保障行醫者的自身安全。於是病人因任何緣故求診，醫生都常常傾向採用不同的檢測方式，以排除那些發病率極低的疾病，避免捲入醫療事故之中。急症室最常見的例子是，即使病人只患有一天的頭痛、暈眩或輕微的頭部創傷，醫生們已習慣了不假思索地為病人拍攝腦部電腦掃描（CT brain），以排除腦部的出血或中風現象。電腦掃描是較昂貴的檢測方法。這種風氣不僅嚴重浪費公共醫療資源，增加醫療成本，也為病人帶來因為經常吸收不必要的輻射劑量而增加患上腦癌的風險。但最主要的問題是，這些輕微的病徵與中風及出血的關連性很低，要為很多這類的病人拍攝電腦掃描，才會找到一個不正常影像的病例。而且，透過對病人的臨床評估，也可以較準確地排除這些狀況。

再以這個個案為例，由於那所醫院的護士未能完全明瞭 CK 指數上升所代表的意義，於是直觀地以為那是由心肌梗塞所造成的結果，並不了解其實也可以由其他相對輕微的肌肉受損導致，所以才會強制性地要求那名男士立即到急症室求診。

換上其他急症室醫生，在面對一個擁有心肌梗塞可能性的病人時，我可以想像得到大部分人會把病人收進病房，進行一連串包括反復的抽血化驗、反復的心電圖評估，以及心臟超聲波檢查等醫療程序，以徹底排除心肌梗塞的可能。這種做法固然小心謹慎，卻會佔用公共醫療系統中十分緊拙的牀位，消耗病人和醫護人員寶貴的時間和精力，浪費本已捉襟見肘的醫療資源，也迫使病人經受反復抽血所帶來的痛楚。

從另一個角度看，當一名醫生對上升的 CK 指數有透徹的認識，對病人的情況有更深刻的掌握，同時又具備勇氣和意願衝破固有規條的約束，那名男士所經歷到的肯定是另一個截然不同的繽紛世界。與其說他到急症室接受治療，是負起了對女方的責任，倒不如說我運用邏輯思考，簡單迅速地排除了所有的嚴重狀況，才稱得上對他倆、對社會負起了一個男人堅定的責任。

那一天，我沒有挽救他的性命，因為他根本沒有任何嚴重情況需要我去挽救。但每當回想起此事，我依然十分滿足。如果真要說那天我挽救了甚麼的話，我想我挽救了他們對那一天的回憶。他們轉身離開的時候，灑在他們身上的仍然是明媚的陽光。

十多天後，我翻查電腦上的資料，他已回到所屬的醫院覆診了一次。我在電腦上看到，那天臨別前我為他抽取的 CK 指數已下降至 1354U/L，代表他的肌肉受損程度已有所好轉。另一方面，我為他抽取的另一個更能準確反映心臟肌肉受損情況的指數是完全正常的，證實直至那天為止，他都沒有心肌梗塞的情況。我對這兩組數字一早就成竹在胸。那些血液化驗是為那所醫院的醫生做的，希望以客觀的證據讓他們安心。

讓我更感興趣的是那邊醫生寫下的覆診紀錄。當中最吸引我眼球的兩句如是說：

病人今天十分憤怒和不滿，因為他對九月尾那天在電話中收到我院的緊急通知，至今仍深深不忿。

看到這裏，我的嘴角無聲無息地悄悄向上翹了起來，眼前彷彿浮現了那天他滿面通紅地向我咆哮的畫面。

我心中暗忖，這次夠你們好受的了。

第四章

起死回生的治療

滅亡前的瘋狂

上帝要人滅亡，必先令其瘋狂。

　　以上這句短句最早出自何人手筆，恐怕已無從稽考，只知道早已是家傳戶曉的流行說法，連文化水平不高的人也能朗朗上口。但多少人能真正明瞭箇中含意，卻不得而知。一直以來，我對這個說法並不特別感興趣，總覺是閒着沒活幹的文人雅士，在桌旁等上菜時賣弄文藻的玩意兒。我自詡是個幹實事的人，對這些沒有實際意義的文字遊戲自有一套不同的看法，亦從不參與其中。

　　不過，在 2015 年上半年快要結束前的一天中處理的創傷個案，是我 18 年行醫生涯中遇過最瘋狂的事件，竟意外地讓我對這句短句有了最切身的感受，完全改變了我以往對它淺薄的看法。在醫護人員奮力拯救病人前，卻須先與其進行一場搏鬥，把搶救室戲劇性地轉變成血腥的戰場。我在開始搶救那名被上帝遺棄的瘋狂傷者時，腦袋中就不斷浮現着這句句子的影像。在整個搶救過程中，急症室的搶救室儼然變成了一個古羅馬劇場，活靈活現地上演着一幕憤怒的上帝要賜人於死地，而善良的人類拼死相救的經典神話劇目。

　　我相信當天不少觀眾都錯過了故事的開始部分，因為仁慈智慧的上帝絕不會選擇在眾目睽睽的白天動殺機，只會讓邪惡的對手在晚上那疏於防範的黑暗時段，才找到下手的機會。

抓狂的傷者

凌晨時分，一片平靜的急症室突然收到消防處的電話通報，說救護車正運送一名在家中以利刀自殺，頸部遭受嚴重刀傷的男性前來，他的血壓極低，要求急症室做好事先準備。作為當晚夜更的主管醫生，我在接獲通知後，料想到頸部刀傷可以危及傷者氣道、主要血管和中樞神經等重要器官和組織，或有即時性命危險，所以不敢怠慢，馬上聯同兩名護士到搶救室準備所需的醫療器材和急救用品。

3 時 13 分，頭頂上閃耀着藍、白色燈光的救護車，以最快的速度駛到急症室正門之外，尖銳刺耳的警笛聲比救護車稍微更早了一點到達。三名救護員在車子停下不久，就急不及待地把躺在抬牀上的傷者推下，徑直奔往搶救室。我和三名護士早已戴上外科手套，站在搶救室內透過敞開的大門焦急地向外張望，冀望在正式接觸傷者前就以目測的方法估算他的大致狀況。

中年男子脖子背面被戳多刀，傷口在厚厚的紗布下不停溢血，被救護員送進搶救室時，正一面奮力掙扎，一面不斷高呼："讓我死！不要管我！不要管我！"

在眾人把傷者移上病牀的一刹那，他突然瘋狂地拔掉救護員在車上插好的靜脈管道，並企圖扯下早已戴在脖子上的護頸套（Neck collar）下牀逃走。鮮血立刻從剛拔去靜脈管道的手腕處噴灑而出，把室內的空氣全蘸上驚慄不安的色彩。

眾人制服，血跡處處

作為現場唯一的醫生，我深知容許傷者在地上亂跑是無法施展任何救護工作的。而且激烈運動會加劇傷口出血的情況，把他推向更危險的境地，所以當機立斷下令把傷者重新控制在牀上。但他孔武有力，縱使我和三、四名護士跟他扭作一團，仍不能有效地把他控制下來，唯有透過擴音器向門外的保安員和警員求助。幾名體形雄渾結實的援兵，連同另外幾名身材嬌小玲瓏的護士，獲知搶救室裏的擾攘後聞風而至。在約十人同心協力地按着傷者的手腳後，護士按照我的命令，趁機在兩側臀部的肌肉注射了鎮靜劑，終使他在一、兩分鐘之內停止了反抗，眾人的制服和地板卻早已血跡斑斑。

基於傷者剛才仍能大吵大鬧，不用多花時間檢查，已能作出

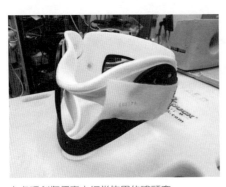

在處理創傷個案中經常使用的護頸套。

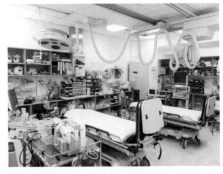

急症室搶救室內經常遇到無法預知的緊急情況，需要醫護人員臨危不亂地面對。

氣道暢通無阻的結論，暫時不需任何特別護理。於是，我指示護士們立即替他重新戴上護頸套，以保護頸椎骨和中樞神經系統，並在臉上套上氧氣面罩提供 100% 氧氣呼吸。我則拿過血管導管（Angiocatheter）、酒精棉籤（Alcohol swab）和透明敷料等打點滴的用具，迅速在靜脈上插入兩條粗大的管道進行補液療法（Fluid resuscitation），並抽取了血液樣本作化驗和配血之用。當一切應急的措施辦妥後，便回過頭來，根據"美國外科學會"創辦的《高級創傷生命支援術》（ATLS）的原則，為傷者進行詳盡的臨床評估。在為他親自作過臨床超聲波檢查後，緊接發出胸部和頸部 X-光檢測的指令。綜合所有的評估結果，證實他只是後頸上數處有長而深的刀傷，脊髓（Spinal cord）沒有受損跡象，身體其他部分也正常。

刀傷引致神志不清

由於傷者在剛到達急症室就狂亂失控，擾攘多時才被靜定下來，所以一直未能獲得第一組的維生指數。在使用藥物把傷者控制下來後，傷者很快就被證實處於嚴重的休克狀態中。初次在監護儀器熒幕上出現的收縮壓（Systolic blood pressure, SBP，俗稱上壓）讀數只有 70mmHg，心跳為每分鐘 132 次。

pH（酸鹼值）	6.767
PCO2（二氧化碳分壓）	8.81kPa
BE（鹼離子缺乏度）	-26mmol／L

HCO3- （重碳酸鹽）	9.5mmol／L
K（鉀）	3.5mmol／L
Na（鈉）	144mmol／L
Hb（血紅蛋白）	11.6 g／dL

沒多久，血液快速檢測機響着低沉的聲音，打印出簡單的血液化驗報告。小於 7 的 pH 值和極低的 BE 及 HCO3- 數字，明確無誤地標示着最嚴重程度的代謝性酸中毒（Metabolic acidosis）。在精明能幹的急症科醫生眼中，要解讀這些數字一點也不困難。稍作邏輯分析，就可以作出以下結論：

傷者由於頸部刀傷而大量失血，導致低血容性休克，而持續的嚴重休克狀態引致腦部血液供應不降，造成傷者在神志不清之下作出失常的舉止。另外，在嚴重休克狀態中，身體各器官組織缺乏足夠的血液和氧分供應，因而出現組織缺氧（Tissue hypoxia）的情況。組織缺氧會迫使身體組織由正常的有氧呼吸（Aerobic respiration）轉為進行不正常的無氧呼吸（Anaerobic respiration），並在這個過程中製造出大量乳酸（Lactic acid），而身體內積聚過量乳酸最終會產生代謝性酸中毒。血液酸鹼度（pH）的正常範圍在 7.35-7.45 之間，在由乳酸引起的代謝性酸中毒中，若 pH 值低於 7，代表患者的身體組織極端缺氧，已到了隨時死亡的境界。

組織缺氧，隨時斃命

　　清楚了解所面對的狀況後，我隨即針對性地向護士發出指令，先穩妥地包紮好頸背的傷口，防止繼續大量出血。接着，以不需配對的 O 正型紅血球濃厚液（Packed red blood cell）為他輸血，並輔以強心劑（Inotrope）作靜脈滴注，務求儘快改善循環系統出現的低血容量危機。與此同時，我亦要求護士透過靜脈全速滴注 200 毫升碳酸氫鈉（Sodium bicarbonate），以提升 pH 值，減輕代謝性酸中毒的程度。由於預計需要為傷者大規模輸血，而急症室僅存放有 4 包 O 正型紅血球濃厚液，在這種危急狀態絕對不敷應用，所以我相應地啟動了醫院的 "大規模輸血規程"，調派工作人員到醫院的血庫（Blood bank）索取更多的血包和血小板濃縮液

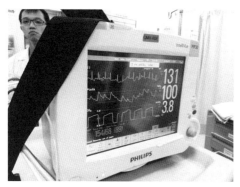

監察病人重要維生指數的醫療儀器。

急症室的搶救室平常都儲有數包 O 正型紅血球濃厚液，以備隨時為嚴重創傷的出血病人輸血。

（Platelet concentrate），作後續輸血之用。其後，護士更為他注射了 Transamin 凝血劑，以紓緩傷口出血的情況。另一組人員亦為他插入導尿管，抽取尿液樣本作快速臨床毒理測試，迅速地排除了由濫用藥物而引起的失控和自殘行為。

在完成了所有在急症室環境可以派上用場的搶救程序後，根據救治嚴重創傷患者的醫院跨部門合作指引，我透過醫院的總機傳呼了當天值勤的創傷小組（Trauma team）到急症室會診。當外科、骨科（Orthopaedics）、麻醉科和深切治療部醫生魚貫到達時，他們見到的是一宗處理得井井有條的病症、一個整理得乾乾淨淨的病人。除了扔滿一地的醫護廢品可以為 40 分鐘前的混亂搏鬥提供一點佐證外，他們對剛才艱苦絕倫的奮戰看來一無所知。

各科醫生重複了簡單的臨床評估後，便把傷者推進電腦掃描室進行我早已安排好的頭頸部位掃描。緊接着，傷者被直接從電腦掃描室送進手術室進行緊急手術，縫合受損的血管和其他組織，最終成功保住了性命。

完成搶救工作後，搶救室儼如一個戰場。

在創傷個案的搶救過程中，醫護人員的制服和醫療器材經常都被弄得血跡斑斑。

事後我寫下一闋短歌，以讚頌當日所有參與拯救行動的急症室醫護人員，在面對突如其來的罕見情景下，盡忠職守的專業表現。急症室經常遇到無法預知的緊急情況，需要醫護人員憑着卓越的知識、經驗、勇氣和決心，臨危不亂地面對各種嚴峻的挑戰，為守護生命而努力。

窮途末路	引頸自戮	負傷猛獸	血流成河
甫離險境	野性大發	拔喉怒吼	奪路而逃
仁心醫護	救人心切	眾志成城	臨危不亂
血肉之軀	斷其去路	混戰數回	拳來腳往
狂魔力竭	束手就擒	白衣勇士	血染征袍
生死邊緣	命懸一線	守護天使	盡露光輝
冰釋前嫌	全力以赴	瀕死之軀	終現曙光

救治嚴重創傷患者的原則

1. 在本港的急症室，當接收到嚴重創傷患者時，都是根據《高級創傷生命支援術》的原則，以系統性的方法進行救治。

2. 首先對傷者進行快速的初步評估（Primary survey），旨在為五個對生命構成即時危險的範疇，作出迅速的評估及相應的處理。這五個範疇以英文字母 ABCDE 作為口訣：

   • A 是 Airway，確保氣道暢通及保護頸椎骨。

   • B 是 Breathing，保障呼吸暢順。

   • C 是 Circulation，保障循環系統的狀況穩定。

   • D 是 Disability，儘快查明中樞神經受損的情況。

   • E 是 Exposure，儘快清除傷者衣物，獲取良好的檢查視場，確保不會遺漏身上任何傷勢。

3. 以創傷系列（Trauma series）X-光和臨床超聲波檢測作為輔助手段，快速評估對傷者構成生命危險的狀況。

4. 創傷系列 X-光由三張重要的 X-光片組成：

   • 胸部 X-光

   • 頸椎骨側視 X-光

   • 盤骨 X-光

5. 臨床超聲波檢測的目的，是透過創傷超聲波重點評估法（Focused Assessment with Sonography for Trauma, FAST scan），評估腹腔內部的受傷情況，主要查明有否腹腔積血（Haemoperitoneum）現象。

6. 待初步評估完成及傷者的情況穩定以後，緊接着的第二個環節就是為病人進行從頭到腳、從前到後的詳細檢查（Secondary survey），務求準確找出所有的表面和體內受損器官及部位，以決定最終的救治方式。嚴重的傷者在最後的評估階段，普遍需要進行相應部位的電腦掃描檢測，有時候更需要接受全身的電腦掃描檢查（Whole-body CT scan）。

7. 概括而言，致命的創傷多由嚴重的內部出血引起，常見於胸腔或腹腔創傷、不穩定的盤骨骨折或多發性長骨骨折等情況。此外，嚴重的腦部創傷亦是甚為普遍的致命原因之一。一旦遇上這些情況，病人會被直接從急症室送進手術室，及早進行緊急手術是挽救生命的唯一途徑。

8. 不需進行緊急手術的傷者，一般有兩條出路：
   • 傷勢嚴重的會被送進深切治療部進行觀察治理。
   • 傷勢較輕的則視乎實際傷勢情況，有機會被送到外科、骨科、腦外科或急症科等病房，作後續診治。

燒炭的氣體之爭

"要去潛一次水嗎？"2014 年 9 月某日晚上 7 時左右，久別重遇的深切治療部楊醫生甫踏進搶救室，便面帶微笑地向我問道，臉上泛着一抹醉人的嫣紅，堅定的眼神閃耀着混合了美麗和睿智的神采。

"我真的很久沒去過了，很想再去一趟……"這個簡短的問題彷彿是一道神奇的魔法咒語，它使我連續工作數小時後積累下來的疲倦突然在刹那間灰飛煙滅，精神猛然抖擻起來。腦海中不其然浮現出一連串以往曾經潛過水的地方：澳洲的大堡礁、馬爾代夫、馬來西亞的詩巴丹島（Sipadan）和拉央拉央島（Layang Layang）、菲律賓的宿霧（Cebu）和保和島（Bohol）……

我興奮地一直喋喋不休，好一會兒才尷尬地恍然大悟，楊醫生是另有所指。驀然從逍遙於藍天白雲與黃沙綠水的夢中驚醒，始發現自己仍身處香港這塊彈丸之地，必須為眼前這名墮進海底深淵的病人重新腳踏實地努力工作。

約一小時前，一名中年女性被友人發現在門窗緊鎖的家中燒炭（Charcoal burning）尋死，遂致電警方求助。消防員奉召破門入室，密閉的居所充斥着濃烈刺鼻的炭烤味道。病人躺於牀上，早已不醒人事。

維生指數穩定的假象

她被救護員直接送進急症室的搶救室時仍處於半昏迷狀態，格拉斯哥昏迷指數（Glasgow Coma Scale, GCS）只有 7 分，屬於頗深層的昏迷級別，無法親述病歷情況。我迅速地為她作了臨床檢查後，察覺除了昏迷和心跳頻率微升至每分鐘 118 次以外（成年人的正常值在每分鐘 60-100 次範圍之內），其他重要的維生指數一概正常，連反映血液氧分濃度的血氧飽和度（SpO2）讀數也有98% 之高。但這些貌似穩定的假象無法瞞騙我的雙眼。根據各方提供的環境證據和自己的臨床評估，數分鐘後我便斷定她陷於極嚴重的一氧化碳（Carbon monoxide, CO）中毒之中，於是立刻為她插入氣管內管（Endotracheal tube, ET tube，俗稱氣喉）以確保氣道暢通無阻，隨即透過人工呼吸機（Ventilator）以 100% 純氧進行治療。

雖然一氧化碳中毒已能完整地解析病者的臨床表現，而且我也一直強調自己並非一個胡亂作漁翁撒網式檢測的人，但由於昏迷有無數原因，而且一氧化碳中毒能損害多種器官的正常功能，所以在妥善處理了氣道和呼吸方面的情況後，我一口氣地為病者進行了包括心電圖、肺部 X-光、腦部電腦掃描（CT brain）、尿液快速臨床毒理檢測和血液化驗等一連串的檢測，試圖排除其他導致昏迷的原因，及檢驗一氧化碳中毒的潛在併發症。

雖然需要三、四小時才能得到完整的血液化驗報告，但當中最重要的兩份化驗結果在廿餘分鐘內，就先後證實了我對病情的準確評估。其中，動脈血氣分析（Arterial blood gas analysis）結果

呈現代謝性酸中毒。另外，碳氧血紅蛋白（Carboxyhaemoglobin,
Carboxy-Hb）的數值則高達 39.8%（正常值為 0-3%），均為嚴重
一氧化碳中毒的客觀證據。其他的檢測結果則大致正常。顯然，我
的病人需要住進 ICU 作後續治療。於是，傳召了 ICU 的當值醫生
楊醫生到急症室會診，並商討入院的安排。

氧和一氧化碳的體內活動

包裹着地球表面的大氣層裏，存在着由不同氣體混合而成的空
氣。空氣的成分除約 21% 為氧氣外，大部分是其他的惰性氣體，
尤以氮氣（Nitrogen）為最，佔約 78%。一氧化碳是含碳物質在不
完全燃燒的過程中產生的一種無色、無臭、無味氣體，在大氣層中
只屬極微量的空氣組成部分，主要由火山活動和燃燒化石燃料產
生，大規模的森林火災和農業焚燒活動也會釋出一定數量的一氧
化碳。

人類的生存必須依賴氧氣，這是人所共知的常識。但大氣中
的氧分子（O_2）不會無緣無故地自動跑到人體的各個組織，為我
所用。這裏需要一個專門的載體，像特派員一樣把氧分子（O_2）送
到人體中不同用家的手上。這使命就落在了血液中紅血球（Red
blood cell, RBC）內的血紅蛋白（Haemoglobin , Hb）身上。

正常情況下，肺動脈（Pulmonary artery）把缺氧血
（Deoxygenated blood）帶到肺部的微絲血管。當氧氣被吸進肺
部後，在濕潤的肺氣囊進行氣體交換（Gaseous exchange）而進
入人體內部，並擴散到微絲血管裏去。微絲血管中紅血球裏的 Hb

先與 O2 結合，形成氧合血紅蛋白（Oxyhaemoglobin）。由於氧合血紅蛋白攜帶了大量的氧氣，此前的缺氧血因而轉變為充氧血（Oxygenated blood），並隨着血液的流動從肺部把氧分輸往身體各部。在身體組織的層面，氧分較低，Hb 因此與 O2 分離，卸下氧分子予極需氧氣維持運作的組織細胞使用，血液也因此再度變回缺氧血，重新開始另一個循環。

在一氧化碳中毒中，大量 CO 經呼吸道進入肺部，進行氣體交換被吸進人體。在肺部微絲血管的血液中，CO 亦能與紅血球裏的 Hb 結合，形成 Carboxy-Hb。O2 與 CO 對 Hb 的爭奪，在紅血球中上演了一場你死我活的激烈鬥爭，但這種鬥爭是在毫不公平的原則下進行的，情況就如駕駛一輛名牌跑車與一名小孩賽跑一樣。原因是 CO 和 O2 各自與 Hb 的親和力（Affinity）有天壤之別。

以淺白的文字表達，就是 CO 與 Hb 結合的能力較 O2 與 Hb 結合的能力強約 200 至 300 倍。以車子比喻 Hb，差不多 200 至 300 個 CO 分子坐上 Hb 的快車後，才輪到一個 O2 分子搭上 Hb 的車子，因而 CO 幾乎完全排斥了 Hb 與 O2 的正常結合。空氣中 CO 的濃度越高，透過氣體交換進入人體的 CO 就越多，紅血球中被 CO 牢牢綁住的 Hb 就越多。血液中 Carboxy-Hb 的比例越高，對 O2 的排斥作用就越大，能夠黏合到 Hb 上的 O2 更少，引起的毒性也就越強烈。

CO 不單與 Hb 有高的親和力，carboxy-Hb 較氧合血紅蛋白的解離速度也慢上 3600 倍。正常而言，氧合血紅蛋白需要在身體組織的層面快速高效地卸下 O2，供細胞使用。然而，carboxy-Hb 卻不能進行迅速卸下 CO 的作業。換句簡單的話說，CO 在肺部可以很快就登上 Hb 的車，讓 O2 上不了車。當車子到了身體各站時，CO 本身對細胞毫無用處，但卻賴着不走，死不下車。這樣就減少了 Hb 空車的數量，讓 O2 更難在肺部上車。CO 也以其他眾多方式減低細胞對氧氣的利用率，令到即使少部分氧氣能到達身體組織，也無法被有效使用。

CO 與 O2 鷸蚌相爭的最終結果，就是導致身體各器官組織缺乏氧氣供應，出現缺氧窒息的情況。細胞組織在無氧呼吸的過程中，會製造出乳酸，因而產生代謝性酸中毒。所以在一氧化碳中毒個案中，憑藉患者血液中 Carboxy-Hb、乳酸和代謝性酸中毒的水平，就可以準確評估病情的嚴重程度。

如何辨別身體缺氧

諷刺的是，雖然一氧化碳中毒導致身體缺氧，但與其他導致缺氧的病因在臨床表現上卻極為不同。普遍而言，身體嚴重缺氧會引致發紺（Cyanosis）現象，使皮膚變成紫藍色。另外，無論是透過套在手指頭上的脈搏血氧儀（Pulse oximeter）量度的血氧飽和度（SpO2），還是直接從動脈中抽取血液量度動脈血氧飽和度（SaO2），身體缺氧時得出來的數值都應該遠低於正常參考範圍。然而，在一氧化碳中毒的病人身上，既看不到發紺現象而引起的膚色轉變，就連 SpO2 和 SaO2 也常處於正常範圍之內，因此這些慣常用於快速辨別身體缺氧的臨床方法，根本就反映不到一氧化碳中毒的缺氧程度，以致造成病人表面上並沒有缺氧的假象。正確的診斷，唯有立足於對現場環境的理解，並需選擇合適的血液測試方式以作證實。

一氧化碳中毒在外地並不罕見，一般與冬天燃燒煤炭和煤氣取暖有關。煤氣泄漏以及室內空氣不流通而積聚的一氧化碳，便成了奪命兇手。本港較常遇見的一氧化碳中毒個案，主要涉及在密室內以燒炭或煤氣泄漏方式自殺、或把汽車排氣管接入車廂內自殺，真正由意外引致的較為罕見。上世紀 60 年代，煤氣是富有人家才用得起的燃料，煤氣自殺一度成為時尚的自殺方式。邵氏的一代影后林黛，就是在 1964 年選擇以該方式在家中自行殞落的。1985 年 5 月 14 日，香港著名影星翁美玲在家中同樣因煤氣中毒而香消玉殞，曾經轟動一時。踏入 90 年代，由於亞洲金融風暴帶來的劇烈經濟動盪，自殺數字驟升，以燒炭自殺從那時起便急促躍升為本港最主要的自殺方式之一。其後，這種自殺方式更迅速擴散至包括中國內地、台灣及日本在內的周邊國家及地區，使香港在國際醫學雜誌上贏得不甚光彩的名聲。想當年，我曾於某一個深宵，在長洲醫院急症室那狹小的診症室裏，同時為一對在該島東堤小築某度假屋內燒炭輕生的情侶忙得不可開交，一窺當時燒炭自殺風氣之盛行。

燒炭嚴重損害器官功能

普羅大眾受報章雜誌失實描繪之誤導，以為燒炭自殺會死得比較舒服，絕無痛苦感覺。幻想總是很美好，但現實往往很殘酷。在步往死亡之路上，燒炭自殺者會慢慢逐步經歷由頭痛、噁心、呼吸急促、心悸、暈眩、胸痛，到神智不清及昏迷等一氧化碳中毒的徵狀。那些都是因缺氧（Hypoxia）而引起的生理反應，一點也不好受。事實上，不少自殺者是由於忍受不了那些痛苦的折磨，才被迫半途而廢，報警求助。問題是即使被及早發現而救活過來，自殺者也可能因長時間缺氧而嚴重損害各個器官的正常功能，尤以腦部最容易受到影響，造成永久性的後遺症。在中毒初期曾經昏迷但最終存活的患者當中，不少人會在日後出現延遲性神經精神後遺症（Delayed neuropsychiatric sequelae），徵狀包括癲癇、震顫、失禁、失憶、麻木冷漠、老年癡呆症（Dementia）、帕金森綜合症（Parkinsonism）及舞蹈症（Chorea）等等，嚴重影響康復者的自理和社交能力。另外，如果患者為孕婦，更會對腹中胎兒造成無法逆轉的不良後果。

認識了一氧化碳的中毒機理，就不難理解搶救的基本原則。由於 CO 和 O2 對 Hb 存在競爭關係，除了必須的維生措施外，處理一氧化碳中毒的手段無非是透過提升 O2 的濃度及降低 CO 的水平，務求儘快強化 O2 的競爭力。

及早把患者移離充滿 CO 的密閉空間，避免持續曝露於高濃的 CO 環境之中，讓患者呼吸到新鮮的空氣，是最重要的第一步，既簡單又有效。

下一步就不能不觸及半衰期（t1/2）的概念。半衰期是指某種特定物質的濃度降低到初始的一半水平所需的時間。在海平面的正常大氣壓力環境中，Carboxy-Hb 在人體內的半衰期約為 4 小時，而在吸入 100% 純氧的情況下則降至 90 分鐘，所以讓患者吸 100% 純氧是治療一氧化碳中毒最重要的方法。另外，接受三次大氣壓力的 100% 高壓氧治療（Hyperbaric oxygen therapy, HBO）更可把 carboxy-Hb 的半衰期大幅降至 23 分鐘，讓 Carboxy-

Hb 更快速地分解，使騰空了座位的 Hb 快車可重新裝載 O2。簡而言之，透過增加患者吸入的氧氣濃度和壓力，理論上可加快 Carboxy-Hb 的分解，讓患者儘早脫離缺氧的境況。

如潛水的加壓治療

　　水肺潛水（Scuba diving）是一項舒適休閒的活動，乃很多醫生的業餘嗜好，我早在 2000 年左右已考獲潛水執照。潛水員在進行水下活動時，是透過呼吸氣瓶內的壓縮空氣維持生命的。因為水壓的緣故，潛水員身體所受的壓力隨着下潛的深度而增大。在水平線的位置，身體表面所承受的是一個大氣壓力單位。每下潛 10 米的深度，身體承受的壓力就上升一個大氣壓力單位。在 20 米深處，潛水員承受着 3 個大氣壓力單位的水壓，如此類推。而高壓氧治療好比為患者在陸上安排一次下潛到 20 米深的潛水活動。

　　本港現時共有二個加壓艙（Recompression chamber）可提供高壓氧治療，其中一個由私人機構營運，位於港島南區，有需要者可自行前往接受治療。另一個位於昂船洲消防處潛水基地內，由消防處管理和運作，只接受經醫療機構轉介的患者，不接受私人求助個案。該加壓艙可為一氧化碳的中毒患者提供治療服務。如果病人情況危殆，醫生和護士需要陪同患者進入加壓艙，與病人一同 "下潛"，隨時準備為其在艙內施行急救。

　　ICU 的楊醫生數年前剛完成實習醫生的工作後，緊接在急症室接受了為期六個月的選修訓練。我當時深深被該名剛畢業的年青醫生那豐富的知識和熱忱的工作態度所折服，故一直對其疼愛有加。

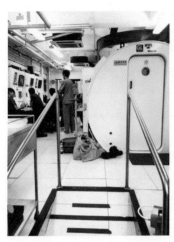

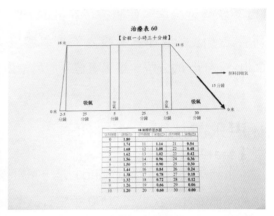

如有一氧化碳中毒病人需要接受高壓氧治療，在加壓艙值班的消防員，須按照國際標準的治療計劃進行整個程序。

昂船洲消防處潛水基地內的加壓艙，可為一氧化碳中毒病人提供高壓氧治療。

　　我相信她收到我的傳呼電話後，在趕來急症室的途中，已經不斷分析病人的情況，早已想到了高壓氧治療的可能性，這才是楊醫生那條問題真正的言下之意。

　　雖然理論上高壓氧治療能夠改善一氧化碳中毒者缺氧的情況，但對已經造成的身體創傷卻無法修復，所以臨牀上是否對患者的長遠康復結果有明顯益處仍存在爭議之處。而且，運送病人需時，在加壓艙接受治療的數小時內患者若情況惡化，也難以在現場即時作出有效搶救，所以現實中並非每位患者都獲給予高壓氧治療，必須加以篩選，為不同人士作出最合適的決定。

　　我重新審視了病情一遍：中毒者已被帶離現場，呼吸道已確保暢通，正接受 100% 純氧治療，所以死亡的風險極微，唯一不確定的答案是出現嚴重後遺症的可能性。她的維生指標穩定，心電圖

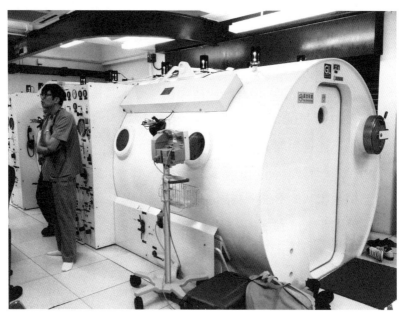

加壓艙供病人進出的艙門。

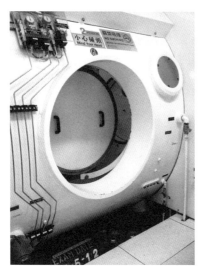

加壓艙供醫護人員緊急進出的艙門。

加壓艙內部。

沒有顯示心臟受損的跡象，腦部電腦掃描正常，沒有中風的情況。況且她被送到急症室後雖然仍屬半昏迷，但比現場時已有輕微的好轉，情況不至太差。Carboxy-Hb 數值雖高達 39.8%，但離開最低的致命數值 50% 仍有一段緩衝距離，況且這數值在 100% 純氧治療中將會每 90 分鐘下跌一半，並隨時間的消逝而越來越低。90 分鐘她可能連昂船洲也到不着……

"我想這個病人不需要去潛一趟水。"盤算完畢，我以自信的語調說出我的看法。楊醫生稍後也作出了相同的判斷。

四天後，那名病人完好無缺地離開醫院，證明我作出了正確的決定。

煤炭是燃料，目的是為人類帶來溫暖與光明，豈可用於燃耗生命。它應該有更適合它的用途。

事後我曾打算負荊請罪，向部門主管自我檢討工作中心猿意馬的陋習，但不消一刻就打消了這個天真的念頭。部門主管是個比我對潛水更狂熱的人，如果他當時在場，即時想到的潛水地點一定比我更多，更多。

壓力重重的急救任務

　　2014 年上半年某月最後一個星期三的下午,瞪着分流護士匆忙遞過來的心電圖,我對面前的景象驚愕得不敢相信自己的眼睛。好好地運行了億萬年的時間,好像在刹那間驟然停頓了下來,只遺下我獨個兒被困在時空最深邃的暗角,竭力思索着這世界何以發生了如此譎詭的事情。

　　當我從混雜着疑惑和驚慄的狀態中猛然清醒過來,實際上只錯過了現實世界中的數秒時間,心裏卻湧起一股冷酷的寒意,感到在那黑暗的奇異角落已被囚禁了好一段歲月。一旦掙脫了捆綁,我意會到已沒有更多的時光可作奢侈的猶豫,隨即本能地投入到搶救工作之中。我一面蹲在病牀邊,努力為幼小的病者在手腕上建立靜脈通道,一面嘗試從站在一旁的病人母親口中獲取簡要的病歷資料。三言兩語之後,我意識到當天不幸地遇上了多年來最驚心動魄的病症。

每分鐘 220 次心跳的女孩

　　年約歲半的小女孩,在香港出生後被診斷患上開放性動脈導管(Patent ductus arteriosus, PDA)、心房中隔缺損(Atrial septal

defect, ASD）及心室中隔缺損（Ventricular septal defect, VSD）
等多種先天性心臟病，並在人生的早期接受了數次複雜的心臟手
術，以延續性命。其後她與父母返回內地，長居於毗鄰本港的某個
城市。

那天清晨四時左右，病童在家中吐了一、兩次，後被母親發現
面色蒼白和心跳極快，由父母迅速送往當地一所兒童醫院。該院的
醫生發現病童的心律極之紊亂，心跳頻率高達每分鐘 220 次，於
是立刻把她送進兒科深切治療部（Paediatric Intensive Care Unit,
PICU），並用除顫器（Defibrillator）兩次以電擊方式嘗試為她回復
正常心跳，可惜均未能成功，唯有轉用藥物治療。在兒科深切治療
部留醫數小時後，情況仍未改善。母親護女深切，孤注一擲，帶病
童離開醫院，經過邊境關卡的重重審批檢查，千山萬水乘車回港求
醫，輾轉抵達位於半山之上我工作所在的急症室時，已是病發後
10 小時。

下午 2 時 47 分，分流護士接過這個燙手的山芋，連病歷都還
未問得完整，單單看着那每分鐘超過 200 次的心跳頻率，就不由
分說地把小童評定為第一級 "危殆" 類別，直接把她放到搶救室的
病牀上。為她做完心電圖檢查後，男護士跑到我身旁，遞上心電圖
的圖紙讓我審閱。驚魂甫定後，我連忙放下手中的工作，三步化成
兩步直奔搶救室。

在病牀上一直掙扎着哭個不停的女孩，其心電圖在我握上手的
那一刻便震撼了我整個人的神經。心電圖圖紙上那一連串筆直地直
插蒼穹的山峰，一個緊靠一個整齊地伸展開去，但那雄偉狀闊的景
象在我眼中卻轉化為最緊急的訊號。她是我在行醫 17 年的生涯裏

遇到最年輕的一個心室頻脈（Ventricular tachycardia, VT）病人，
心跳頻率高達每分鐘 220 次！

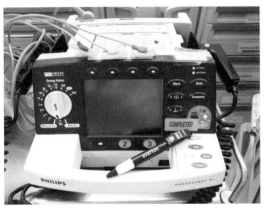

心臟除顫器透過施放高壓脈沖，能以電擊方式為心臟除
顫（Defibrillation）和復律（Cardioversion），是治療 VF 和
VT 的必備儀器。

心臟除顫器上的電擊器。

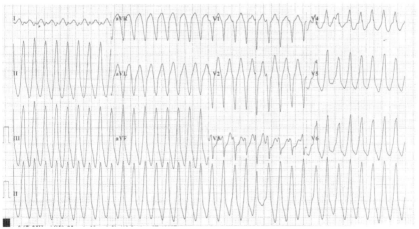

心電圖上典型的 VT 圖形，顯示出既寬闊又急促的波浪型規律性圖案。

心律失常

心室頻脈是除心室顫動（Ventricular fibrillation, VF）外最危險的一種心律失常（Arrhythmia）現象，死亡率極高。心室頻脈的心電圖特徵是呈現既寬闊又急促的規律性波浪型圖案，代表正常竇性心律（Sinus rhythm）的 P 波（P wave）消失了，心跳頻率一般高於每分鐘 120 次。

心室頻脈詳分為三種情況。首先是完全喪失脈搏的無脈性心室頻脈（Pulseless VT）。在此情況下，心臟電流活動失常導致心室亂跳，心臟完全喪失了應有的泵血功能，血液不能在循環系統中流動。患者其實已身處死亡狀態，須立即以除顫器對病者胸口以高壓脈沖實施電擊除顫（Defibrillation），藉此消除心電流的紊亂。二是病人雖然仍擁有脈搏，但或受困於休克狀況、陷於昏迷、正罹患心肌梗塞，或正處於呼吸困難四種情況之任何一種，被稱為不穩定的心室頻脈（Unstable VT）。這種狀況雖較第一種稍好，心臟仍能泵出少量血液循環身體各部，惟效率不高，只是聊勝於無而已。由以處境仍極度危殆，須即時以除顫器作同步心臟電擊復律（Synchronized Cardioversion），以外部施加的強大電流重奪心臟的電流控制權，把不正常的心電流活動回復正常。其三也是有脈搏的，而且各項維生指標均穩定正常，稱作穩定的心室頻脈（Stable VT），主流處理方式為藥物治療。無論是哪一種心室頻脈，若處理遲緩或不當，均有機會令病情迅速惡化，導致心室顫動（VF）及心搏停止（Asystole）等極端情況，並最終造成死亡。

為她打好靜脈管道後，護士們已在小女孩臉上戴上了氧氣面罩。放置在病牀邊的監察器，頑固地每隔四分一秒左右就發出代表危險的緊湊響聲，從她進入搶救室那一刻起就從沒歇過下來。監察器的熒光幕上，仍然展示着那些既寬闊又急促的規律性波浪。

我默然立於牀邊，雙眼緊盯着各種監察儀器上有關血壓、心跳頻率、血液含氧量等生理數據，耳朵聆聽着那些讓人煩擾的警號聲，右手三根指頭按在小女孩的頸動脈上，心裏則進行着快速的邏輯分析和運算。身旁的人看着我一動不動地站着，恐怕會以為我因從未遇過這種病例而手足無措呢。

從心電圖的圖形分析，小女孩患上危險的 VT 是確實無誤的。這種圖形我在人生中看過不少次，要判斷它的性質不存在任何困難，也可以本能地作出熟練的處理，只是這一次跟往常有些不同，因為在我面前躺着的是一名只有 17 個月大的小女孩。

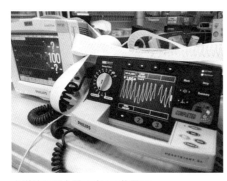

心臟除顫器上顯示出 VT 的圖形。

同一名病人經治療後，心臟除顫器顯示正常的竇性心律（Sinus rhythm）。

鮮有在幼童身上發病

心室顫動和心室頻脈這些惡性的心律失常，通常發生在成年人身上，在幼童身上的病例極為罕見。在成年人身上出現的 VF 和 VT，成因主要分為先天性（Congenital）和後天性（Acquired）兩類。先天性的也有很多種類，較常見的有布魯格達氏症候群（Brugada syndrome）、阻塞性肥厚心肌症（Hypertrophic obstructive Cardiomyopathy, HOCM）和 QT 過長症候群（Congenital long QT syndrome）等等。此類心臟病平常沒有明顯病徵，難以在例行的身體檢查中發覺。而小女孩患有的 PDA、ASD 和 VSD 並非導致 VF 和 VT 的常見原因。後天性的病因則以急性心肌梗塞（Acute myocardial infarction, AMI）最為普遍。其他原因包括心肌炎（Myocarditis）、各類心肌病（Cardiomyopathies）、急性藥物中毒及濫用以可卡因（Cocaine）為代表的中樞神經興奮劑（CNS stimulants）等等。

儘管心室頻脈的情況十分嚴重，但也不至於令我大驚小怪。我拿着手中的心電圖，差點冒出一身冷汗，並不是因為看到了 VT 的圖形，而是知道心臟跳成那副模樣的人，竟然是一名小朋友。見慣了大場面的急症科醫護人員，早已習慣了在最惡劣嚴苛的處境中孤軍作戰，即使遇到如何危急的狀況，不論是已失去心跳的患者，還是血肉模糊的傷者，都不應再感到緊張和壓力，唯獨碰上涉及幼童的個案，才會感受到體內腎上腺素的傾瀉，和熱血在全身的奔騰。稚子天真爛漫，理當擁有健康愉快的童年。所有人都不會預期小孩子出現嚴重的病況，也承受不了失去小朋友的悲慟哀傷，更不能接受本來活潑可愛的稚子在自己的手中溜走，所以為小朋友搶救必定是所有醫護人員最感壓力的時刻。

我推敲了半晌，心底裏便作出了判斷：

小女孩由 10 小時前病發至此，雖然經歷了諸多轉折，仍然一直清醒，代表腦部供血在這段時間內持續平穩正常。由我見到她的第一眼起，她從沒停止過嚎哭掙扎，代表她的氣道和呼吸沒有異樣。除了 VT 引致的心跳過快以外，其他的重要生理指數全屬正常。由此可見，她屬於穩定的心室頻脈類型，並不是最嚴重的情況，仍可以多等一下。她已接受過兩次電擊治療，但效果並不明顯，再以電擊方式進行治療，情況恐怕也不會有多大改善，所以最穩妥的處理方式應為藥物治療。

思考剛剛結束，嘴巴馬上就跟上了腦袋的腳步："我需要 Amiodarone。另外，請拿 Broselow tape 過來。"我向着身旁的護士説。

用藥還是電擊？

Amiodarone（胺碘酮）是一種治療心律失常最常用的藥物，亦是救治 VF 和 VT 時的首選注射劑。Broselow tape（兒科急救尺）是在搶救幼童時重要的輔助工具，透過量度小童的身高作為依據，快速概算出體重、合適的輸液量及藥物劑量，以方便在危急情況下使用，避免於匆忙中對那些不常用到的數字一籌莫展。

正當我要為女孩注射 Amiodarone 時，半隊兒童心臟科醫生聞風而至。重新評估病情後，他們作出了一個有別於我的判斷。他們認為女孩的血壓偏低，情況並不十分穩定，於是先為她注射了 Dormicum 鎮靜劑和嗎啡（Morphine）止痛藥，然後隊伍裏最初級的醫生先後為女孩施以兩次電擊復律，惟不得要領，未能成功。

　　至此，兒童心臟科醫生們放棄了繼續以電擊復律的嘗試，一羣人前呼後擁，簇擁着把她送進了兒童心臟科加護病房。女孩一共在病房裏待了九天，終能平安出院。

　　我在翻查病人的電子病歷時了解到，她在病房未曾接受更多的電擊復律，最後使她的心臟回復正常跳動的秘方，就是我原本打算使用的 Amiodarone，嘴角不禁掛上了一絲滿足的微笑。

　　　　　　路漫漫其修遠兮，吾將上下而求索。

Amiodarone 是一種治療心律失常的常用藥物。

兒科急救尺是搶救幼童時重要的輔助工具。尺上面寫滿了幼童在不同身高、體重，所適合的輸液量和常用急救藥物的正確劑量。

在知悉女童逃出生天後，戰國時楚國詩人屈原著名篇章《離騷》中的詩句，在我腦中不斷迴響，為她這趟迂迴曲折的求生之旅喝彩。

何時使用電擊除顫？

在與醫療有關的電影和電視節目中，經常可以看到醫護人員手持兩塊正方形的儀器，壓在已失去脈搏病人的胸膛上進行電擊，而心臟監察儀上的圖像則呈一直線狀。

在這種情況下對病人進行電擊，是絕對錯誤的做法，完全不會有任何效果，也反映了電影和電視的製作團隊對醫學一知半解，以及在資料搜集方面的工夫不足。

心肺功能停頓（Cardiopulmonary arrest）在心電圖上，可呈現出三種不同的形態。

1. **心室顫動（VF）和無脈性心室頻脈（Pulseless VT）**：心電圖上顯示出急促寬闊的波浪型圖案。前者是完全沒有規律的雜波，後者是排列得十分整齊的圖形。這種情況普遍存在於心肺功能停頓中的早期階段，也是存活率最高的形態。若能儘快以心臟除顫器對病人施以電擊除顫，救治成功率頗高。亦只有在這種情況下進行電擊除顫，才是正確的急救手段。

2. **無脈性心電流活動（Pulseless electric activity, PEA）**：心電圖特點為介乎於第一和第三這兩種模式以外的任何圖形，存活率亦介乎兩者之間。在這種情況，採取電擊方式無濟於事。

3. **心搏停止（Asystole）**：乃是前兩者持續惡化後的最終形態，在心電圖上僅顯示為一條直線，心臟已完全喪失任何電流和活動能力。一般來說，心搏停止的救治成功率極低，病人能活着出院的機會接近零。在這種情況，採取電擊方式也無濟於事。

除了電擊除顫外，心臟除顫器也可以透過電擊方式作另一種急救用途，就是同步心臟電擊復律（Synchronized cardioversion）。有別於使用在喪失了脈搏病人身上的電擊除顫，同步心臟電擊復律是施行在仍然有脈搏之病人身上的。由於病人仍活着，而電擊時強烈的電流流經身體，會導致病人如觸電一般感到劇烈痛楚和驚恐，所以在電擊復律前須注射鎮靜劑和止痛藥，以消除病人不愉快的感覺和記憶。

同步心臟電擊復律適用於大部分不穩定的心動過速（Tachycadia）情況，包括：

1. 不穩定的心室頻脈（Unstable VT）
2. 不穩定的心室上頻脈（Supraventricular tachycardia, SVT）
3. 不穩定的快速心房顫動（Rapid atrial fibrillation, Rapid AF）

評定心動過速的情況屬於穩定還是不穩定，主要衡量以下四個因素。在以上三種情況中，若以下任何一個因素出現，即被定性為不穩定，便可考慮施以同步心臟電擊復律。

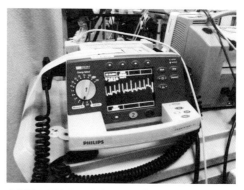

心臟除顫器上顯示心室上頻脈（SVT）的現象，心跳頻率高達每分鐘 161 次。

1. 休克狀態
2. 神志不清或昏迷
3. 心肌梗塞
4. 呼吸困難

不能停止的心外壓

　　"他的心臟快要停頓了，快去看看他！"我把目光停留在病人身旁的監察儀器上才不過幾秒，心跳讀數便從每分鐘 80 餘次急劇下降到 70、60、54 次。讓我感到不可思議的是，除了我獨自一人在震驚之外，其他七、八名在場的醫護人員似乎把目光都投射到別的地方去，因而對那些數字的轉變，以及背後隱藏的危機竟一無所知。我禁不住大喊起來，打斷了擠在狹小的電腦掃描室（CT

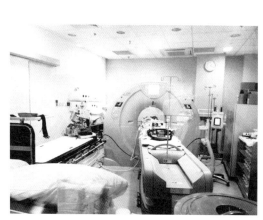

電腦掃描室是醫院裏的高危地方。

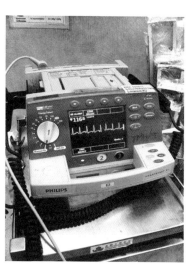

心臟監察器是專門監測病人心跳形態和頻率的儀器。

suite）內數位醫生熱切的談笑。

電腦掃描（CT）的操作員猛然按下按鈕，轉動中的儀器便戛然而止。剛才仍言談甚歡的醫生們如夢初醒，一擁而上，不消四、五秒便證實了我的預言。病人心跳完全停頓，心臟監察器（Cardiac monitor）的熒幕在閃動的數字跌到低谷時，冷漠地顯示出無脈性心電流活動的狀態。我立刻下令眾人施行心肺復蘇法（Cardiopulmonary resuscitation, CPR），同時邊搶救，邊把病人迅速送回搶救室進行後續救治程序。

檢測中突然心跳停頓

2012 年底的某天下午六時許，早班已完結一個多小時。我脫下白色的戰袍，換上藍色連帽的運動休閒上衣，打算到電腦掃描室找一位同事，卻意外地看到了劇變前的蛛絲馬跡。由經驗和一絲不苟的工作態度而累積起來的洞察力，讓我即使在休班的放鬆狀態下，也能敏銳地在瞬間之內準確盯上空氣中像流星一般飛快掠過的光影，鎖定七、八雙眼睛也捕捉不到的危險狀況。

那位六十餘歲的男病人較早前在駕車途中兩度暈倒，引發與其他車輛的輕微碰撞，由救護車送到急症室時已處於休克狀態，血壓極低，神志不清，腹部微鼓。他只能迷糊地喃喃自語，捧着腹部在病牀上不斷扭動身軀掙扎。一切從他口中獲取完整病歷資料的冀望，在這種情況下都顯得不切實際。

急症室當值醫生隨即展開急救，為病人快速地檢查過身體，並相應地為他提供氧氣治療、插入靜脈管道進行快速輸液療法（Fluid

resuscitation）、進行心電圖和 X-光等例行檢查，以及從靜脈抽取血液作緊急手術前的基本化驗。另一名更具資歷的急症室女醫生在其他人忙於搶救的同時，則透過超聲波儀器熟練地進行了針對心臟、主要血管和腹腔內部器官的臨床評估，目的是儘快找出導致休克的正確原因。有賴於她高超的超聲波操作技巧，不需多久就診斷出病人的肝臟長出一個直徑達 16 厘米之巨的惡性腫瘤，並因急性破裂而產生腹腔積血（Haemoperitoneum）現象，導致低血容性休克。由於患者情況極度危殆，一整隊肝臟外科醫生被緊急傳召到急症室會診，經商議後決定先進行腹腔電腦掃描作確診，根據掃描結果決定最終的救治方案。於是就出現了剛才在電腦掃描室危急的一幕。

　　危急病況的最終治療方式雖然各自不同，但在最初的搶救階段，處理的原則和方法其實都是如出一轍的，沒有明顯的差別。在形形色色的臨床緊急個案中，急救的原則和方法大致可以簡單歸納為氣道（Airway）、呼吸（Breathing）和循環系統（Circulation）上的處理，亦即急症科行內俗稱的急症 ABC。這三個簡單的英文字母，構成了急救過程中最優先處理的重點項目。一個處於瀕死狀態的病人，如果未能在短時間內穩定好 ABC 三方面的情況，即使最終被救活過來，也可能出現各種永久性的功能損傷，嚴重影響病人痊癒後的康復進展和生活質素。

急救三大原則

　　抵達搶救室後，我已顧不及禮節性地徵詢在場三位外科及兩位急症科醫生的同意，主動搶先當上急救小組的組長。我站到搶救病牀的牀頭，左手把袋瓣面罩（Bag-Valve-Mask, BVM）妥貼地罩住病人的口和鼻，並調整好頭和頸的姿勢；右手則緊握着 BVM 的充氣膠囊，待站在牀旁的護士每完成 30 次心外壓，就用力按下膠囊，為病人作兩次人工呼吸。我一邊規律地擠壓着 BVM 的膠囊，一邊從口中堅決地吐出簡短明確的指令。

"繼續 CPR，累了就換人。"我向着正進行心外壓的護士說。

"每隔 3 分鐘打一次大 A（腎上腺素 Adrenaline 的俗稱）。"這是我對負責藥物注射的護士所作的任務安排。

"我要 8 號 ET tube（氣管內管，英文全名為 Endotracheal tube），準備好就儘快為他插喉（Intubate）。"我向負責氣道的護士發號施令。

"你們給我多打一兩個靜脈管道，另外從股動脈（Femoral artery）抽血化驗血液酸鹼值（pH value）、血氧濃度和電解質（Electrolytes）值。"這是我對眾醫生們的要求，各人又再次蜂擁而上。

在親自為病人插喉後，我馬上以聽診器（Stethoscope）檢查了肺部進氣的情況。在確定了 ET tube 的位置正確後，趕緊調較好人工呼吸機的設定，並讓負責氣道的護士把 ET tube 接駁上人工呼吸機的喉管。當一切就緒，病人的胸膛便開始隨着呼吸機的循環節奏性地上下起伏。

我讓負責心外壓的護士暫停一下，然後以右手的三根指尖輕輕按在病人脖子的頸動脈（Cartotid artery）上三、四秒，在確定了仍然失去脈搏跳動後，便向着其他人鎮定地說："繼續 CPR。"

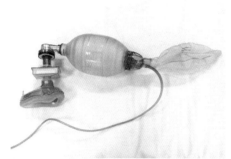

協助危殆病人呼吸用的袋瓣面罩。

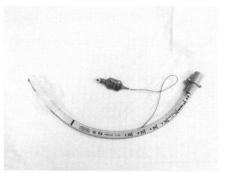

放置在氣管之內的氣管內管，可確保氣道暢通無阻。

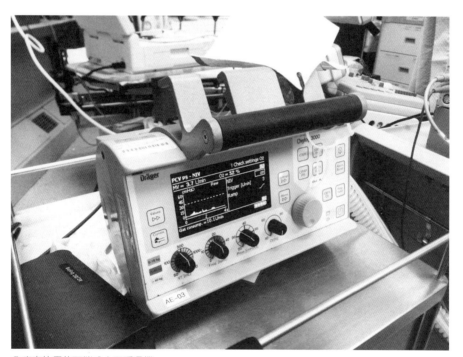

急症室使用的可攜式人工呼吸機。

氣道（Ａ）和呼吸（Ｂ）方面的處理完成了，但最重要的血液循環（Ｃ）問題還未解決，病人仍處於喪失脈搏跳動的狀況。搶救室裏約十名醫生護士，立即重新忙碌起來。

極費力氣的心外壓

負責心外壓的護士，立於放置在牀邊地板的一個木製小平台上，把雙手疊在一起上下緊扣着，弓着身軀以雙臂垂直地按在病人胸膛之上，以每分鐘超過 100 次的頻率，一下又一下重複着枯燥而吃力的動作，把整個身體的力量透過雙臂使勁壓下去，希望傳到病人胸腔的能量或會在某一刻化作點燃生命的火種，繼而喚醒沉睡中的心臟。

施行心外壓是一件十分勞累的工作，一般來說難以持續四、五分鐘。我看着護士平常嬌俏的臉龐變得滿面通紅，渾圓的汗珠一顆顆冒於額角，順着粉臉向下流往頸項，沾濕了一片衣角。各種監察儀器固執地不斷發出警示性的聲響，好像誰都不願被另一台儀器給比下去。此起彼落的警號把搶救室化作一座特殊的演奏廳，上演着一闋與死神博鬥的交響曲。即使如此，我彷彿仍在嘈雜的背景音樂中聽到心外壓護士每下壓一次，從她腰間發出的瀝瀝之聲。

當第一名護士堅持施行心外壓三、四分鐘後，她已累得接不上氣，必須退下火線，由另一名護士頂上，然後一個接一個地輪替下去；負責藥物注射的護士，每隔三分鐘就打一次大 Ａ；我每隔三分鐘左右就檢查一下頸動脈，探究脈搏回來了沒有。在搶救室內的每次拯救行動，都交織着緊張與混亂的情節，用過的物品用具散滿一地，染血的衣物紗布遍佈斗室。但緊張混亂之中卻始終貫穿着專業的精神和法則，亂中有序地毅然重複着守護生命的循環。

進行搶救約 10 分鐘後，病人終於回復了心跳和脈搏，但血壓仍極低。病人處於休克狀態，情況依然極度危殆。

急性肝腫瘤破裂

乙型肝炎在香港屬於風土病，不少人都是乙型肝炎帶菌者。由於慢性乙型肝炎是導致肝癌的主要原因，本地的肝癌發病率因此也十分高。肝癌是一種慢性的疾病，它的臨床病徵也是慢慢逐步顯現的。以從沒接受治療的情況為例，從肝癌開始生長到逐漸蠶食身體而致人於死，這段過程一般經過數月，甚至一兩年的時間。但若肝癌腫瘤突然在腹內破裂，由於腫瘤內部有大量血管，撕破的血管會導致腹腔內部嚴重出血，從而產生包括劇烈腹痛和休克等急性徵狀。如得不到及時處理，由肝癌腫瘤破裂到死亡，可以快至短短幾小時之內的事。

根據這名病人之前所作的超聲波檢查結果判斷，知道他是由於急性肝癌破裂而引起腹腔內部大量出血，繼而出現休克，並最終導致心肺停頓。有見及此，我果斷地下達了輸血和使用強心劑（Inotrope）的針對性指令，務求能儘快補充循環系統內流失的血液，及以藥物暫時提升血壓，換取寶貴的時間進行手術，制止住腫瘤的出血。

雖然血壓稍後略為上升，但現場的外科醫生認為病人情況太不穩定，手術中死亡的風險極高，因此不適宜進行緊急手術，而由放射科醫生（Radiologist）施行肝臟血管栓塞術（Embolization），則較為保險。但剛好當時放射科同僚正舉行聖誕聯歡會，外科醫生在電話中似乎未能説服身在酒樓的當值放射科醫生回來。我隨即撥通了當值放射科醫生的電話，催促他儘快趕回醫院進行肝臟血管栓塞術，把撕裂的血管堵塞住，以制止因肝臟腫瘤破裂而引致的大量腹腔出血。憑着三寸不爛之舌和死纏爛打的造詣，我終能説服一度態度猶豫的放射科醫生履行他當值的職責。

當病人被送離急症室的搶救室，所有救護工作完畢後，不久前當我首次進入電腦掃描室時，各位外科醫生臉上對我這個身穿樸素便服的不速之客所展露的狐疑和輕視眼神，在經歷驚濤駭浪後已轉化為對資深同袍的敬重和信任的目光。

搶救成功後，我亦終於得以全身而退，依然披着那件藍色連帽的運動休閒上衣，趕到西環某酒樓出席急症科自家的聖誕聯歡會。

在《守護生命的故事》節目中，我曾説過急症室醫生不能墨守成規，必須打破工作時間所設置的人為桎梏，隨時隨地搶救有需要的病人。這個案例，就是現實中守護生命的故事之最佳演繹。

那天在搶救室為病人急救時，就是穿着這件藍色連帽運動休閒服，事後趕往出席急症科的聖誕聯歡會。

急救

1. 由於危急病人在進行緊急電腦掃描檢查時，醫護人員不能留在病牀邊監察病人的狀況，必須退避到毗鄰的控制室，隔着玻璃窗遠距離觀察監測儀器上的生理數據，以防範受到電腦掃描檢查過程中發出的輻射影響。如果醫護人員稍不留神，病人情況急劇惡化也未必能及時察覺，有可能因此而延誤了救治。即使隔壁的醫護人員及時察覺情況轉變，要把轉動中的電腦掃描儀完全停下來，也需要一段時間，醫生護士才能為病人治理。另一方面，電腦掃描室並非為搶救病人而設計，所以難以施行急救程序。種種原因使電腦掃描室成為醫院裏其中一個最高危的地方。

2. 每當遇到心肺功能停頓的個案，本港的醫護人員都是根據美國心臟協會的高級心臟支援術（Advanced Cardiac Life Support, ACLS）教程指引，為患者進行系統性急救的。當確定患者已喪失生命跡象後，醫護人員會立即施行心肺復蘇法（CPR）搶救。CPR 以提供持續而高質量的心外壓為最主要目標，要求每分鐘為成年患者按壓胸腔最少 100 次，每次把胸腔下壓最少 5 厘米，以確保通往腦部和心臟等重要器官的基本血液流通量。緊接着的步驟是為病者插入氣管內管，以維持氣道暢通及提供呼吸支援。藥物方面，以腎上腺素最為重要，它能促使心臟快速且猛烈地跳動，一般以循環方式每 3 至 5 分鐘作一次靜脈注射。若心肺功能停頓是由心室纖維顫動（VF）和無脈性心室頻脈（VT）引起，則必須以電擊方式刺激心臟回復正常節奏。

3. 腎上腺素（Adrenaline），俗稱"大 A"，是一種強心針，是在救治心肺驟停病人時最常用的一種急救藥物，乃進行 CPR 時必備之藥。它主要在病人停止心跳或脈搏極微弱時，用來刺激心臟回復跳動。其他用途包括救治過敏性休克（Anaphylactic shock）及血管性水腫（Angioedema）等危急徵狀。使用方式視乎病情而定，最常用作靜脈（Intravenous）注射、皮下（Subcutaneous）和肌肉（Intramuscular）注射，亦可以霧化（Nebulizing）方式治療喉頭炎（Croup）。

救護員的光芒

"他已經沒有了心跳，快開始 CPR ！"

陳先生在獲救後，依稀記起他失去知覺前最後聽到的，似乎就是這句出自救護車上一位無名英雄之口的堅決話語。就是這句代表了人類正式向死神宣戰的簡單命令，從那一刻起就把在不同戰線上枕戈待旦的醫護人員緊密地集結在一起，為了一個極為純粹的原因前赴後繼地與命運交鋒，目的只是希望把一條與自己毫不相干的生命，從穿着黑袍的死神那把利斧的寒光之下拉回來。

急症室收到消防處的預警通報，我和三名護士早已在搶救房準備就緒，等候病人的到來。運送陳先生的救護車在急症室大門停下不久，閃爍着藍、白色冰冷色彩的警號燈仍轉個不停，三名救護員就氣喘如牛地把病人推進了偌大的房間。其中一名隊員按在病人胸口上的雙手，在運送的途中從沒有停止過心外壓。從他額角上的汗珠匯聚而成的水滴，化作數條小溪蜿蜒而下，沾濕了白色制服的一大片，把胸膛變成汪洋。

"六十歲男士，身體向來健康。40 分鐘前在家報稱胸口突然劇痛，呼吸困難，我們到場時仍清醒。病徵符合心源性胸痛，所以我們已給予口服的 Aspirin（阿士匹靈）和 TNG spray（硝酸甘油舌下噴霧），[1] 並插好靜脈管道和提供氧氣協助呼吸。到達醫院前 5 分鐘，病人突然 cardiac arrest（心臟停頓），心電圖顯示 VF。[2] 我們已立刻進行電擊，共電擊了 3 次，仍然未能回復心跳。"在把病人移上病牀時，救護員一面抓緊時機用力呼吸着比救護車上豐富得多的空氣，一面力求簡潔地敍述院前急救的情況。

緊守第一防線的救護員

這幾位都是經常遇見的救護員，雖然不知道他們叫甚麼名字，但多年的合作已建立起無聲的默契，也催生了相互間的信任。除了急症室醫生這一個身分以外，我也在工餘時間擔任香港政府飛行服務隊（Government Flying Service, GFS）飛行醫生（Air medical officer, AMO）和聖約翰救傷隊（St. John Ambulance Brigade）助理監督的職務，常有機會參與院前救護工作，因此對院前救護人員面對的困難有切身的感受，對他們的工作能力有較深刻的認識。作為急症室的福爾摩斯，我的主戰場雖然在急症室之內，但我對肩負院前救護任務的朋友，一直懷有崇高的敬意，視他們為值得信賴的戰友。我心裏很清楚，沒有他們的努力，任憑福爾摩斯如何精明能幹，也不可能以一己之力力挽狂瀾。

每次遇到這些戰友，我都必定向他們揚手問好，以示支持和鼓

1　兩者均為治療心絞痛和心肌梗塞時的常用藥物。

2　心室顫動（VF）是最危險的一種心律失常。

勵。自從若干年前社會上濫用救護車的風氣逐漸泛濫，我知道他們的日子就越來越不好過，被上司和召喚人士壓得透不過氣來。近年公眾每天召喚救護車的平均數字，已從 2010 年的 1,883 次逐年攀升至 2014 年的 2,048 次。2014 年全年召喚救護車的總數創下破紀錄的 747,437 宗，比前年又上升了近 30,000 宗，惟當中真正緊急的個案不足一半。

濫用救護車的主要原因有兩個。其一，本港的救護服務既方便又快捷，且費用全免，召喚者根本毋須付出任何成本。救護車呼之必來，來者不拒，反使一部分市民誤將其視為前往醫院最便利的交通工具。要知道在歐美等地，使用救護車是需要付費的。其二，不少人對使用救護車存在極端錯誤的觀念，以為有助他們獲得優先的診治安排。然而，急症室是按病情的嚴重程度來決定分流等級的，並非取決於病人以何種方式前往醫院的。

濫用救護車的害處明顯不過，乃剝奪了像陳先生這類真正危急的病人迅速獲得急救的機會，增加了他人的風險。而且根據消防處指引，救護車會把包括濫用人士在內的所有召喚者送往急症室，因此也間接導致對急症室的濫用，加重了急症室醫生和護士的工作壓力。

當值救護員的用膳時間是不受保障的，接到召喚，就必須放下碗筷立刻出動。每當看到昂藏八尺的救護員，趁着空檔時間把食物迅速往肚裏灌，我總覺於心不忍，禁不住心生憐惜之情。

院內搶救行動

　　救護車主管尚未把話說完，急症室的各名隊友已急不可待地接過棒，馬上按當天預早制定好的工作編排，站到合適的位置履行職責。負責氣道的護士先以"抬頭－舉頦－推頜法"（Head tilt-chin lift-jaw thrust maneuver）確保患者氣道暢通，接着把袋瓣面罩（Bag-valve-mask, BVM）的面罩蓋在病人臉上，並以人手擠壓膠囊，把空氣泵進患者肺部。負責血液循環的護士機敏地站到病牀邊的有利位置，替換已累壞了的救護員施行心外壓。第三名護士則準備好 Adrenaline，準備隨時注射。

　　另一名工作人員迅速在病人胸膛上連接心臟監察儀的電線。我的視線在顯示屏上確認了心電流仍在 VF 狀態後，即時把心臟除顫器的兩塊電擊器，使勁壓在病人胸膛上的適當位置，然後以雙手的拇指頭同時按下電擊按鈕，進行了另一次的電擊。在 150 焦耳的電流完全輸入病人身體後，我把電擊器放回心臟除顫器上，隨即把三根手指頭放在他的頸動脈上檢查脈搏。但結果並不是我期望的一樣，手指頭感覺不到任何頌讚生命的起伏跳動。

　　我側着頭向各名護士壓低聲線說："再來。"

　　各人便馬上重新開始了另一個循環的心肺復蘇週期。

　　我走到牀頭，習慣性地檢查了一下喉鏡（Laryngoscope）的光源，然後左手持着喉鏡，右手把氣管內管放在病人臉頰的旁邊。

　　"停一下。"我還未把話說完，就已經把身子向前彎了下去。

　　我首先把喉鏡的刀葉從病人嘴巴的右面放進口腔內部，待全部放進去後，便以刀葉把舌頭撥向左面，以免阻礙我插喉

（Intubation）時的視線。我把頭靠近病人張開的嘴巴，一雙眼睛專心一意地向口內探視。在尋獲了聲門口（Glottic opening，是氣管的入口。）的確實位置後，沉着地以右手拿起牀上的 ET tube，一直緊盯着氣道入口那個小圓圈。隨着右手輕微的擺動，ET tube 暢順地通過聲門口滑進了氣管，費不上多少氣力就解決了氣道的問題。我連忙把 ET tube 接上人工呼吸機（Mechanical ventilator），以機械式的動力取代護士的雙手，向他提供氧氣及維持呼吸。

在確保了氣道暢通以及建立起最穩妥的呼吸供氧途徑後，急救中最首要解決的氣道和呼吸問題已經處理好了，剩下來的就是最

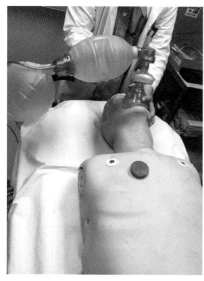

為心肺停頓的病人急救時，醫護人員常以"袋瓣面罩"，幫助患者呼吸及供給氧氣。

插喉時用的喉鏡。

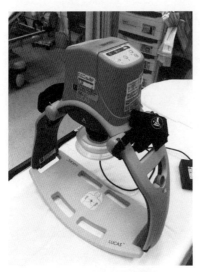

本港大部分的急症室，現時都購置了自動心臟按壓機（Thumper），取代人力進行心外壓。

困難的血液循環部分。放在我們跟前的是一件實實在在的起死回生任務，並不是文學上為了加強感染力而慣用的修辭手法。我們得在緊接着的數分鐘內把他從沉睡中喚醒，不然的話，隨着牆上時鐘指針滴答滴答的轉動，他只會被帶往最遙遠的地方。

負責藥物的那名護士在用過Amiodarone（胺碘酮）[3] 後，每隔3分鐘就依照指示，在病人手腕上的靜脈注射一次腎上腺素。另一位則堅毅地忍耐着背部肌肉反覆活動帶來的疲累，哼也不願多哼一聲，只是一次又一次地以合攏起來的雙手把病人的胸膛壓下去。相對於我的同伴，我的工作簡單得讓自己也感到羞愧。我只是緊盯着心臟除顫器顯示屏上的圖像，在確認仍然維持在 VF 狀態以後，每隔 3 分鐘便再次按下電擊器的按鈕。

在施行另外兩次電擊後，我們的努力終於得到了回報。他的心臟回復了雀躍的跳動，我的手指頭差點就觸摸到流經頸動脈內的溫暖血液。他曾經站在生命的邊緣，面對萬丈深淵，最終被一羣從不輕易放棄的守護者，重新拉到生機勃勃的那一邊。

---

3 一種治療心律失常的常用藥物，也是搶救 VF 患者時的必要用藥。

回復心跳,立即進行手術

須臾,心電圖顯示出急性心肌梗塞的圖形。我一面指示護士給予相應的藥物,一面撥通了當值心臟科醫生的電話。在簡述了病人的情況後,心臟科醫生同意立即施行緊急經皮冠狀動脈介入治療(Primary percutaneous coronary intervention, primary PCI)。待一切準備就緒,一名護士和一名工作人員隨即馬不停蹄地把他送進心臟科手術室,進行俗稱為"通波仔"的手術。

十餘天後,陳先生笑着離開醫院。縱使並不十分肯定,但他依稀記得當日在失去知覺前,最後聽到的應該就是那句在救護車上的堅定話語。

在這個崇尚權力和地位的社會,醫療界中彷彿只有醫生的事跡,才能吸引傳媒的報道和追捧,使醫生長期壟斷了起死回生的能力和榮耀。醫生的光芒貪婪地掩蓋了一羣默默耕耘的人的偉大身影,他們包括消防處、聖約翰救傷隊及醫療輔助隊的救護員,民安隊和政府飛行服務隊的搜救隊員,當然也包括急症室的護士和工作人員。現實中,只有環環相扣的團隊裏每名成員都一起努力,站在生命的邊緣上,守護着每位將要倒下的人,他們的生命歷程才有機會因此而改寫。

向這些無名英雄致以最崇高的敬意。

生命之鏈 （Chain of survival）

生命之鏈是急症醫學界中的一個重要概念，是旨在增加心肺驟停人士生存率的一系列環環相扣的急救步驟。缺少了其中任何一環的參與，或任何一個環節有所延誤，心肺驟停人士的死亡率都必然大幅上升。

生命之鏈涵蓋下列四個環節：

1. 市民大眾在發現有人昏迷或疑似心肺驟停後，應儘早致電救援單位求助。

2. 在事發現場應儘早為心肺驟停人士施行心肺復蘇法。

3. 若心肺驟停被證實由 VF 或 VT（心室心搏過速）所引起，應儘早以心臟除顫器為患者除顫。

4. 應儘早把心肺驟停人士送往醫院，並根據高級心臟生命支援術的原則施救。

院前救護人員主要參與第二和第三個環節的拯救工作，並負責把病人送往醫院，所以他們是生命之鏈中不可或缺的人員和節點。

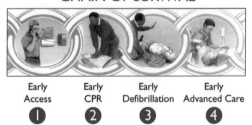

生命之鏈的原則和程序。

平凡英雄

"雷達顯示前面有四艘船,不知肇事的是哪一艘,還有沒有關於那艘船更多的資料?"當機長透過頭盔通話器向空勤員查詢的時候,超級美洲豹(AS332 L2 Super Puma)中型運輸直升機已在海上飛行了約半小時。我坐在機艙後排座椅上,從升空的那一刻就忙着整理可能用得着的醫療用品和藥物,一點兒也不察覺時間消逝得這麼急。

政府飛行服務隊(GFS)約在一小時前收到香港海上救援協調中心(MRCC)的通報,一名中國內地船員在本港南面 70 海浬的漁船上作業時被繩纜重擊受傷,肇事位置處於香港以南 700 海浬(1,296 公里)GFS 負責搜救的廣袤海域之內。

搜索與拯救(Search & Rescue, SAR)是 GFS 承擔的其中一項重要任務,搜救範圍包括香港北部與中國內地接壤的邊界線以南和各離島上的所有陸地,以及遠至菲律賓和越南之間的南中國海廣闊海區。在這片一望無際的遼闊地域上發生的任何陸上或海上意外,如果 GFS 收到有關當局的求助通報,均會按實際情況考慮派出拯救小隊,乘坐超級美洲豹中型運輸直升機飛赴事發地點進行救援工作。

雨中執勤

仲夏午後，寒雨連天，煙波浩渺。極目處，烏雲與濁水一色，能見度極低。飛行護士因另一項任務早已被派遣出去，獨剩我一名醫護人員在閃爍着機場兩公里範圍內雷暴警告的紅色訊號中，與其他搜救隊員緊急起飛出發。

那是 2015 年 9 月上旬的一天，天氣壞得讓人一大清早就沾滿了鬱悶的情緒。一團團黑雲低低的壓下來，遮蔽了夏日山上柔和的翠綠，截斷了小島沿岸彎曲的弧線，也掩閉了我胸中愉快的心扉。早上駕車到位於香港赤鱲角國際機場的 GFS 總部上班時，在車子駛上青馬大橋的一刹那，天開始下起大雨來，連平常直插雲端的橋塔也模模糊糊地隱沒在煙雨之中。我的心情就像車窗外的空氣一樣冰冷，我可不想在這種天氣下在空中執行任務。

不到兩個小時前，我才剛跑完一轉空中救護任務（Casualty evacuation, Casevac）回到 GFS 的總部。超級美洲豹直升機在這個任務中，同時把一名開始作動的孕婦和一名胸部不適的老人，從長洲運往位於灣仔金紫荊廣場側的直升機坪，然後再由救護車送往我工作的醫院。當我在總部收到通告，要到長洲護送這名分娩中的孕婦到市區時，心真的有快要跳出來的感覺。雖然我在急症室有為超過 20 名孕婦接生的經驗，但在直升機上護送孕婦還是第一遭。直升機上環境狹小，缺乏醫療儀器和人手協助分娩，更完全沒有為初生嬰兒急救的設施，連嬰兒保溫箱也欠奉，在機上接生可以說是所有飛行醫生和護士的惡夢。我的手上只有一個黃色的便攜式接生工具盒，而這個塑膠盒子就是我可依靠的全部家當。

假如孕婦在空中作動

　　當超級美洲豹背上那四片沉重的旋翼隨着發動機的轟鳴越轉越快，它的三組機輪開始緩緩地離地而起。我坐在機艙後排左面毗鄰窗子的座位，心裏從沒像這次一樣忐忑不安。比起窗外雷雨交加的天氣，我感到將要面對的狀況或許更險峻，然而我沒有退縮的權利。當然，我的生命沒有半點危險，我的焦慮全在於一份落在我身上的責任。我和同行的飛行護士 Ian 面對的不只是孕婦的生命，還要肩負起對她腹中塊肉的健康責任。但在直升機艙那個細小的空間，無助的環境，誰也説不準會遇到甚麼困難的情況，誰也説不清會產生甚麼不幸的結局。我能做的只是在飛行途中，不斷在腦海中重溫各種分娩時母子二人可能遇到的危急狀況，並在心中反覆排演相應的處理方法，冀望藉此以最佳的狀態應付挑戰。

　　當在長洲華威酒店對開的直升機坪看到被丈夫參扶着走下救護

當天，紅色訊號燈在閃爍，表示機場兩公里範圍內有雷暴警告。在如此惡劣的環境下，超級美洲豹直升機緊急起飛。

GFS 飛行醫療隊的黃色便攜式接生工具盒。

車的孕婦，我的心才平靜下來。她的腹部儘管已隆起得像座小山丘，但觀察她的神態和舉動，憑經驗我已知悉她不會在短時間內生下小孩。我在心中快速地盤算一下，從長洲飛往灣仔只需約 5 至 10 分鐘航程，足夠讓我應付自若，不需動用手中的黃色家當。

結果證明我的估計是正確的。10 分鐘後，直升機在雨中徐徐降落，滑行到地上漆有 "H" 字樣的停泊位置。她在機組人員的幫助下安然離開機艙，步上早已到達待命的救護車。這宗空中救護任務到此完結，我和飛行護士才真正的鬆了一口氣。即使身上的航空制服早已被雨水沾濕了一大片，我們卻是懷着清爽的心情升空，冒着千絲冷雨返航。

出勤的警笛聲響了又響

回到總部，梳洗整理一頓，已是午飯時間。飯吃到一半，出動的警號聲突然響徹整座大樓，我和飛行護士馬上放下碗筷，跑向指揮及控制中心。原來是另一宗空中救護任務，由於病人情況穩定，於是決定由飛行護士獨自執行任務。

飛行護士乘坐的 EC155 B1 海豚直升機升空才不到數分鐘，SAR 的警笛聲又再度響起。這次可不是鬧着玩的，這是我當飛行服務隊飛行醫生 13 年來首次遇上的長程海上搜救任務，而且是在沒有飛行護士協助下的單獨行動。我平時經常毫不掩飾地稱讚護士的能力，說醫生都是被寵壞的孩子，離開了護士後甚麼也幹不成。想不到在個人歷史性的一刻，竟要在缺少護士支援的情況下獨自面對。

直升機的旋翼急速轉動，呼嘯着劃破灰暗的長空。偶爾向窗外張望，雨已經小了，但雲卻壓得更低，一直降到頭頂上。為了避開雲層，機長把飛行高度從正常的 1,500 呎降到 400 呎，直升機就像貼在水面飛行的箭。

頭上是一團棉絮般廣闊無垠的灰白，腳下是一片魚鱗狀一望無際的暗藍，我們化作一隻孤單的海鳥夾在其中，彷彿聽到前方同伴的呼叫，焦急地向着遠方海天相接的地方飛去。

長程海上搜救任務

我的腦袋和雙手自起飛後就不曾歇息過，我的眼睛無暇理會窗外的景象，只是不斷思索着傷者可能出現的狀況，並籌劃着相應的救治方案。由於失去了護士的協助，我必須預先作好一切準備，所以在抵達現場前，護頸套、打點滴的器材、生理鹽水、手指式血氧測量儀（Pulse oximeter）、傷口處理用品，以至腎上腺素（Adrenaline）和嗎啡（Morphine）等藥物，均已就緒。

"傷者據報胸部和腹部於兩、三小時前被繩纜擊中，現在神志不清，已被其他工友抬到漁船的前甲板。我們要找的是前甲板站滿人的那艘船。"坐在機艙中段的空勤員 J 以頭盔上的通話器回覆了機長的詢問。

J 是剛受訓完畢的新隊員，昨天才正式執行第一次搜救任務，今天就和我一樣碰上了人生的第一次長程海上搜救工作。他略帶顫抖的聲線無意間向機上所有隊員透露了內心的激動。

須臾，數艘漁船出現在前方海面。另一位空勤員 V 利落地把

當天的天氣狀況極差，海面的能見度十分低。

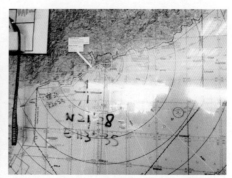
GFS 指揮及控制中心的地圖上，標示着肇事船隻的位置。

機門拉開，半蹲在機艙的邊沿，以右手握着把手，把頭從敞開的機門探出去向下張望。濕潤的空氣混和雨點從外面直撲進來，吹得人難以睜開眼睛，我連忙把頭盔上的護目鏡翻了下來。

超級美洲豹如向獵物發起攻擊前的準備動作一樣減慢了速度，緩慢地圍繞着漁船在低空盤旋，不多久就以目視確認了遇險船隻。

"應該就是那艘，前甲板約有十個人，其中一名躺在甲板上。" V 向機長報告情況時，目光一直停留在一艘 50 餘呎長的中國內地木製漁船上。

在接下來的兩、三分鐘裏，我頭盔中的耳機不停地傳出機長和兩名空勤員的對話，仔細地討論着如何把一名空勤員懸吊到漁船上，繼而把傷者吊運上來的方案。

"我也需要下去嗎？" 在他們快要做出最後決定前，我終於按捺不住興奮的心情，脫口而出對着通話器提出了一直放在心上的問題。我知道如果在這個特殊的狀況下我不能到漁船上去，將會在我的生命中留下一個無法磨滅的遺憾。

發現肇事漁船。

"鍾醫生,你不要下去,那太危險了。船頭的甲板向上翹起,不平坦。甲板上濺滿海水,十分濕滑。加上今天的天氣不好,懸吊作業時容易受傷。我們可不想失去你。"耳機傳來的聲音顯然並不是我心裏期望得到的回覆。雖然有點失望,但我明白機長對我的關心。飛行服務隊以安全作為最優先的考慮,隊員在執行任務時,必須把私慾放下,絕對遵守紀律,服從指揮。

超級美洲豹在空中一面如獵鷹般緊盯着海面上的漁船,一面緩慢地滑翔盤旋,在空中劃着完美的弧線,海天之間迴響着發動機的咆哮。

空勤員懸吊下船拯救傷者

不知何時,J已背上紅色的背包,左手提着摺疊式擔架牀,坐在敞開了大門的機艙邊沿。V蹲在他的身旁,向他最後一次講述工作重點。待一切就緒,J就要離開機艙,以鋼索吊運到漁船上。

直升機懸停在漁船前甲板十餘米的上空，旋翼高速轉動時產生的強烈渦流，把海水捲到空中，使漁船籠罩在一柱水霧之中。J一躍而起，整個人就挪到了機外。海上的風帶着潮濕的空氣掠過他的面頰，他調整了一下護目鏡的位置，然後豎起右手大拇指，示意已準備就緒，可以懸降。V隨即小心翼翼地操作絞車，把J平穩地懸吊下去。

　　J把雙腿用力蹬直夾緊，並把雙腿曲起與上身形成90度直角。在身體緩緩下降的時候，J也開始節奏性地把右臂上下擺動起來。不用10秒，他已經順利降落到前甲板，並立刻甩掉套在胸前的懸吊工具。V在直升機上把一切看在眼裏，馬上示意機長把直升機飛離漁船上空。

　　由於早前得到關於傷者情況的資料極為含糊，J下去後，我就一直豎起耳朵傾聽着他透過對話器發回來的傷勢報告，以便調整救治的策略。

　　一分鐘、兩分鐘……海上的時間過得比陸地上慢很多。

　　"傷者是名中國籍男性，30歲左右，約3小時前被繫船錨的繩索擊中，表面沒有明顯傷痕，神志不清。現在已把他安置在擔架牀上。3分鐘後可吊升上直升機。"過了約10分鐘，耳機終於傳回了J的聲音。

　　超級美洲豹馬上鼓足了勁，在空中再盤旋了三、四圈後，便開始重新靠近目標船隻，穩定地懸停在前甲板上空，再度揚起漫天飛雪。不需一分鐘，J和橫臥在他胸前擔架牀上的傷者已出現在機門之外。V先用力把擔架牀拉進機艙，J跟着敏捷地踏了進來。

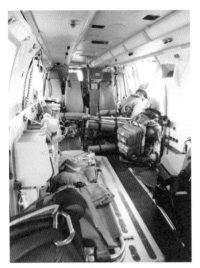

直升機在空中不斷盤旋，漁船前甲板聚集了人羣。

空勤員正準備懸降作業。

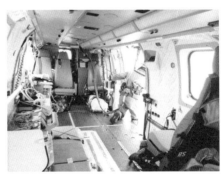

飛行醫生在機上準備好的醫療儀器和用品。

絞車手正吊升傷者。

腹部受傷，呈休克狀

我立刻摘下身上的安全帶撲向傷者，在局促狹小的艙室內跪下，弓着腰為他施救。本能反應地為他戴上氧氣面罩後，便急不及待地在他右臂上纏上血壓計的軟套。傷者蒼白無力，皮膚冰冷，血壓低至 75/22mmHg。

院前救援由於諸多因素的制約，難以準確辨認出所有傷患，亦無法給予徹底的治療。所以院前急救的目標，是儘快找出對傷者生命和肢體功能構成即時威脅的問題，設法加以糾正，並及早趕回擁有完善救護設備的醫院，再進行詳細的診斷和治療。簡而言之，就是先保住性命，回到醫院才從長計議。而要保住性命，就必須先確保氣道、呼吸和循環系統的情況安全和穩定。這三方面的救治就是行內俗稱的"急救 ABC"，是急救醫學中取重要、最優先的處理項目。

"你甚麼地方不舒服？"我一面把頭靠到他的耳邊發問，一面把三根手指按在他的手腕橈動脈（Radial artery）處。直升機艙因頂上的旋翼轉動時產生的噪音而嘈雜不堪，機組人員尚有頭盔上的通話器和耳機作通訊，傷者卻沒有這個設備，所以在機艙內與傷者對話即使用盡嗓子的力量，仍然極不暢通。

"我的肚子很疼。"他有氣無力地回答。平常只需一秒鐘說完的話，他用上了五、六秒的時間。

當他正說着他那句艱難的句子，我的手指頭已感到橈動脈的跳動極為微弱，一個成年男子正常的脈動應該強得多。綜合傷者較正常為低的血壓、微弱的橈動脈跳動和不太清醒的意識，我立刻判斷出他正處於休克的狀態。顯然，他的循環系統出現了嚴重的問題。

"你的胸口痛嗎？" 我追問。

"沒有。"

"呼吸困難嗎？" 我正評估他的呼吸情況。

"沒有。"

手指式血氧測量儀顯示着 96%，那是正常的讀數。三言兩語的對答後，我已知道他的氣道和呼吸大致正常，不需多費額外的精力。

我拿過早已預備好的靜脈留置針，在他的手腕位置熟練地設置好靜脈通道，並連接上備妥的生理鹽水。

"你有頭痛嗎？" 完成了吊鹽水的步驟後，我立刻回過頭來繼續為傷者評估傷勢。

"盆骨痛嗎？"

"背部痛嗎？"

我以最簡單的方式逐一查詢傷者各部的情況。這是無可奈何的辦法，因為話說得長也不管用，大家都沒法聽清楚。在直升機上跟病人說話，必須簡而清。

問診過後，我開始為他作身體檢查。先用手按壓胸部，然後是腹部，再沿着同一方向往下走，檢查盆骨（Pelvis）有否碎裂的跡象。然後半蹲着移到傷者頭部附近，檢查頭皮（Scalp）的傷勢、瞳孔對光線的反應、四肢的活動能力，以及脖子對按壓的痛楚反應。最後是從頭到腳用眼睛掃視一次，看有沒有遺漏了甚麼重要的傷患。

只用了兩、三分鐘左右的時間，我已完成了對傷者的評估。雖然機上醫療器材極端匱乏，缺少X-光、超聲波及CT等診斷儀器，甚至因噪音太大連聽筒都用不上，但我憑着細緻的臨床評估，已經信心十足地斷定傷者只有單純的嚴重腹部受傷，腹腔內部出血導致休克，身體其他部位完好無損。

　　針對自己對傷勢的掌握，我決定以快速輸液法提升傷者血壓，並注射嗎啡為其止痛。回程的時間比來的時候過得似乎還要快。由於機艙局促得連站直起來走路都會碰頭，移動起來十分吃力，所有的醫療程序都要蹲下來幹，所以每一件簡單的工作都要比在醫院進行時花上兩、三倍的時間，也要花上多兩、三倍的精力。當我一邊擦着從額角滴下來的汗珠，一邊收拾用過的醫療用品時，始察覺港島中區的摩天大樓已出現在直升機右邊機身的窗口之外。

　　"東區醫院詢問傷者現時的情況。"耳機傳來一直以雙膝跪在一旁協助的V的話語。

　　"傷者腹部嚴重受傷，有腹腔出血（Haemoperitoneum）現象，其他一切正常，情況已受到控制。"我堅定地向着通話器回答。

直升機降落東區醫院停機坪。

　　從意外海域返航約30分鐘後，超級美洲豹翻越了最後一個山峰，隨即急速下降，平穩地降落在東區醫院主大樓頂層停機坪上。我們把傷者以專用的升降機直接送抵地面的急症室時，他的情況已大為改善，血壓也穩定下來，而且完全恢復了正常意識。

在返回飛行服務隊總部的航程中，雨已經完全停了，雲也白了，天空出現了大片的蔚藍。望着窗外明媚的風光，我深知 J 和我的心裏都有着一幅與天空一樣顏色的圖畫。

素未謀面的拯救者

我一向認為，這世界並沒有英雄，因為所有被視為英雄的都只不過是平凡人。只是當這些平凡人遇到別人眼中危險的處境，大部分人都猶豫卻步的時候，他們都甘願挺身而出，為了素未謀面的陌生人冒上生命危險。

當天負責懸降到船上去的空勤員 J，是位樣貌俊俏得讓人心動的帥哥。他在不久前才完成了 GFS 的搜救訓練，並通過了考核，獲得在直升機上執行白天搜救任務的資格。前一天，他才真正進行了人生的第一次搜救工作。第二天，他就得面對首次長程海上救援任務的挑戰。在遙遠的陌生海域，於惡劣的氣象條件下懸降到航行中的小船上單獨處理受傷人士，比在陸地上幹同樣的活困難許多，也危險許多。J 抵住了壓力，以良好的心理質素和堅實的技術成功完成了任務，在實戰中得到了寶貴的磨練機會。能和他經歷這次驚險的旅程，我將畢生難忘，並引以為榮。

GFS 的輔助空中醫療隊，自 2000 年成立以來，一直秉承"把急症室帶到病人身邊"之理念，隨時候命，無遠弗屆。哪裏有危險，哪裏就有 GFS！

GFS

　　機組人員的安全，是執行每個任務時 GFS 最主要的考慮重點，而天氣狀況是其中一個對飛行安全構成最直接威脅的因素，因此機組人員在執行任務前都必須了解當時及當天稍後時間的天氣情況及變化。

　　日出時間、日落時間、月出時間、月落時間、溫度、風向、風速、氣壓、晴天、雨天、行雷、閃電、濃霧、能見度等等的天氣狀況，都直接影響飛行質素與安全，因此在每次起飛前都必須對這些因素作出考慮和相應的安排，以確保隊員能安全而順利地完成任務。

　　眾所周知，行雷、閃電、暴風都是極為惡劣的天氣，普通市民在這些日子可能連家都不願離開，駕駛者也不願把車子開到街上，以免招致人命和財物損失。但這些天氣狀況對 GFS 來說並不算甚麼稀奇事，都不足以讓需要出勤的直升機滯留在地上。

　　對物理學稍有認識的人都應該知道，直升機的表面佈滿良好的導電體，若在空中被雷電直接擊中，電流只會流過機身，對機內乘客並不構成危險，最壞的情況只會在機身留下細小的燒蝕洞口。但是，若直升機在雷暴中起飛時不幸被閃電擊中，卻有較高的機會導致機內人員傷亡。因此，按照規定，每當 GFS 總部直升機坪兩公里範圍內雷暴警告生效時，直升機必須在設置有避雷針的機庫附近空地起飛，避免直升機在地面被雷電直接擊中。

　　風暴同樣不會使 GFS 的直升機卻步。相反，強風對直升機飛行而言竟有意想不到的好處。若順風飛行，直升機借助風勢會飛得更快。若逆風飛行，風勢亦會增加直升機的升力。所以在風暴中進行懸吊升降作業時，直升機機首都是正面迎風的，藉此提高升力效應。這就解釋了何以在 8 號、甚至 10 號風球高掛時，仍然能見到 GFS 的直升機在空中顛簸前進的身影。

真正對飛行構成嚴重威脅的，是因暴雨或濃霧而大幅降低的能見度（Visibility）。道理很簡單，如果機長或空勤員無法看清直升機附近的環境，就容易撞上障礙物而墜機。根據 GFS 的安全守則，一旦香港天文台發佈指能見度低於兩公里，GFS 就會停止一切與緊急醫療救援無關的飛行任務。在性命攸關的情況下，若取得機組人員的一致同意，直升機仍會出發到現場作實地評估，看能否執行任務。萬一能見度實在太差而危及飛行安全，任務就必須取消，直升機也只能返航。

第五章

特殊情況的處理

出於憐憫的責難

　　"你總是諉過於人，把所有責任都往其他人身上推，那你為自己做過些甚麼像樣的事情？你為自己今天的處境負過些甚麼像樣的責任？你對得起你的娘親嗎？你對得起你的哥哥嗎？"眼看着被我罵得反應不過來的病人，他的可憐相沒有成功賺取我半點的憐憫之心，我依舊繼續向着他連珠砲發："讓我教懂你一條道理：'人必自侮而後人侮之'。你回家後自己想清楚。藥我給你開了，覆診的轉介信我也給你寫了。去還是不去，你自己決定吧！"

　　拋下最後一句話，我旋即轉身揚長而去，留下垂頭喪氣的病人獨個兒躺在病榻之上。

　　依稀記得那是發生在八、九年前的事。那時雖已考獲急症科專科醫生的資格，能夠獨立處理急症室裏遇到的任何病症，但仍未晉升為副顧問醫生。按公立醫院的職級而論，仍只屬最初級的前線醫生。當時由於本港各所急症室的人手都極為短缺，我被安排在東九龍區一所急症室工作一段短時期，以紓緩該部門所面對的嚴峻人手壓力。

血壓藥不能治的病

某天晚上，一名年輕的初級醫生因到了下班時間，遂把看到一半的病症交託給我。他說病人因腸胃炎病徵求診，被發現血壓很高，但拒絕留院治療，只同意吃下降血壓藥後在急症室多待一會兒就回家去。交待完畢，主治醫生便下班離開，病者由我接手。

約半小時後，我拿着病歷表走到他的病牀邊。

他是一名三十餘歲的中年男子，身形肥胖，患有高血壓和糖尿病，卻自行終止了原來在專科門診的覆診好一段時間。

我看了看病歷表上他的血壓讀數，發現個多小時前剛到達急症室時的上壓（Systolic blood pressure, SBP）竟高於 240mmHg，護士隨後為他重複量度了數遍，結果都大致一樣。年輕的主治醫生於是處方了降血壓藥，但服藥後血壓只有輕微下降，上壓仍在 220mmHg 左右。同時，他的血糖（Random glucose）水平也高得一塌糊塗，超過了 23mmol/L（正常值小於 7.8mmol/L）。即使還未跟病者答上半句話，只憑這些簡單的客觀數字，我很快就作出結論：這名病人因在過去一段不知有多長的日子沒有接受確切的治療，導致高血壓和糖尿病完全失去了控制。

這樣的結果怎麼說也不能讓一名醫生滿意。無論如何我也不會作出讓他回家的草率決定。完全失去控制的高血壓和糖尿病，可以導致包括急性肺水腫（Acute pulmonary oedema, APO）、鬱血性心臟衰竭（Congestive heart failure, CHF）、急性心肌梗塞（Acute myocardial infarction, AMI）、中風（Cerebrovascular accident, CVA）、急性或慢性腎功能衰竭（Acute/chronic renal failure,

ARF/ CRF）、腎病症候羣（Nephrotic syndrome）和糖尿病酮酸中毒（Diabetic ketoacidosis, DKA）等嚴重的併發症，甚至有即時的性命危險。

日積月累的危機炸彈

儘管他的血壓和血糖讀數讓我坐立不安，但亦未至於令我失去理智與鎮定。經驗告訴我極端不正常的生理數字，並不能直觀地詮釋為病人正處於危險的狀況，更不等同於生命正受到即時威脅。不少缺乏經驗的醫生和護士在看到此組血壓和血糖讀數後，可能早已急於把患者評定為危急的類別進行搶救。對於我而言，他的高血壓和糖尿病固然控制得不好，但他當時的情況嚴不嚴重，危不危險，我仍未清楚。這正是我下個要解答的臨床題目。

我的眼睛機敏地掃視着病歷表上一些特別的區域，期望能獲得我心中想知道的資料。三秒過後，我的臉上掠過一抹失望的陰影。原來，主治醫生除了給他一顆藥丸以外，可能由於病人拒絕住院的緣故，甚麼其他的檢查都沒有做過。這一次的結果怎麼説也不能讓一名經驗豐富的醫生滿意。

我馬上在病歷表上寫上我需要的檢查項目：心電圖、肺部 X-光、臨床快速尿液測試、尿液酮體（Urine ketone）測試，然後交給護士儘快進行。

約十分鐘後，我重新回到了病人身旁。病歷表上之前的空隙，已密密麻麻地填上了我對各項檢查的評定結論。

心電圖（ECG）

竇性心律（Sinus rhythm, SR），心跳每分鐘 76 次，沒有急性缺血性變化（Acute ischaemic changes），沒有左心室肥厚（Left ventricular hypertrophy, LVH）跡象。

肺部 X-光（CXR）

肺部清晰，心臟大小正常。

臨床快速尿液測試

紅血球（RBC）	陰性
白血球（WBC）	陰性
蛋白（Albumen）	++
葡萄糖（Glucose）	++++

尿液酮體（Urine ketone）

陰性

除了尿液中有預料之內的高水平糖分和少許蛋白外，其他的檢查結果一切正常。綜合其他穩定的臨床表徵一起分析，到了此刻我已經可以給予那條題目一個肯定的答案。

忌醫的真正原因

患者的病情嚴重，若繼續對疾病置之不理，數月至一年後出現上述併發症的風險極高，將會對他的生命健康構成極大威脅。雖然風險是實實在在的，但病人卻非第一天擁有那些不正常的生理數據。按合理的推斷，攀升得極高的血壓和血糖並非一朝一夕產生的，應該已存在了一段頗長的時間，只是一直不為人知，到患者該日求診才被意外地發現。客觀而論，病人沒有即時生命危險，而且在三數日內出現嚴重併發症的機會也不高。

鑒於要把失控的血壓和血糖降回正常水平並非轉眼間便能辦到的事，需要透過觀察病人對治療的反應而調整用藥的組合和劑量，絕非吃一顆降血壓丸就能完成的簡單任務。於是我嘗試施展我那三寸不爛之舌，說服病人留在醫院接受治療。但無論我怎樣解釋存在的風險、分析入院的原因，他仍舊倔強地堅拒住院安排，只是一味向所有出於良好意願的提議說不。

"你為甚麼不再覆診？"在相持不下的唇槍舌劍中，尋根究柢的性格驅使我嘗試解開寧死不屈背後的謎團。

"每次覆診，醫生連看都不看我一眼，只顧盯着電腦，重複說着相同的話。去不去也沒啥分別。"

聽到他對我某些同行的評說，我差點失聲笑了出來，但我很快就控制住自己臉上的肌肉，阻止了行業機密的意外泄漏。縱然他的描述與事實十分吻合，但我對結論卻無法苟同。

"那你去看醫生是為了取悅他們，還是為了治好你自己？"我自以為這條問題足以觸動他的內心。

我那時的確高估了自己的能力。不多久我就遭受了挫折，頓時意識到並非每一顆心都是能被輕易觸動的。

"全都沒所謂，我也不介意。"他的回覆頗有看透人生的傲氣。

"你有工作嗎？"他有他的傲氣，我也有我的堅持。畢竟，我從來都不是一個輕易放棄的人。

"沒有。"

答案盡在我意料之中。雖然他擁有一股不吃人間煙火的傲氣，欠缺的卻是一副自食其力的風骨。我只需瞥一眼他腰間沉甸甸的那圈脂肪，就想像得到即使某位老闆曾有過一份憐憫之心，也不至於同時鼓得起一口持久的勇氣。

"那誰養活你？"我追問。

"主要是我媽媽撿垃圾養活我。哥哥大腿以前患過癌症，手術後只能做短工，偶爾也會給我錢。"他泰然自若得面無懼色。

不說猶可，話剛從他的嘴巴吐出來，卻頓時燃起我心中的怒火，於是把他痛罵了一頓。行醫這麼多年，遇過比他更差的人，卻從沒見過比他更無恥的。與其說我一心一意希望把他罵醒，事實上也不能完全抹殺裏頭滲雜了我的私心，藉以一解心頭之恨。

約十分鐘後，他出乎意料地拿着藥單和轉介信站到我的跟前，腼腆地說："你是我遇過最關心我的醫生。我向你承諾，我會重新覆診，也會努力找一份工作。"

然後，他向我尷尬地道別。

我向他微笑着輕輕點了點頭，內心深處柔和地掠過一陣從春天的海上吹向堤岸的涼風，和暖的陽光穿過白雲散開時的縫隙灑在臉上。我望着他的背影消失在走廊轉角之處，就在那一刹那，我彷彿看到了他前面廣闊的通道。

責難的用意

> 養不教，父之過；教不嚴，師之惰。

那是三字經裏的至理名言。由於投訴文化的日趨盛行，不知從何時起就連當老師的也怯於對學生嚴厲，於是造就了新一代的特立獨行。我不清楚這名病人的母親和哥哥有否嘗試管教好他們的至親。據我所見，即使有，也不會太成功。如果連家人也沒法管教好兒女弟妹，就莫説其他外人了。

　　那是我第一次遇見這名一生中最難以忘懷的病人，也是唯一的一次。難以忘懷是因為那是我罵病人罵得最兇，亦罵得最暢快的一次。我無從得知他有沒有再去覆診，有沒有找到工作，有沒有孝敬他那位靠拾垃圾為生的娘親，有沒有感激他那位大腿曾患癌症仍努力工作的哥哥。但我寧願相信有，因為我相信人應該是善良的。如果不是如此，我將對世界徹底失望。若我只能醫好他的身體，卻不能治癒他的靈魂，我所作的一切將變得徒勞無功。或許因為背負着這些重擔，我在潛意識裏總想把他忘掉。

相濡以沫，不如相忘於江湖。

　　我深信對某些錯得很厲害的人而言，責罵或許是最佳的解決方法。自此之後，我便經常在行醫過程中罵人，卻從沒被捱罵者投訴過，也並不擔心被他們投訴。畢竟，他們之前從未接受過如此有效的"治療"。

　　我甘願承擔被投訴的任何後果，因為自那天起，我寧願相信每一顆心都是能夠被觸動的，所以不願放棄任何一個改變生命的機會。

治病治心

"這個醫生説得對呀,終於把話説到問題的關鍵上去了。醫生,求求你了,你可不可以跟她的兒子再説一遍剛才説的話?"圍攏在病人身旁的親友們一面安慰着老淚縱橫的婦人,一面七嘴八舌地討論着我對病情的分析結果,並要求我向仍未露過一面的病者兒子再覆述一遍。

能夠為病人徹底解決困擾多時的問題,我自然當仁不讓,馬上一口答應了家屬的請求,隨即透過廣播系統呼召一直漠不關心地待在候診區的不孝兒進來診症室。

2013 年 6 月 26 日正午時分,該名 51 歲來自南京的女遊客在旅途中突然出現胸口疼痛、心悸和呼吸困難等病徵,一直持續了個多小時仍未消退,迫於無奈之下被同行親友送到急症室求診。

一聽到她的家鄉是南京,我滿腦子驀然間出現了中華門、雨花台、中山陵、下關、燕子磯、莫愁湖等一連串的地名。我對南京這個中國歷史上其中一個最重要的古都,一直心存敬仰與嚮往。南京曾作為東吳、東晉、南北朝時期南朝的宋、齊、梁、陳四朝、南唐、明、太平天國和中華民國的首都,在不同的王朝曾被稱為建業、建康、應天及天京。在明成祖永樂大帝遷都北京後,南京亦被定為南都。直到百多年前,我的香港大學學長孫中山先生棄醫從政，領導辛亥革命成功推翻腐朽的清朝後建立中華民國，南京最後一次被定為中國首都。可惜我從沒踏足過這塊歷史味道濃郁得讓我無酒自醉的古老土地，最接近它的一次是在 1998 年 4 月中的一天，在清晨時分乘坐從北京開往上海的臥舖火車駛過橫跨長江兩岸的南京長江大橋，那種激動的心情仍然縈繞至今。

我從不諱言自己並非傳統意義上的"好醫生"，在工作中常因這樣或那樣的原因心不在焉，不時被這樣或那樣的事情分散了注意力，也偶然會對這樣或那樣的病人產生特別的興趣，或許因此而給予他們特別的優待和照顧，讓我意外地破壞了應該信守的公平原則。只因為這名病人來自南京，那天就讓我犯下了同一個錯誤。

不過，如果真要這樣說的話，對我也不是絕對的公平。早在那名婦人坐在輪椅上，被五、六名親朋好友前呼後擁地向我推過來的時候，我瞧了瞧她臉上緊緊地湊在一起的眼、鼻和口，再掃視了一下分流護士在病歷表上寫下的徵狀，心中已有了周詳的打算。那時候，我還未知道她從南京來。

如石頭壓迫的胸口痛

福爾摩斯查案時，往往在很短的時間內就可以察覺到一些普遍人難以理解的情況，經常讓華生醫生和蘇格蘭場的偵探們面目無光。經過多年的臨床實踐後，我不多不少也學懂了他的一招半式。其實說穿了，只不過是看得多了，積聚了經驗，了解到某些現象的象徵性意義，而且勤於運用理性思維對觀察到的線索作邏輯分析的結果而已。

"妳的胸口甚麼地方痛？"她的輪椅甫停下，寒暄一番後，我便以純正的普通話發問。我能說一口字正腔圓的普通話，在香港的醫生中是極為罕見的，也是我引以為傲的一項專長。

"這裏整塊都疼。"婦人緊鎖着雙眉，以手掌在胸前比劃着。

"這下子可好了，這醫生能說普通話！"旁邊的親友們好像因為在香港終於找到了能操流利普通話的人，一下子變得熱鬧起來。

對醫生來說，能說流利的普通話確實是一種優勢，可以在為來自內地、台灣以及東南亞等地的病人診症時，取得準確的病歷，也更容易獲得他們的信任。

"妳甚麼時候開始痛？當時在做甚麼？現在好些了嗎？"

"一個小時前開始痛，當時在海洋公園玩，也沒玩過甚麼刺激的，就無緣無故的痛了起來。現在好了一點點，但是仍然有一點不舒服。"她的回答很清晰，幫了我很大的忙。

"當時的疼是怎樣的？是很模糊的那種隱隱作痛、刀子插進去的刺痛、以手掌用力扭捏着的絞痛，還是那種被石頭壓迫着的感覺呢？"我查問的是痛楚的性質。

"是那種被石頭壓迫着的感覺。"回答的時候，她的臉上仍舊掛着一副愁眉苦臉。

就是這副愁眉苦臉，向我沉默地傾訴着破案的端倪。

"除了胸口疼外，還有沒有其他相關的病徵？例如呼吸困難、心悸、暈眩、噁心、嘔吐、冒冷汗甚麼的？"我追問。

"有一點呼吸得不太暢順的感覺，而且心臟撲通撲通的跳得厲害。其他的倒沒有。"

"以前有過相同的病徵嗎？"我說。

"有。已經有了一年多，每次情況都差不多，只是這次特別厲害，而且時間特別長，所以沒辦法我才跑到醫院這兒來。"

"平常一般持續多久？"

"有長有短，但一般不會超過半個小時。"她對自己的情況相當了解。

"那麼在甚麼情況下妳的胸痛會比較嚴重？走路和運動時會特別厲害嗎？"

"不會，每次都是無緣無故突然開始的。"

"那麼胸口的疼痛會伸延到下顎、左肩或背部嗎？"我在提出這問題時，預期她將會說不會。

"不會。"

答案全在我意料之中。

"以 0 至 10 分作準則，0 分是完全不疼，10 分是最厲害的水平。妳估計一下，妳會給剛才的痛楚水平打多少分？"我運用了最簡單的疼痛評估方法，而且相信她不會打出高於 5 的分數。

她思索了好一會兒，以同一塊面孔、同一種表情回答："3 分。"

到了這個階段，我問完了我想要弄清楚的細節，已經排除了最嚴重疾病的可能性，而且我對最早的印象更具信心了。我深信在多問幾條問題後，我就可以為她解開疾病的謎底。

胸口痛的眾多可能

我花了數分鐘的時間查詢她的病歷，主要的目的是要搞清楚她是否患上急性心肌梗塞。急性心肌梗塞是現代都市的主要殺手病，病發率和死亡率都十分高，所以是急症室最常治理的急性危疾之一，也是急症室的重點救治對象。由於患上這種病的後果十分嚴重，因此是絕對不能被誤診或延醫的。急性心肌梗塞的主要表現徵狀為胸口疼痛，常伴有呼吸困難、心悸、暈眩、噁心、嘔吐、冒冷汗等典型徵狀。每一位負責任的急症室醫生在遇到胸口疼痛的病人時，都必定會小心翼翼地查問病歷，並且盡一切努力證實或排除這一急性危疾的可能性。

雖然胸口疼痛是急性心肌梗塞的典型徵狀，但並非所有胸部疼痛都是由它引起的，它只是其中的一個病因。事實上，胸口疼痛是急症室最常見的病徵之一，病因複雜繁多，不可能盡錄。胸口疼痛的可能病因涉及身體各個不同的系統。例如，呼吸系統中的肺炎、肺積水（Pleural effusion）、肺癌、胸膜炎（Pleurisy）及俗稱"穿肺"的氣胸（Pneumothorax）；循環系統中由冠心病（Ischaemic heart disease, IHD）引起的心絞痛（Angina）、胸主動脈撕裂（Thoracic aortic dissection）及肺動脈栓塞（Pulmonary embolism, PE）；消化系統中的胃食管反流（Gastroesophageal reflux）及消化性潰瘍病（Peptic ulcer disease）；肌肉骨骼系統中的肋軟骨炎（Costochondritis）及俗稱"生蛇"的帶狀皰疹（Herpes zoster）等疾病，皆是在急症室較常被診斷出來的病因。

以病徵而論，患者表面上甚為危險，與急性心肌梗塞頗為相似，但病人的病徵已出現了一年多，明顯是一種慢性病而非急性問題。細心分析她的徵狀，與慢性冠心病所引起的心絞痛也並不完全吻合。她當天的病徵與往常一模一樣，只是時間上略為持久而已，並沒有格外危險的地方。另外，她的維生指標正常，隨後進行的臨床身體檢查結果、心電圖和肺部 X-光等檢測報告都沒有明顯的異常情況，所以我判斷她沒有患上任何嚴重的心肺系統疾病。

根據急症室處理胸痛病症的指引，醫生一般會安排此類病人留在專屬病房內接受觀察，並在六小時的間隔內進行兩次抽血化驗，對心臟標誌物（Cardiac marker）作出監控檢測，看是否有上升的趨勢，從而證實或排除急性心肌梗塞的可能性。然而，我並沒有死板地跟從指引，因為單憑細心的觀察和詳細的病歷，已可把急性心肌梗塞排除掉。

病由心生

在我第一眼看到病人的面孔時，已經感覺到她不是一個開心樂觀的人。急症室醫生每天要看約三、四十名病人，20 年下來，我看過了約二十萬張病人的臉。日積月累的經驗，使我獲得了福爾摩斯鑒貌辨色的能力，可以從病人臉上的神態表情和肢體的舉手投足，說出他們的一些精神狀態和性格心理，並以這些資料作為線索，推測他們所患的疾病。

一般而言，女性較男性患上冠心病或急性心肌梗塞的風險低很多。排除了其他的胸痛原因外，出現在女性身上的胸痛，多由緊張、焦慮、不安和抑鬱等心理和情緒反應而起。在我從病人的臉上觀察到悶悶不樂的神色和焦躁不安的舉動後，我便向着這個方向思考，專注於評估病人的心理狀況。原來病人在患上一年多斷續的胸痛病徵後，已在內地四出尋訪名醫，做過了所有的檢查，惟沒有任何一位名醫能夠確實診斷出病因，所以久治不癒。在抽絲剝繭的問診過程中，我追尋到她那名在富裕環境中成長的獨子，一直不思進取，閒賦在家，從來沒幹過一份像樣的工作，因而常與望子成龍的父母產生衝突。我斬釘截鐵地直指這就是她長期胸痛的原因，只是她缺乏基本的醫學常識，所以從來不曾把兩件事情聯繫起來而已。

源於兒子的痛？

她的兒子一時間還摸不透何以廣播系統中響起了他的名字，唯有拖着糊裏糊塗的步伐，一面茫然地走到大夥的跟前。

"你媽的病是你害的，你就是她的病因！如果你仍想你的媽媽能好起來，那麼你就必須改變你自己。這是從今天起你人生的最主要任務。"在眾人跟前，我以鋒利的眼神緊盯着他的雙眸，用凌厲的語氣把廿來歲的小伙子痛罵得羞愧地低下了傲慢的頭顱，而她的娘親一直坐在輪椅上淚流滿面。

道理說清楚以後，我開了一些安定神經的藥給病人，就讓她們離開。臨別依依，眾人對我感激萬分，無以名狀。小伙子亦一臉認真地向我和媽媽承諾，以後痛改前非，做回一個生存得有意義的人。

我一直認為語言和文字是有力量的，能夠觸動心靈，可以改變世界。我作為一名醫生，除了希望運用精湛的醫術救助病人的軀體之外，亦希望透過自己的思想改變別人的想法，從而治癒他們患病的心靈。改變一個被扭曲的心靈，比醫好一副患病的軀體困難得多，但也有意義得多，而且能成就無法衡量的價值。

希望這家人從此和睦，婦人的胸口不再疼痛。

最愉快的處方

2014 年 12 月 2 日晚，暮冬初襲，寒風蕭瑟。昏暗鬱抑的天空灑下毛毛細雨，刺骨的寒意像插進身體的利劍一樣冷得人直發抖。

在這個風雨飄搖的晚上，急症室裏擠滿了病人。一名身形瘦弱的獨居長者，孑然一身，孤零零地坐在輪椅上，藏身於門庭若市的大堂一角，彷彿被熱鬧的世界遺棄了四個多小時。九時半左右，他終於被推進了診症室，我碰巧就是他的主治醫生。

他的病不是甚麼奇難雜症，所以不需多久就完成了問診，詳細的病情到現在我也着實記不起來了。

問診完畢，他突然淡然地説：＂我很餓，可以給點東西我吃嗎？＂從語氣推斷，他對結果似乎不抱任何期望。

在急症室，只要能幫得上忙，我必定義不容辭。

須臾，當病人從 X-光室被重新推出來，五包熱乳就已經放到了他的跟前。老人片刻間仍弄不清眼前的景象。

＂這夠了嗎？還需要些甚麼嗎？＂我彎下身子，把手放在他的肩膀上説。

＂夠了。＂他猶疑了一會兒後點了點頭，報以局促的微笑。

看着他狼吞虎嚥地把麵包放進口裏的情景，一道像外面的空氣同樣刺骨的冷鋒驟然湧上心頭，眼角馬上生起要哭的衝動。雖然如此，我仍感到那五塊麵包和一盒豆奶，必定是我十餘年的行醫生涯中，讓醫生病人雙方最愉快的處方。

那夜十一時，我在微雨中懷着如釋重負的心情下班。

小故事的迴響

在知悉這小個故 事後，竟獲不少網友在臉書上留言鼓勵，並寫下各自的心聲，撮錄如下。

"謝謝你讓香港這地方還找得到溫暖。"

"一件小事情，卻是大力量，讓這世界還有愛。"陳小姐如是說。

"感謝鍾醫生的身體力行。"那是吳小姐的留言。

"多冷的天氣都變得很溫暖，感覺很窩心。"Fiona 有她自己的體會。

當晚暮冬初襲，天空灑下毛毛細雨，天氣寒冷。

當天開出的處方。

「有時候病人只是想有人關心，多於真正看病。醫人更醫心，你是名符其實的仁醫！」以義務性質任職於民安隊山嶺搜救中隊的陳先生，留下了讓我溫暖的鼓勵話語。

「相信這位長者都會感受到你對他的關懷，不只限於治病。」居於澳門的黎小姐寫下這樣的感想。

「是真的，有時候病人除了希望得到認真及用心的醫治外，也會希望醫生關心一下，而不希望醫生在接見病人時，在中間建起石牆。記得多年前我因為交通意外腰痛得沒法走動，還有噁心，當夜到你的急症室求診。當時那位女醫生說沒甚麼大問題，但如果再有不適就回去看。當時我不知道有門診這回事，事隔幾日，因為腰痛沒有好轉，我拿着枴杖再到急症室。等了幾個小時，換來一位醫生由我像老太婆般慢步走進診症室時就開始不停地罵，一直罵到我離開為止。他罵我不該去急症室增加他的工作量，還說病假單及止痛藥街上到處可以買到。那次之後，我再沒去過你那所急症室。即使早陣子呼吸困難，我都不敢再上去！」患有慢性疾病的米歇爾想必很明白當病人的感受。

「很多時候，醫生聽完都會叫護士找東西給病人吃，護士又會找阿姐，而阿姐最後卻不知去了哪兒。大家都很忙，為各種醫療處方、打針派藥、X-光、量血壓等等而忙，但總忘記了人最基本的需要。」這位網友說出了公立醫院裏的真實情況。

「鍾醫生百忙中仍能關懷病人，實在難得。我想一包麵包、一盒豆奶真令伯伯在這冷冰冰的公立醫院感到莫名溫暖。繼續行善！祝福您！」任職海關督察的畢先生和我的關係，其後從鍵盤聯繫昇華為現實世界的真正朋友。

"希望你今晚不是在 Delifrance 用餐,甚或只是吃公仔麵!如果每個醫護人員都開出你的處方,那世界將會更美好!"旅居新加坡的 Germaine 小姐是到現在為止,由讀者變成真實朋友而距離得最遠的一人。她在不久前剛到過我的醫院探訪,所以明白我工作時對晚餐着實不太講究。

渴望以人相待

儘管這是一件芝麻綠豆般的小事,但它卻是我的臉書專頁設立以來,獲得最多讚賞的一次。從網友們的留言中得知,大家心裏都期望醫護人員可以這樣對待病者,而期望與現實之間存在巨大的落差,才烘托出那麵包和豆奶的珍貴。這宗小事能獲得廣泛讚揚,只因它稀罕,在冷漠的醫院裏極少發生而已。

走進醫院的大堂,翻開醫院的刊物,見到最多的必定是"以人為本"、"全人護理"等宣傳字句。作為救死扶傷、照顧老弱傷殘的場所,醫護界以這些理念作為服務的指導方針本是理所當然的,也絕對應當被視為整個行業的核心價值。然而,夢想總是太美好,現實往往很殘酷。當落實到醫護工作的實際執行層面,那些偉大理念大部分時間只會變成口號式的空談。若非如此,又怎會有以上某幾位網友對醫院真實狀況入木三分的描述。

現實中,醫院與其說是"以人為本",倒不如說是"以指引為本"來得更貼切。大部分醫護人員都為既定的部門指引是瞻,抱着以本子辦事的心態工作,不敢越指引範圍雷池半步。作為一名員工,在有指引規管的範疇,只要依從指引執行所有程序,就完成了自己的責任。反而一旦在指引以外多下額外的工夫而造成不良後果，沒有讚賞之餘，還得不到上層的支持，更或會招致處分。多做多錯，少做絕對沒錯，幹嘛多管閒事，自討苦吃。雖然羞於啟齒，卻是醫院裏生存之道的真實寫照。這就解釋了何以每當有人在醫院範圍內的公眾地方昏倒，工作人員只會在現場致電急症室要求援助，而甚少親自救助。這是因為指引只列明過路員工要儘快致電急症室，卻沒有要求作出現場救援。同樣道理，也沒有指引列明醫院員工要扶起在醫院範圍內公眾地方摔倒的人、安慰傷心的人、買食物給餓壞的人……這亦解釋了為何本當愛心滿溢的醫院會給人一種冷漠的感覺。

儘管我是醫療界的一份子，我仍經常為我所看到的事情而困惑。我心底裏常寄存着一個簡單的疑問，究竟醫護人員有沒有把病人視為"人"去看待。若把病人視為人，就必須解決他們疾病以外的各項需要；若只把他們看成病人，治好他們的病就可以了。

於我來説，我寧願選擇把病人視為人，雖然那表示我要在治病之餘，跳出由林林總總各式指引匯集而成的無形枷鎖，為病人多走一步。以這次為例，其實只是舉手之勞，並非甚麼義舉。只要肯做，誰都可以辦得到。十餘塊錢，讓兩個人一同快樂，划算！可幸便利店只在 40 米開外，並不太勞累，敢問哪裏還有這種賺取歡樂更便宜快捷的買賣？

實踐以人為本

《孟子·梁惠王上》裏有如此一段源遠流長的教訓："老吾老，

以及人之老：幼吾幼，以及人之幼。天下可運於掌"，本來是孟子用以描述他心中對理想社會的冀盼，而我一直認為把這個標準用於規範醫護人員的行為準則，似乎更貼切、更合適。事實上，我也是依從這種簡單易懂的原則在行醫中對待病人的。

我並非自命不凡或企圖攀龍附鳳，處心積慮要叨聖人的光。我只是從自私的心態出發，想到他日如果自己病倒了，希望醫生怎樣對待我，我今天就以怎樣的態度對待我的病人而已。這樣事情就好辦多了。我希望從別人身上得到的，今天先給予別人，不多不少，各不拖欠。雖然沒多賺了，但至少沒賠本，再不需要擔心是否多管了閒事，因為我在工作範圍以外多做了的事，都必定是日後我希望醫生能為我幹的活。

同理心是學不來，讀不到的，而是與生俱來的。一個聰明的學生考進了醫學院，透過不懈的努力能成為一位名醫，但不一定是一名仁醫。仁醫的標準，要求一名醫生在他的白袍之下擁有一顆仁慈的心。醫院若要變得比現在溫暖一些，它需要仁醫遠多於名醫。

我沒有宗教信仰，但施比受更有福的道理我明白，而且不獨是教徒們獨享的專利，也不需時常掛在嘴邊。唯有透過實踐，才能夠讓自己真的幸福起來。這五包熱乳的故事確實在我小小的生活圈子中展現過它的神蹟。

運籌帷幄之中

"醫院附近發生嚴重交通意外,請各位同事準備!"電話筒另一方傳來的急促聲音,來自一名已下班的急症室護士。她發出的預警訊號,甚至比消防處的來得更早。

事發地點就在醫院所在的山腳,是不少同事上下班的必經之路。當時正值早、午更交接時間,一部分下班回家的人正好碰上了車禍現場。

急症室的電話每隔三、四分鐘就響起一次刺耳的鈴聲,其他同事相繼致電回來。當值的護士長重複以枯燥的方式詢問着對方最新的狀況,焦躁的對話聲在偌大的急症室此起彼伏。我感覺沉重的空氣在不安地震動,護士長乾瘪的嘴唇在不自覺地顫抖。

院前的交通意外

作為午更最高級的醫生,我站在瀰漫着濃烈緊張氣氛的空間之中,豎起耳朵傾聽着重要的情報。上班才個多小時,雖然主觀意識上仍未準備好立即就要面對發生在自家後院的災難,但那副在危機中打滾了十數年的腦袋,早已本能地開始為將要碰上的情況逐一思考解決的方案。

拜現代科技所賜，智能電話不久便接收了肇事現場第一手的圖象。一幀幀相片把現場的畫面，在透着彩色光芒的細小熒光屏上逼真地構築起來。

某天下午 4 時左右，醫院附近發生嚴重交通意外。一輛混凝土車沿醫院建築地盤附近小路下坡時失控，重約 30 噸的車體恍如蠻牛般向下狂衝，橫越車水馬龍的數條行車道，在撞倒數輛汽車後始能停下。一輛私家車被夾在混凝土車和一輛七人車之間，像被壓壞的罐頭一樣嚴重受損變形。在閃耀着不同顏色的熒光屏上，隱約可見司機和乘客二人東歪西倒地被困車內，一動也不動，恐怕早已失去了知覺，性命堪憂。

看着被巨型車輛壓着的兩輛私家車摺疊起來的殘骸，第一個湧進腦袋的念頭，就是拯救人員需花較長的時間才能救出車內傷者，從而預料到急症室極有可能需要向現場派遣醫療支援隊（Medical support team）協助拯救。作為當時急症室的最高負責人，我隨即開始組建醫療支援隊的工作。

部署醫療應變措施

多年的急症室工作經驗，已無聲無息地把各種應變方案植根在潛意識之中。凡遇上災難事件或嚴重意外，若傷者人數眾多而須要動用四輛或以上的救護車進行救援，該意外即被定義為大量傷者事故（Multiple Casualty Incident, MCI）。消防處便會把初步的資料快速通報公共醫療機構總部的值日官，讓肇事現場附近的各所急症室作好接收及搶救傷者的準備，也有機會要出動醫療支援隊到場參

車禍現場。

警察、消防員和救護員通常是意外發生後首先到達肇事現場的救援人員。

與救護。即使並非大量傷者事故，若現場救援作業困難需時，消防處視乎實際情況，也可能直接向現場附近的急症室尋求派出醫療支援隊以協助現場拯救。

這次意外涉及三輛車輛，牽涉人數眾多。從電話畫面所見，撞擊力巨大，汽車損毀嚴重，傷者傷勢預計不淺，所以被定性為大量傷者事故的機會極高。而且至少兩名傷者被困在扭曲變形的汽車殘骸之中，消防員為免在把傷者拖出車外的過程中進一步加重他們的傷勢，必須小心翼翼地把汽車部件分拆搬走，才可把傷者抬出，預料需時頗長，所以醫療支援隊的出動是意料中事。

在醫院以外進行現場拯救的醫療支援隊，全由急症室當值期間的醫護人員按需要臨時組成，慣常由醫生、護士和助手各一名作為成員。醫療隊到達現場後主要負責兩項工作。其一，在大量傷者事故情況中，於肇事地點進行現場分流（Field triage），以傷勢的嚴重程度和救活的可能性把傷者分為黑、紅、黃、綠四種級別，從而決定送院救治的先後次序。其二，為最嚴重的紅色級別傷者進行必要的急救程序，以維持其生命直至被送上救護車送院。

"……三輛汽車相撞，約有七至八名傷者……"

"……最少三個紅的。"

"……傷者修正為四紅……"

駐急症室的消防處聯絡主任，品性穩重醇厚，平常沉默寡言。不知道從何時開始，已經踏着明顯跟往常完全不同節奏的步伐，每隔數分鐘就從他的崗位來回一趟，向我匯報收集到的最新消息。說話的節奏也不甘於落後，好像誓要趕上自己的腳步。

團隊的力量

　　警察、消防員和救護員通常是意外發生後首先趕赴現場的救援人員。第一輛到達災難現場的救護車上的三位救護員，按規定須肩負起為眾多傷者作出快速現場分流的重任，直至急症室醫療支援隊到達或單獨完成任務為止。他們及醫療支援隊隊員在逐一評估傷勢後，均會在每位傷者的胸前掛上相應的分流顏色牌，以資識別。其後到達的救護員，便根據傷者的分流級別施展現場救援及安排送院事宜。

　　過去十餘年來當飛行服務隊飛行醫生的院前拯救經驗，使我大開眼界之餘，亦獲益無窮，足以讓我在現場從容應付這宗車禍的救援工作，所以躍躍欲試，極想自動請纓出征。但鑒於自己身為主管，還要坐鎮軍中帳內領導稍後的搶救工作，不能獨自披掛上陣，故須放下內心私慾，另覓合適人選。

　　由於急症室員工並非每位都有豐富的院外拯救經驗，在挑選隊員方面不能草率，否則在陌生的工作環境中幫不上忙之餘，更可能阻礙了救援，甚至把自己和他人置於危險的處境。資歷太淺、連在急症室也未能獨立完成診治任務的醫生，更可能成為其他人的負累，拖慢救援進度，這一類顯然並非適當人選。

　　在逐一審視當值醫生的資歷和能力後，最終我向吳醫生委以重任，並向她簡介了院外救援的重點。吳醫生雖然從未承擔過院外拯救任務，但她的經驗十分豐富，數年前已考獲急症科專科醫生資格。

　　"到達現場後，首要的事情是儘快視察環境，對所有潛在的危險有所準備。如果他們要求妳進入汽車殘骸裏搶救,妳要想清楚才作決定,一切以安全為先。"雖然十餘年前我受命當醫療支援隊隊員時,曾冒險爬進一輛因油箱破裂而洩漏燃油,並因失事後翻轉而四輪朝天的吉普車內搶救一名被困乘客,但我可不能確定別人也有同樣的膽量,也不應該強迫別人以身犯險。畢竟,院前拯救最重要的原則,是在確保拯救人員自身安全的前提下施展救援活動。大家可不希望花額外的精力拯救本來無需拯救的人。

"妳在外面可做的其實並不多。情況允許的話,儘快為被困的傷者戴上護頸托保護頸椎骨。建立兩條粗大的靜脈管道,快速注入鹽水保持血壓。如果傷者疼得厲害,注射嗎啡止痛。真的不行了,就為他插喉保持氣道暢通。避免在現場拖得太久,儘快回來。"

院前救援要點

院前救援人員必須了解一個重要概念,也需要認清自己的能力和局限。受制於攜帶的急救包容量有限,醫療用品、儀器和藥物數量不多,再加上各種客觀環境和原因的制約,院前救援人員不可能完全診斷出傷者所有的內外傷勢,更不可能在現場進行最徹底的治療。垂危者的性命只能在人手和設備齊全的創傷中心,才有可能得到挽救。因此,搶救重傷患者的成功與否取決於時間。在現場擔擱得越久,死亡率和出現嚴重後遺症的機會就越高。在創傷救治中有"黃金一小時"之學說,強調意外發生後的一小時是最重要的救援時刻,須儘快為傷者進行全面和確切的治療,必要時要為傷者進行緊急手術,以挽救生命和保存各種器官的功能。

院前救援人員因此大多採取一個俗稱為"載了就走"（Load and go）的拯救策略，在現場只進行必須的醫療步驟，首要目標是透過簡單的方式快速地穩定傷者的情況，以減低傷者在送院途中的死亡風險，爭取時間儘快把病人送往合適的醫院進行後續的治療。

在向吳醫生吩咐了錦囊妙計後，消防處的聯絡主任才正式要求急症室派出醫療隊。在隊員們拖着急救用品手拉車登上呼嘯而至的救護車瞬間，我仍不忘千叮萬囑隊員帶上電話，隨時向我匯報最新的狀況。

救護車閃着藍色的警號燈絕塵而去後，我便馬不停蹄，立刻開始準備接收車禍傷者的工作，聯同兩名護士先趕往搶救室，預備好搶救的用品，設置好監察的儀器。由於預計到治療嚴重創傷患者必定耗費大量人手和時間，將會直接影響到其他輪候人士的服務，故此我另外囑託一名醫生加快手腳，先行處理輪候時間特別長的那條隊伍，以免他們越等越久而引起鼓噪騷動。

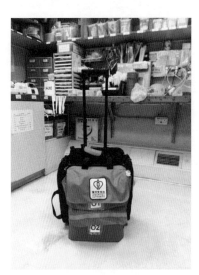

急症室時刻備用的緊急醫療隊急救手拉車。

院內的搶救行動

須臾，救護車把首名被救出的紅色傷者送抵急症室，救護員把躺在抬牀上的他直接推進了搶救室。

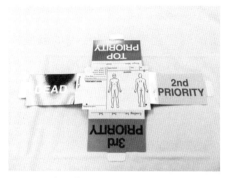

在現場分流制度下，每位災難現場的傷者都獲　　紅色是最危急的級別，此類傷者有即時生命危
分配一張顏色摺咭，以標示其傷勢的嚴重程度。　險，需要立即在現場急救及優先送院。

雖然該名男子並沒有明顯的表面傷痕，但半夢半醒之間已對事件完
全喪失了記憶。我立即聯同三名護士為傷者進行急救。在為他進行
了身體檢查、心電圖、X-光、血液化驗、尿液毒理測試、臨床超音
波和腦部電腦掃描等一連串的檢測後，我很快就確定他並無任何嚴
重傷患，亦無生命危險，不需傳召醫院創傷急救小組的各科醫生到
急症室會診，亦毋須進行緊急手術。我斷定他只是受驚過度，或另
有隱衷，才陷於短暫精神崩潰狀態而有口難言。於是我把他收進
了急症科專科病房（Emergency Medicine Ward）作後續觀察和治
理。我深信他不久就會回復正常。

　　剛踏出搶救室的大門，消防處聯絡主任以我習慣的步伐迎面而
來，用我熟悉的語調通告："我們已向另一所醫院的急症室請求派
出 MCO，他稍後便到。"

　　雖然這次意外的傷者充其量只有僅僅七、八人，不算太多，我
們自己一所急症室處理也遊刃有餘，但我對這個消息也不至於太
驚訝。

在大量傷者事故中，根據預案，肇事地點範圍內的另一所急症室，或會被要求調派一名資歷豐富的醫生到場，擔任現場的醫療控制主任（Medical Control Officer, MCO），負責領導醫護支援隊的救治工作，以及透過與值日官及附近多所急症室密切的溝通，因應各醫院的承受能力，協調運送大量傷者前往不同醫院的事宜，避免把太多傷者過於集中地送到某所急症室而超越其負荷。

"我們正在救護車上護送最嚴重的那名傷者回來，馬上就到。病人頭部受傷，現時昏迷不醒，血壓正常………"未幾，醫護支援隊的何護士在話筒另一方一口氣地說着，彷彿連氣也快接不上了。

說時遲，那時快，急症室正門外已響起急促的警號聲。救護員和醫護支援隊隊員們簇擁着傷者下車，徑直走往搶救室的入口。

然後，一個又一個傷者魚貫到達，一個接一個被推進了搶救室⋯⋯

第二天上班，我翻查了住院紀錄。我看的那名傷者在住院期間情況一直穩定，不久就完全恢復了意識，並已平安出院。

這正好證實了在前一天那個兵荒馬亂的日子，我通過了嚴峻的考驗，在擾攘之中仍能作出精確的判斷。

現場分流的四個分類級別

1. **黑色：**被證實死亡或傷重至無法挽救之傷者。在災難情況下因受傷者眾，為了讓最多的人士得到及時的救治而獲益，一般在現場對此類傷者不作任何搶救。短暫停放在現場後，屍體隨後會被直接運送至公眾殮房等待親人認領。

2. **紅色：**生命有即時危險的傷者，是進行現場搶救和優先送院的主要對象。昏迷不醒、意識模糊、休克、呼吸困難、盆骨或肢體明顯骨折的傷者，一般被分為此類。

3. **黃色：**傷勢不重，完全清醒，但喪失自由行走能力之傷者。

4. **綠色：**傷勢輕微且能自由活動之人士。

以人為本的真諦

"這不是醫院方面的問題，而是病人的問題，醫院沒有責任為她照顧嬰兒，你就讓病人自行解決問題後再回來住院好了。"電話筒另一邊的人以堅定得讓我不寒而慄的語氣回答我的請求。

2011 年 6 月裏的一個公眾假期，一名來自芬蘭的三十餘歲女病人到急症室求診。她剛於數月前才與丈夫從北歐轉到香港定居，在兩個月前誕下小孩，因一直餵哺母乳而引致左乳紅腫了約五星期，並在同一段時間內持續發燒不退。雖曾於港島跑馬地區某著名私營醫院多次求診，在服食多個療程的抗生素後，惟病情未見好轉之餘，更日趨嚴重。病人直言對本地的醫療制度並不熟悉，聲譽最好的私營醫院到過了，惟不得要領，她不清楚還可以到甚麼地方去。在無計可施之下，唯有到急症室來碰一下運氣。病人在訴說着自己的苦惱時，難掩臉上憂心忡忡的神色。

何以教母子分離

單憑簡單的問診和檢查，不需多久我便診斷出她患上乳房膿泡（Breast abscess），須住院施行手術作徹底治療。患有這種徵狀的病人本該收進外科病房治理，但考慮到外科病房不能讓病人和嬰兒留在一起，而病人初到本地，人生路不熟，在港缺少親友提供支援協助，也沒僱傭人，丈夫翌日便要離港外出公幹，嬰孩須留在母親身邊接受餵哺，所以即使病人沒主動開口提出要求，我也決定破格把她收進母子可以同住的婦科（Gynaecology）病房，方便照顧。

婦科醫生須臾來電，説乳房膿泡不屬於婦科專科的處理範疇，拒絕接收病人。我道明原委，直説很多產後患上該病的婦女，也可以繼續留在婦科病房住院，只需徵求外科醫生到婦科病房進行治療便可。畢竟，乳房膿泡並不是甚麼嚴重的病，所需的切開引流手術（Incision and drainage）也頗為簡單。相反，如果把病人收進外科病房，把母子二人強行分開，嬰孩缺乏照顧，恐有不測。但該婦科醫生以違反病房指引為由，堅拒接納我的提議。

為了繼續幫助我的病人，我隨即致電一名負責協調醫院事務的專員尋求協助，可得到的卻是讓我難以置信的回覆。我據理力爭，説若母子分開，實在無法解決嬰孩餵哺的困難，那是最具迫切性的問題，急待處理。

指引反成自限之方

那位見多識廣、頭腦靈活的專員當即提出了很多匪夷所思的建議，如嬰兒即日改吃奶粉、立刻聘請傭人協助照料嬰兒、傭人每天數次往返醫院把病人的乳液帶回家餵哺嬰兒、丈夫取消公幹在家照顧嬰兒等等，均一一被我反駁不切實際，難以實行。每天坐在舒適的辦公室裏以口代手工作的專員，可能忘記了當天是公眾假期，大部分的公司機構都停市休業，很多事情要辦都辦不來，而且聘請傭人絕非一、兩內天可完成的事。我真的被那位平常給人一副決斷能幹印象的專員弄糊塗了。我不清楚她是信口開河把問題推搪過去就想了事，還是平常習慣了以口才享受指點江山的虛榮，而忘卻了現實世界的實際運作方式。

眼見雙方僵持不下，難以達成共識，我便退而求其次，謀求妥協，改為建議把母親依她所說般收進外科病房，同時把嬰兒也收入兒科病房留醫，以保障嬰兒安全。

"把沒有生病的人士收入醫院，違反院方指引。"專員說。

"嬰孩沒奶吃遲早會變成病人，住院只是時間問題！"我已失去了繼續糾纏的耐性，開始按捺不住心中的怒火。

但專員立場堅定，仍舊不為所動。

最後，我唯有無奈地向病人說明了情況，只能把她收進外科病房，並對自己的愛莫能助深表抱歉。病人雖然對結果也表現得極為沮喪，但眼中卻流露出對我的深切謝意，而且默然接受了安排。

可惜病人在第二天早上，還未進行手術便簽署了自願離院聲明書，放棄治療自行回家照料孩兒。

事後我與薪金比我豐厚的人員談論過這宗個案，他亦認為那不是醫院的責任，應該建議病人到私家醫院治理。我當時感到很疑惑，何以在公立醫院裏不可能的事，改在私營醫院就變得可能呢？是私家醫生比公共醫生更"以人為本"，還是私營醫院在"以盈利為本"的理念下比公立醫院的思想更開放、處理方式更具彈性呢？

多設想病人的真正需要

　　"以人為本"是醫療界一直以來提倡的終極目標，但住過公立醫院的人想必都可以體驗到現實和目標之間相隔的寬闊壕溝。在醫院裏，不少人常把"以人為本"的宗旨如鸚鵡學舌般掛在嘴邊，特別是那些在辦公室裏工作的高層人員。但"以人為本"的高尚理念往往只能停留在口號性的低級層次，落實到日常工作層面常常變得面目全非，不但辦不到，更為嘗試將這種理念實踐出來的行動設置人為障礙，把偉大理想最終扭曲為"以指引為本"。

　　指引最當初的設立目的，是為了讓前線人員在工作上遇到某種設想中的狀況時有規則可循，節省了處理該狀況所需的時間和資源，所以有它正面的作用。但天地之大，日新月異，無奇不有，現有的指引必然無法覆蓋所有可能發生的情況，也不可能為以前從未考慮過的處境提供可依循的途徑。像這個病例，根據醫院指引：

1. 患乳房膿泡的病人如需住院的話，應在外科病房接受治療。
2. 初生嬰兒可與產婦一同在產科病房住院。
3. 在產科病房住院的產婦若患上乳房膿泡，產婦不需轉換病房，產科醫生可徵求外科醫生到產科病房為病人診治。

　　但指引卻從沒明確規定如何處理一對難以分開的母子。現行的指引明顯沒有涵括這個特殊的情況。若醫院方面對沒有前例可作參考的困境，都不願多走一步為有需要的人士解決實際的問題，只是僵化地拋下一句"違反指引"作為拒絕幫忙的開脫之詞，那又如何成就"以人為本"的理念呢？如果做不到，倒不如乾脆把醫院的目標改為"以指引為本"或"以我為本"來得更理直氣壯。

魯迅先生説過："世上本沒有路，走的人多了也便成了路。"我不知道那位專員，還有那些終日坐在高級真皮座椅上幹活的人有沒有聽過這句話，但我十分認同它的喻意。

再尋解決之法

一個多月後，相同的病例再次出現。一名從內地來的婦人剛誕下兒子不久便患上同樣的病症，攜同兒子到急病室求醫。她的丈夫正身處外地，家中還有因中風而行動不便的母親，嬰兒須接受全母乳餵哺，在港沒有另外的親屬，而自己卻要住院進行手術。雪上加霜的是，她比來自北歐的婦人貧困得多，根本不可能負擔私營醫院的高昂醫療費用。

有先例可循，我再也不會把病人收進產科病房，也不會再為專員添麻煩。畢竟，她們已曾給予我最清晰的指引。但這不表示我會輕易屈服，那些建議我也不恥説出口，我轉而向其他的人和志願機構求助。可幸的是，那天是普通的一個上班日子，我在打通了數個電話後，得到了不少人熱心的幫忙和有用的意見，最後找到保良局可提供緊急嬰兒暫托服務。婦人在安頓好嬰兒後，便安心回來住院留醫。

醫院本沒有這種指引，只是類似的病人多了，我把幫助她們視為自己的責任，並以自己的方法找到了出路。這個處理方式，亦順理成章地成為日後我碰上同類處境時的自家指引。

從死胡同的盡頭摸索出一條可以讓人通過的出路，需要的是耐性和克服各種挫折的鬥志及精神。在這兩件事上，我自問從沒有相關的經驗，有的只是一個不屈的信念。無論其他人怎麼想、怎麼說，我深知我所做的事是正確的，而且從沒有動搖過。由於經驗不足，我需要很長的時間才可以解決問題，長得可以用同樣的時間看十來個傷風感冒的病人。在以數字衡量生產力的公共醫療體系，以看病人的數目衡量醫生工作能力的急症室，以看十來個病人的時間來為一名病人解決本來不屬於我處理範圍的問題，在着眼於功利的計算中很不划算，但我卻認為十分值得。因為那十來個傷風感冒的病人即使不看醫生也不會有問題，而那些患病的媽媽和她們的孩子卻非救不可。而且找到了可行的方法，以後就不用再多花時間了。

後來，我憑着這兩個病例贏得了"2011年愛心全達齊頌賞"全港愛心醫護人員選舉的"最具感染力獎"。由阮雲道大律師、藍鴻震太平紳士和李紹鴻教授等社會賢達組成的評審團，對我的得獎作出以下評價。

"縱然每天救急扶危，應付繁重而與日俱增的工作量，但仍不減他對病人無私的關愛和熱情。他不僅從治病的角度，更從人性的角度，全心全意地幫助每一位病患者……最重要的是得到病人信任，從而讓他們的身體和心靈得到醫治……這些事均可見鍾醫生的愛心和同理心，在自己職責範圍以外，透過實際行動打破墨守成規的指引，體現以人為本的理念，鍥而不捨地幫助病人。"

這是我能得到最美好的讚譽，因為這顯然並不是空洞的例行性評語。從字裏行間我深感人類的心靈是可以被感動的。我的行動感動了評委，而評委的評語也感動了我。構築起所有這些相互感動的唯一元素，只可能是人們心中渴望得到的愛，別無其他原因。

我在頒獎典禮的台上致答謝辭時說："我得到這個獎，受之有愧。因為我所做的只是些無足輕重、舉手之勞的事，並非甚麼豐功偉業。只是別人沒做，而我做了罷了。希望藉着這次得獎，勉勵其他醫護人員，'勿以善小而不為……'"

"勿以惡小而為之。"旁邊的司儀車淑梅女士未待我把話說完，就搶白說。我想她一定很能體會我的心情。

我從不相信世上有英雄，因為稱得上英雄的都是平凡不過的人。所謂英雄，只是他們為了其他人做了一些該做的事，而很少人會同樣做而已。

如果那位專員當日一念之差，決定伸出援助之手，那個獎項便當由她所有，而她也可能一舉成為濁流中的英雄。

作者憑以上兩病例，贏得"2011年愛心全達齊頌賞"全港愛心醫護人員選舉的最具感染力獎。

雙城記

　　一個城市就像動物一樣，是有生命的。由盛而衰，有始有終，是永恆不變的定律。這條隱藏在浩瀚宇宙裏的神秘法則，雖然殘酷，但無法逃避。

　　利物浦（Liverpool），英格蘭西北部一個重要的港口城市，曾在大英帝國的歷史中寫下過光輝一頁。她座落於默西河（River Mersey）口的東岸，是默西塞德郡（Merseyside）的首府，為英國第五大城市。

　　由於位處大河出海之處，距愛爾蘭海只有約 5 英里之遙，海路運輸十分發達方便，使她在大不列顛以強大海權崛起成為世界中心的輝煌歲月裏，展現出無限的活力，發揮過重要的貿易運輸作用，為英國的強盛作出巨大的貢獻。優越的地理位置一度使利物浦成為英國著名的製造業中心，她美麗的港口也曾成為英國第二大商港，貿易輸出量居英國首位，而輸入量僅次於首都倫敦而已。時至今日，利物浦仍以著名樂隊披頭四（The Beatles）的發源地，以及利物浦和愛華頓（Everton）兩支英格蘭超級足球聯賽頂級球隊的所在地，廣為世人所知。

　　1996 年 6 月間，我從香港大學醫學院畢業後，曾與同窗到訪英國作為期三星期的旅行。作為一名自小學六年級起就是愛華頓球會的忠心支持者，我無論如何都不可能錯過前往愛華頓主場葛迪遜公園球場（Goodison Park）朝聖的夢想之旅。

消逝的繁華

6 月底的某天清晨，我撇下同伴孤身上路，從倫敦坐了約三小時火車到利物浦。這趟旅程除了探訪愛華頓球會的那一段如期待般讓我雀躍萬分之外，其餘目睹的景象卻沒有想像中的愉快，反而在我當時仍然幼嫩的心靈上留下難以洗滌乾淨的永恆傷痛。

我在和煦的夏日陽光之下坐在紅色雙層巴士的上層，走過從石灰街（Lime Street）火車站到葛迪遜公園球場的那段三十分鐘路程。道路兩旁盡是招租求售的典型英式雙層老房子，破落的外牆上千篇一律地堆砌着棗紅色的磚塊，孤單落寞地反射着金黃色的刺眼陽光。離開範圍不大的市中心區後，街上行人變得寥落，就連移動中的車子也不多見一輛。

利物浦石灰街火車站月台上的城際列車。

座落於市中心區域的利物浦石灰街火車站。

整座城市像一頭年老的巨獸，在蒼涼破敗的巢穴中以所餘無幾的光景追憶着年輕時的榮譽，惟飢餓得連爬起來啃骨頭的氣力也早已喪失殆盡。

回港後，我才知道利物浦自 1970 年代起因不能適應新的世界商貿形式，開始急速衰落，不久便退出了英國商業重鎮的舞台。到了那刻，我才領略到一個城市的衰亡是何等無奈和可怕。

滾滾長江東逝水，浪花淘盡英雄。是非成敗轉頭空，青山依舊在，幾度夕陽紅……

那年過後，時光每天在我身上無聲無息地掠過，歲月和我互不相欠，彼此絲毫沒有打擾對方的念頭。一晃眼到了約十年前，我不其然地在心中湧起一股暗暗的悲涼，而且隨着年月越來越強烈。我感到香港正在步利物浦的後塵。

香港踏着相似的步伐？

由畢業那天起，我就一直在公立醫院的急症室裏工作，因此在十餘年的歲月中，得以在最近的距離見證本港醫療服務的興衰跌宕，深感本地醫療質素正逐漸下降。每逢看到報章上有關不幸醫療事故的報道，悵惘苦笑之餘，內心只剩下對這種冰山一角殘酷現象的無力感和惶惑。

2014 年 7 月某個星期天發生的事情，正好反映出我在這方面的傷感。

先是一對父母帶同未足十歲的幼子求診。他在前一天的足球比賽中因不明原因弄傷頭部，雖然一直清醒，卻吐個不停。資歷豐富的主治醫生起初不以為意，着其取藥回家。其母提出疑問後，主治醫生始安排為小童進行緊急腦部電腦掃描檢查（CT brain），終發現腦部出血現象。主治醫生指着熒光屏上十分明顯的出血部位，卻把它說成是急性硬腦膜下血腫（Acute subdural haematoma, SDH），向父母簡單地講述診斷結果後便打算把病童收進腦外科專科病房。

　　我在驚鴻一瞥間在電腦屏幕上意外地看到掃描影像，確定那是更嚴重的急性硬腦膜外血腫（Acute epidural haematoma），馬上制止了草率入院的決定，改而建議立刻呼召腦外科醫生到場進行評估。主治醫生不情不願地執行了我的指示。

　　一如所料，腦外科醫生到場不久就直接把病童推進手術室進行緊急腦部手術。

　　稍後，一名中級醫生拿着心電圖（ECG）詢問我的意見："這個竇性心動過緩（Sinus bradycardia）的病人暈得很厲害……"

　　我察看了心電圖半晌道："這不是竇性心動過緩，而是二比一心臟傳導阻滯（2:1 heart block）。她需要儘快安裝心臟起搏器（Pacemaker），快找心臟科的值班醫生！"

　　然後，我就重新忙着自己手上的工作。

　　約半小時後，當我向心臟科值班醫生了解入院安排時，瞥見他依舊把診斷結果寫成竇性心動過緩，心早已涼了一截。

　　"沒大問題，把病人收進普通病房吧。"他的神態自若竟讓我渾身不安。

我指着監察器上每分鐘只有三十多次的心跳圖像說："但她不是竇性心動過緩，而是二比一心臟傳導阻滯，那裏顯示得十分清楚。"

他順着我手指的方向看過去，不多久便羞澀地低下頭修正了診斷結果……

那天，另外有一名年青的初級醫生幾乎每看完一個病症，就不加思索地走到我的身旁，問我該如何處理。最終我實在按捺不住，衝口而出說："其實，妳也有責任思考一下，並且以妳自己的能力去為病人作出專業的判斷，對嗎？"說完後，心裏還要擔心自己的話是否說得太重，會否傷害了她脆弱的心靈。

下班的時候，腦袋裏響起了上世紀三十年代著名的曲子《憂鬱的星期天》（*Gloomy Sunday*）傷感的旋律。這首歌曾因其藍色的調子誘使不少歐美聽眾懷感身世而自我走上絕路。以前，我一直對這段曲子的魔力無法理解。直到那天，我才突然地對他們當時的心情完全明白過來。這一天，我得以全面地看見部門內外不同層級醫生的辦事方式。我有合理原因推斷，整所醫院的工作效率和質素可以好到哪裏去。

假如醫生水平走下坡

自從約十年前一名剛畢業後被調派到急症室工作的醫生，被我撞破診症時在病人跟前吃冰淇淋，嚇得我目瞪口呆並驚出一身冷汗，繼而被我大驚小怪地稱為百年難得一遇的奇人異事後，這類百年一遇的奇人異事，平均每隔三至六個月每逢新醫生調職時就出現一次，從沒間斷過，並且一次又一次刷新奇異方面的紀錄。

最讓我記憶猶新的五大奇異事件包括：

1. 一名把大學教育當成幼稚園遊戲課堂一般看待的新畢業醫生，在被要求繳交部門的茶點費用時，竟一面稚氣地建議負責人員向其家中的母親討賬。

2. 一名醫學界聲名顯赫的醫生的女兒，在輪換到急症室工作學習的數月內，可能手錶淘氣地不願走得太快，每天例必遲到 45 分鐘，而且立場堅定，屢勸不改，對自己的信念從沒輕易動搖過。

3. 一名愛好文學創作尤甚於醫學上客觀論證的年輕醫生，屢次被揭發在醫療紀錄上如寫小說般天馬行空地創作病歷資料。未獲正確醫治的病人無可奈何之下，惟有重回急症室求診，並向接手的醫生指控該名"作家"從沒進行過身體檢查，但病歷表上卻寫滿檢查的細節。習慣了讓想像飛翔的"醫生作家"，雖被病人和同事連番投訴，卻仍屹立不倒。後來才知道是醫院某高層朋友的兒子。

4. 一名熱衷於彈性上班概念的醫生，剛到急症室不久便經常無緣無故不按正常時間上班下班，遍尋不獲。數小時後，竟又自動出現在工作崗位，並提出按自己心意設定的工作時段，但該時段比正常的九小時工作時間卻要短得多。

5. 一名醉心於投資理財的醫生，對樓市股票的波幅比病人血壓心跳的趨勢更關心和熟悉，只視行醫為消閒節目。十餘年間，正職為投資專家，副業才是醫生。工作時炒股炒樓是善用時間的最佳方法，某些特殊日子更可以從工作崗位失去蹤影三、四小時。這種工作態度可以導致甚麼樣的後果，不難想像。讓人對其勇氣更刮目相看的是，當發生醫療事故後竟敢於篡改醫療紀錄以逃避責任。同樣地，在屢被投訴下仍穩如泰山，最後更能再上一層樓，平步青雲。

究其原因，又再次是朝中有人好辦事活生生的例子之一。

利物浦足球會是愛華頓的同市宿敵，我從不諱言對鄰會沒有半點好感。諷刺透頂的是，面對這些醫療界中光怪陸離的行為和態度，我竟只能從利物浦球會那首著名的會歌《你永遠不會獨行》（*You will never walk alone*）中找到唯一的慰藉。據觀察所得，香港各行各業現今都存在相同的情況，並非只是醫生們特別不濟，總算藉着年輕一代整體性的糟糕表現，挽回了自家一丁點的面子，捍衛了我的專業所剩無幾的聲譽。

警醒危機，持守為醫之道

思想引領行為，態度決定高度。有怎樣的員工，就有怎樣的完成品。公營醫療系統之中有這樣的一幫人，它的服務質素也就不言而喻。醫生已經是高智商、接受過最高等教育的社會棟樑，揭開了尊貴的外衣，內裏也尚且如此，社會上其他行業和階層的人如何，可想而知，對此我也不敢懷抱任何奢望。每當朋友共聚，偶爾談到新一代的思想、行為和態度，大家都必定搖頭嘆息，感慨何以短短十數年間，我們身處的社會竟會變得如此荒誕。不獨醫生，友人口中其他如律師、護士、記者、老師、空姐等讓人尊崇的行業之內，也普遍出現相同的現象。

現今的社會，到處充斥着躁動和衝突。不少人越來越輕易就把不滿和失敗歸咎於政府施政的失誤，惟甚少反躬自省找出失敗的內在因素，卻善於把責任推卸給別人。其實早於最近幾年層出不窮的社會和政治矛盾出現之前，導致這些矛盾的原因早已深深植根於社會之中。原因固然是多方面的，但歸根結底，最重要的其中一條，必然是人的質素出了嚴重問題。

以往獅子山下的精神鼓勵刻苦耐勞，默默耕耘。時移世易，這種長遠的奮鬥模式，被更快捷的贏在起跑線觀念取代。年輕的一代自小就被賦予接受不同種類教育的機會，能力本當比缺乏這些童年優勢的我高，成就也理應比少時放學後只懂在球場上消磨時間的我強。可惜，事實並非如此。不說別的，只說新一代的醫生，他們普遍自理能力低下，漠視紀律，缺乏責任感，欠缺學習和工作上的主動性，獨立思考及解決問題的能力與前輩們存在極大的差別。

問題的根源在於，新一代的年青人大多在溫室中長大，在踏入社會之前極少經歷挫折和責備，不能吃苦，不願意接受別人批評，因而缺乏改正錯誤及自我提升的能力，亦難以面對自己的失敗。

自省與負責

香港和利物浦是兩個十分相似的城市，她們都因擁有優良港灣而成為海路商貿的重鎮，兩地都在同一套的英式管治制度下取得過驕人的經濟成就，攀上過光輝的歷史巔峰。當利物浦在百多年前如日中天時，我深信沒有多少睿智的英國人能預料到她今天的衰落。同樣地，我相信到了現在，亦不會有太多具卓越遠見的香港人，因為意識到這個五光十色的小島正走向沒落而真心地焦急徬徨。

香港已走過了她最風光的日子，往後的歲月只會繼續走下坡的道路。對於這點，我近年已不再擔心，因為已無需再擔心和懷疑，那早已註定是無法挽救的唯一結果。香港變成另一個利物浦，只是時間的問題。

社會上不少高舉正義旗幟的鬥士近年不斷向民眾灌輸一種思想，指責某個黑暗政權正摧毀這顆東方明珠，怪罪不是經由民主選舉產生的領袖正把香港推向絕路。這種斷章取義的結論顯然未能點出病態社會的癥結所在，也不能正確指出問題的合理解釋。這些人口中的政權或許真的黑暗，領袖或許真的獨裁，但從時間性上說，遠早於黑暗政權意識到這個前英國殖民地開始崩塌之前，遠在獨裁領袖上任之先，我們就已經栽倒在自己人的手裏，與人無尤。

享負盛名、為世人景仰的前英揆戴卓爾夫人於 2013 年 4 月 9 日逝世時，把她罵得最狠的就是利物浦區的人，可見民主不一定可以挽救一個城市，有廣泛民意支持的成功領袖也不能討盡所有人歡心。把香港的下滑全歸咎於政制的落後和領導人的無能，顯然走錯了方向。戴卓爾夫人作為享有高度民主自由的英國歷史上其中一位最出色的首相，也無法阻止利物浦的衰落，可知一個城市的興衰在政制和領袖之外，還有別的因素存在。因此，我渴望香港的每名市民在狂熱風暴之中能冷靜下來，細心想一想，除了政制落後和領導人無能這些廉價的解釋以外，究竟社會上每個個體需不需要為城市的沒落負責，有沒有盡了自己的責任和義務去阻止城市的衰亡。

醫院是人命攸關的場所

面對這個世界的荒謬轉變，我曾經天真地幻想過力挽狂瀾，以自己的方法改變世界，奈何換來的卻是同事間的閒言冷語。更讓我對大機構的管理哲學望而生畏的是，那些薪金比我高、工作證上的銜頭比我亮麗的人，竟善於像駝鳥一樣把頭埋進沙子裏，反覆以自我感覺良好的口吻對我作出“破壞部門和諧”的訓斥，並謂我的想法與公營機構提倡包容的宗旨相悖。然而，醫護人員的工作畢竟與人命攸關，並不能與錯了可從頭來過的投資從業員相提並論，怎可以永無止境地包容忍耐。毫無節制的包容，必定被扭曲為縱容。包容和縱容就像是一對關係密切，但性格稍有差異的奇怪雙生兒。縱容一旦高舉了包容這面高尚的旗幟，就如撿到了一面最堅固的擋箭牌，必然找準機會躲在同母異父兄弟的影子裏，肆無忌憚地張牙舞爪，為所欲為。

縱觀歷史，不論何時何地、何種宗教、何種主義，美麗的口號最有價值的用途，向來都是被用作修飾謊言的幌子，掩藏了眾多見不得光的罪惡。非謀利的醫療機構先天上已失去了多勞多得的原動力，若仍然對工作能力和態度不達標的員工給予永無止境的包容，這個龐大的系統必然淪為“大鑊飯”，澆滅了那羣朝氣勃勃的人的雄心壯志，積聚為那羣暮氣沉沉的人的懶惰平庸，並註定受到天上諸神詛咒般走向所有官僚機構的共同宿命。我深明公營機構以包容為宗旨背後的原因，但絕不代表我認同，更顯然與我的信念相悖。

後來，我從披頭四樂隊的兩句歌詞中獲得了啟發，決定閉嘴。第一句是 *Hey Jude* 一曲中的 “Don't carry the world upon your shoulders"，另一句則是家傳戶曉的 "Let it be"。不在其位，不謀其政，我灑脫地放下了越俎代庖、枉費心力的工作。畢竟，至少我努力過，已經盡了自己的責任和義務，並不只是空口講白話。如果那些終日躲在象牙塔的人對奇人視而不見，我也沒有任何能力把異事清除。遺憾的是，收口以後工作環境表面是和諧了，但那些問題就像垃圾般被掃進了櫃底，只是沒人再提，卻從沒消失，更因為長期習非為是而像病毒一樣具傳染性，逐漸蔓延到不可收拾的地步。

那段時間，我好像意外地尋獲了時光倒流的鑰匙，竟有幸與中國歷代因憂國憂民而仕途失意的文人墨客為伍，高呼狂歌，借酒消愁。某夜，我彷彿見到好友北宋大文豪蘇東坡居士，在他被貶至黃州的草廬中挑燈寫下一首七言絕句，贈我留念，名曰《洗兒詩》。這首詩自始一直陪伴我左右，希望有朝一日能唸給手握權力的人聽一下。

人皆生子望聰明
我被聰明誤一生
唯願吾兒愚且魯
無災無難到公卿

醫院就是這個社會的縮影。雖然香港早已泛政治化，可幸醫院暫時還未變為政治的角力場。這裏發生的事仍然獨立於政治之外，與政治無關，因此能更真實地反映整個社會的危機。從這個角度看，香港的沉淪就不難理解了。

擁抱共同信念，維護我地

雖然離那趟利物浦之旅已近廿載，但我對在那裏遇上的幾位陌生人至今仍念念不忘。一位白髮蒼蒼的老人在石灰街火車站外的廣場上，耐心地教導我如何乘坐巴士到葛迪遜公園球之餘，亦告誡我說我其實十分走運，遇上的碰巧是名愛華頓人（Evertonian）。如果我遇上的是利物浦支持者，恐怕早被坑了；一名年約十歲、身穿愛華頓球衣的小球迷，在巴士上層操着極難聽懂的英格蘭北部口音英語，如數家珍般向我講解這支英國最古老球會的光輝歷史；當我因錯過了愛華頓球會的球場導賞團而站在巨大的球會會徽下沮喪落寞，一名守在葛迪遜路（Goodison Road）其中一個看台入口的門衛，在知道我是特意從千里迢迢的香港趕來的球迷後，隨即做了一件無論怎樣我也沒法想像得到的舉動。他友善地向我打了一個眼色，跟着把嘴巴貼到我的耳邊低聲說：「進去吧，你甚麼地方都可以去。」

感謝這一羣與我無論在膚色、國籍、文化、信仰等方面都互不相同的朋友。那天下午，我得以在葛迪遜公園球場內跟我心愛的球會有過最密切的接觸。我踏在球場綠油油的草皮上，心中躊躇滿志，憧憬着將要開始的行醫生涯。

那幾個萍水相逢的人與我素昧平生，僅僅因為大家都是愛華頓人這個共同的信念而凝聚在一起，熱心地向我伸出友誼之手，並成為一家人。

二十年過去了，我感到困惑猶豫，如果一名利物浦客人到訪香港，會得到同等熱情的對待嗎？香港如今仍有那麼一種共同的信念

愛華頓球會主場葛迪遜公園球場。

葛迪遜公園球場的看台入口。

葛迪遜公園球場內的看台。

讓大部分人凝聚在一起，共同維護這個家嗎？

如果沒有，香港必然逃不過那個結局。

想到這裏，不禁冒出一身冷汗，從牀上驟然驚醒，始發覺原來是南柯一夢。

現實中，即使福爾摩斯渾身是膽，一向我行我素，惟沒有權也沒有勢，所以往往不敵由莫里亞堤教授為代表的勢力。為免鋪天蓋地、無處不在的力量找到一個冠冕堂皇的藉口，借機奪走我手中的筆桿，我甘願事後說明，以上所述，全為夢境，讓我也難分真假。如有雷同，實屬巧合。看官們無需反應過度，亦務請不要貿然對號入座。

不過，熟悉福爾摩斯的人都知道，以他那種專注認真的性格，就連做夢都在思考着現實中的問題，尋求着解決的方法，又怎會胡說八道？

夢醒以後，經過反覆思索，我終於找到了自己的出路。我一直相信文字是擁有力量的，可以改變這個世界。於是我以手中的筆桿作為武器，以文字作為彈藥，立誓向保守迂腐的頑固勢力發起進攻。但願我的文字能在這個風雨飄搖的世代，揭竿而起，在醫學界豎起一面大旗，非為名非為利，全因心中的一份使命感，藉此舞動愛的旗幟。希望透過書中那些守護生命的故事，展示一種與主流不盡相同的行醫態度，為那些仍然渴望追求卓越、不甘平庸的後來者，引領往這個古老行業最值得信守堅持的方向去。

文字的力量如果可以影響人的思想，想必也可以改變人的行為。希望星星之火，先在醫護界燃起，然後燒遍整個草原。只有每個人都先做好自己，不把自己要負的責任推諉給別人，這個社會才可能獲救，才可以避免踏上利物浦的老路。

後記　　急症室醫生的一天

"這病人不行了，可能已沒有了 pulse（脈搏），快點用 BVM bag 他（協助呼吸）！"

我瞥了病人不到兩、三秒鐘，便顧不上平常文雅的態度，高聲吼叫着向正推着病人前往搶救室的護士發出警號。側臥着的病人全無氣息地癱軟在牀上，一動不動，發紺得浮現着紫藍色的臃腫臉龐，昭示着他早已喪失了正常的呼吸，失去意識的魂魄正步履蹣跚地在鬼門關前作最後的徜徉。

我為電視廣播有限公司拍攝的那集《守護生命的故事》，是以〈急症室醫生的一天〉命名的。熒光幕上那些真實的拯救畫面、緊湊的節奏，輔以扣人心弦的配樂，的確精彩，故被坊間譽為整個特輯最好看的其中一集。即使作為主角的我，在拍攝時曾為當天遇不上真正危急的病症而發愁，擔心拍攝的效果不夠緊張逼真，但在該集播出後，亦深為專業的後期製作那化腐朽為神奇的力量而擊節讚賞。那集節目固然在觀眾心中留下了深刻的印象，但它其實存在着明顯的不足之處，並不能反映真正意義上急症室醫生一天的工作。原因是它只記錄了急症室醫生一個早更的工作，而且那些被攝入鏡頭的病例，並非在急症室中最具代表性的危急狀況，所以畫面刺激有餘卻仍略為片面，未能全面展現急症室醫生的真實工作情況。這是我在拍攝完畢後，一直隱藏在心上的一個遺憾。

在某個拂着刺骨寒風的冬日下午，我在廣場上急步前進中的雙腿突然好像被吹過的冷風驟然凝固下來，硬生生的被按緊在地上。為了彌補這件憾事，我的心在故事播出後的那段日子，一直盤算着，忽然在那一刻，我想到了解決方法。那種突如其來的如釋重負，強制性地叫我馬上在凜冽風霜之中戛然而止，感受那血液在體內澎湃奔騰的激動。我決定以自己的文字重新演繹一次〈急症室醫生的一天〉。

為了寫好這篇文章，我在緊接的每個上班日子，從一開始就把自己當天所看過的每一個病症，都在腦袋中闢出的一個特殊的角落完好無缺地儲存下來。但事情也不是想像中的易辦，不是這天急症不多，就是那天的急症類別不夠全面，一直未能讓我滿意地下筆。直到 2014 年下半年的某一天，機會終於來了。這原本是我早更下班前最後的一個病症，想不到卻遇上整天最令我震撼的情景，疲憊的身軀驟然躍動起來。

沒有脈搏的求診者

該名中年男子早前獨自乘的士到急症室求診，惟到達急症室大門前已失去知覺。司機大驚之下跑進急症室求救，護士和救護員合力把病人拉下車，用推牀將他移送往搶救室的途中，被我在過道上無意間遇上。

護士隨即一面 bag 着，一面迅速把他推進 R 房。我沿途在牀邊以指尖檢查着他的頸動脈脈搏（Carotid pulse），證實他已喪失了脈動，正處於心肺停頓（Cardiopulmonary arrest）的死亡狀態之中。

我一面指示護士們馬上開展心肺復蘇法，一面吩咐助手透過廣播系統呼召其他醫生前來幫忙。當兩名醫生陸續到達之際，我已為患者插好氣管內管，以維持呼吸道暢通，並連接好呼吸機協助其呼吸。無需多説，眾人已極具默契地各施其職，為他建立起靜脈管道（Intravenous access）、注射急救藥物及在電腦上翻查過往的病歷資料。

儘管他已不能親自講述自己的病情，但結合電子病歷資料和臨床評估結果，我很快就作出結論：擁有哮喘（Asthma）病史的病人今天因病發而引起嚴重的重積性氣喘（Status asthmaticus），在抵達醫院前已誘發呼吸衰竭（Respiratory failure），隨即導致心肺停頓。經過約 10 分鐘的心外壓，並注射了數瓶腎上腺素後，病者在黑白分明的兩個世界的邊緣驀然回首，停下了徘徊的腳步。

他，回復了心跳。

我馬上為他注射了氫羥腎上腺皮質素（Hydrocortisone）、硫酸鎂（Magnesium sulfate）和泛得林（Ventolin）等一切派得上用場的哮喘急救藥物。緊接着，傳召了深切治療部的當值醫生到急症室會診。在進行過心電圖、肺部 X-光和血液氣體分析（Blood gas analysis）後，證實病人救活後出現極嚴重的呼吸性酸中毒（Respiratory acidosis），但情況已逐步受到控制，終被順利送進 ICU 作後續治療。

處理完這病症，我可以安心下班了。遺憾的是，我只完成了一個半天的工作。回家短睡片刻後，晚上我得重回這片戰場。

On shift 9 小時

受電視劇的影響，很多人以為公立醫院的醫生都要 On-call（候召）36 小時工作。其實戲劇的情節有不少誤導失實之處。真實的情況是，急症科醫生需要輪班（On shift）工作，而不需 on call。無論白晝黑夜、嚴冬酷暑，急症室都其門如市，所以每一分、每一秒都必須醫護人員駐守。

急症科醫生的值勤表實行三更制，分早（A）、午（P）、晚（N）更，每更工作約 9 小時。早、午兩更每更約有 5 至 6 名醫生當值，兩更之間有 2 至 3 小時的重疊時間，以應對午後出現的人潮。晚更一般在 11 時開始，由當天早更的其中 2 至 3 名醫生當值，其中一位必須為資歷較深的急症科專科醫生，以便有效掌控各種突發情況。

今天我剛好當的就是早晚（AN）兩更。相對於資歷較淺的駐院醫生只需專注於新症的臨床診治工作，作為副顧問醫生，我的工作範疇更廣，責任也更多更重，所以一上班就不敢怠慢，馬上投入工作。

診症前的放射報告

趁着早上八時的急症室尚算清閒，候診者不多，我先審閱堆積如山的放射學報告。急症室每天都要為求診者進行大量的 X-光和電腦掃描檢查，由急症科醫生即時自行闡釋結果，並作出相應的處理。其後由放射科醫生（Radiologist）為每項放射學檢查作出詳細

急症室的搶救室是真正的起死回生之處。　　急症室的X-光部。

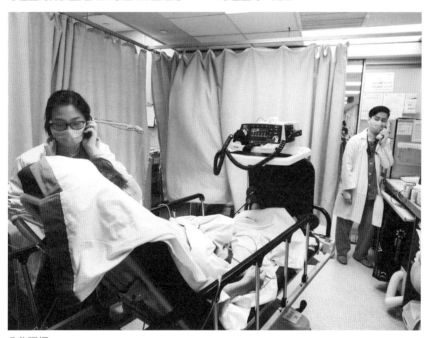

急救現場。

的書面報告。對於有異常的報告，資深的醫生必須翻閱病人的病歷記錄，核查主診的急症科醫生有否走漏了眼。如找到漏網之魚，就得安排病人回來急症室複檢。同樣的審閱工作模式也套用在如血液、尿液等書面化驗報告上。一天下來，資深醫生可能要審閱數百份報告，因此常被頭昏眼花的感覺所困擾。

　　清理了疊成數寸厚的各種書面報告，覆診的病人也開始陸續出現。急症室每天診治數百名病人，當中不少人的病情既非嚴重至需要住院治理，也非輕微至看完就可了事，這組病人便成為在急症室覆診的最合適對象。急症室每天為約十至廿名這類病人覆診，以減輕病房和其他專科診所的工作壓力。病因由輕微肺炎（Pneumonia）、蜂窩織炎（Cellulitis）、工傷骨折，到跌傷碰瘀、狗噬蛇咬，包羅萬有，不一而足。

心跳極低的青年

　　“R房，Cat. two case（第二類分流級別的‘危急’病症）！”在看了三、四個覆診病人後，傳聲器傳來了護士的求救聲。我馬上放下手中的工作，連跑帶跳地奔往R房。

　　“他剛才在地鐵車廂暈得很厲害，還有呼吸困難和全身乏力，心跳只有每分鐘三十多次……”護士指着心臟監察器（Cardiac monitor）說。廿餘歲的年青男子緊閉着雙眼，虛弱地躺在她身旁的病榻上。

　　我為他簡潔地問過病歷，做了身體檢查，並建立起靜脈管道，護理員也做好了心電圖。雖然心跳頻率只有每分鐘三十餘次，比60次的正常下限相差甚遠，但心電圖沒有其他異常之處，維生指數也正常。除了累一點，他沒有甚麼大問題。從病歷中我得知他自中學年代起心跳也只有每分鐘三十餘次，近日有傷風感冒的病徵，至此我用了不到五分鐘的時間就判斷出他的病徵並非由心跳太慢而起，只是由上呼吸道病毒感染（Upper respiratory tract infection, URTI）而致，並無任何危險。我為他注射了提升心跳的藥物阿托品（Atropine）後，心跳過了一、兩分鐘後已上升至每分鐘五十餘次。我決定為他拍過肺部 X-光後就把他收進內科病房。

還沒來得及把病人送往放射室拍攝 X-光，另一名中年男子已被救護員簇擁着推進了 R 房。他的血壓低至 76/35mmHg，已陷入昏迷狀態，臨床診斷為休克。由於急症室人手極度短缺，我決定接手處理這名休克患者，於同一時間內單獨救治兩名"危急" 病人。

危殆的休克者

休克是極危急的情況，如不能在短時間內提升血壓，病者恐有性命之虞。但休克有不少原因，若找不到正確的病因，也難以對症下藥。病人由於昏迷不醒，故不能口述任何相關的資料。我被迫施展渾身解數，從電子病歷、身體檢查、心電圖等途徑中找尋線索，惟不得要領。最後我拿過超聲波探測器為他作臨床評估，終於揪出了元兇。

超聲波檢查診斷出病人的肝臟長出巨大的惡性腫瘤，並因急性破裂而產生腹腔積血（Haemoperitoneum）現象，導致休克。由於病情極度危殆，我召喚了一整隊外科醫生到急症室會診。在進行快速輸液、輸血和靜脈滴注強心藥（Inotrope）以穩定血壓後，病人被直接送進手術室進行緊急手術。為了處理這個複雜病症，整整花了我一個小時。

從這兩個同一時間在急救室救治的個案中，可以窺視到急症室醫生的臨床技術和能力，必須能夠在兵荒馬亂之中，迅速分辨出誰是危急的病人，誰不是；且能為真正危急的人瞬間找出病因，並作出正確處理。

教導初級醫生

好不容易從 R 房全身而退，卻被一名初級的駐院醫生馬上逮個正着。她剛看了一位手腕因摔倒而折斷的年老婦人，由於她從未單獨為病人進行過克雷氏骨折（Colles' fracture）的閉合復位術（Close reduction），所以要求我示範一下該復位術的做法。於是我便指導她從注射鎮靜劑和止痛藥，到如何把斷骨拉直，再到用石膏把拉回原位的骨頭固定好的整個過程做了一次，並重拍 X-光證實達到預期的效果。急症室裏遇到的病症千奇百怪，因以前從未遇到過而不懂如何處理，情有可原。作為前輩的有責任扶後輩一把，這也是高級醫生的日常工作之一。醫學界裏約定俗成的規則是，第一次看前輩幹，下一次就得自己來。醫生都是以這種直接得近乎苛刻的方式承傳技術的。

做完閉合復位術已是中午 12 時左右，候診者已把急症室候診大堂填滿了一大半。一天來說，急症室的求診人數大致有兩個高峰期，分別在午飯和晚飯前後的兩三小時。奈何醫生也是人，也得吃飯填飽肚子，因此醫生人手在這段時間內相對於病人更是相形見絀。在高峰期內，非緊急病人的候診時間常長達數小時之久，不時引起急性子病人的惡言相向和投訴。但急症室醫生事實上從來沒有

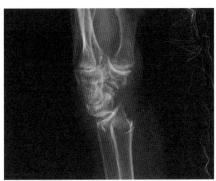

X-光中的克雷氏骨折。

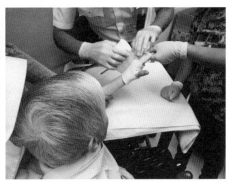

為克雷氏骨折進行閉合復位術後,石膏師開始為病人打石膏,把拉回原位的骨頭固定起來。

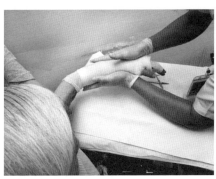

正為骨折的前臂打上石膏。

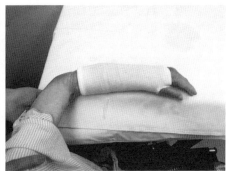

打好石膏後的狀況。

閒下來,只是在候診大堂咒罵着的候診者視線範圍以外,東奔西走而忙得焦頭爛額的樣子,羞於讓人一窺全豹而已。

蜂擁的候診者

作為當天的高級職員,我唯有不厭其煩地為不明就裏的語言攻擊替同事們招架。誠然,我心裏也有按捺不住的時候,想使出絕招一劍封喉。但武功高責任更高這道理始終能戰勝衝動，我只能在合情合理的擂台上，以太極招式的以柔制剛於較量中迫使怒氣沖沖的對手知難而退，以道理化解恩怨。不斷重複這種不見矢石的短兵相接，卻無可避免地使奄奄一息、待救的那條隊伍更增長了一點。急症室本是為搶救那些病情嚴重至幾乎說不上話的人而設，現在卻彷彿變成了吆喝叫罵聲不絕於耳的市井茶館，我常為此而慨嘆，世上何處仍有靜土？

求診者多，入院人數也隨之上升。醫院的病牀數目和醫護人員有限，無論在人力和資源上均不能承受超負荷的住院病症，不能不對入院者加以篩選。我每天的其中一項重要任務，就是複查初級醫生建議入院的病症，該住院的住院，可以安全回家的則安排在急症室、醫院專科診所或其他政府門診覆診的替代方案處理。一天下來，高級醫生可能要重看十數個這類病人。

下午二點看過最後那名"重積性氣喘"病人後，終於可以下班回家。梳洗用膳後，馬上鑽進被窩之中，尋找夢寐以求的寧靜安逸。

十餘年前剛開始在急症室工作時，整天的求診人數不足二百，故難以體會午睡這習慣是何等奢華。如今，一天的求診個案上升至近四百宗，而醫生人數卻不升反跌，故每逢早晚更之間的空隙，我躺在牀上，腦袋中只殘留下日劇《上帝請給我多一點時間》的名字……

重新接班

晚上 11 時，我準時回到了戰場。正常來説，晚上到急症室求診的病人比白天少很多，所以當晚更的醫護人數也相應大減。但剛上班時，午更留下的那條長長的候診人龍也夠讓人吃不消，要努力工作好幾個小時才可略為消化掉。如果當晚的初級醫生已有多年的工作經驗，午夜以後也沒有嚴重的交通意外，那麼忙到凌晨兩、三點應可稍微歇息一下，否則一直忙到天明也不是罕見的事。除了看症，我還要巡查在急症科轄下急症科病房（Emergency Medicine Ward）裏住院的病人，解決一些急切的臨床問題。

撇開普通的病症不談，在這個明月當空的晚上，我為一位全身抽搐近半個小時的癲癇重積狀態（Status epilepticus）小童制止住痙攣，並把他送進兒科深切治療部。其後，政府飛行服務隊的同袍從某離島醫院把一名陣痛中的足月孕婦轉送到急症室。雖然我並不介意在急症室接生，但在為她作產道檢查後，判斷她還需待上好一段時間才能分娩，我便決斷地修正了計劃，改為把她送往產科（Obstetrics）的產房（Labour ward）去。及至清晨五時許，一名青年較早前向停泊在街上的汽車擲石塊，因被捕後語無倫次而被警員押解到急症室檢查。即使他表現得極端亢奮而答非所問，但也難逃法眼，我憑客觀的生理數據須臾便診斷出，他因過度服食"冰"或可卡因等類型的中樞神經興奮劑（CNS stimulants）而產生幻覺和失控行為。在為他注射鎮靜劑後，我把他收進了急症科病房，待稍後興奮劑的藥效退卻，再找精神科醫生（Psychiatrist）處理他的思覺失調（Psychosis）現象。

一天的全科診治

　　早上八時，我終於完成了一整天的工作。在兩更共 15 個小時裏，我看過的病人涵括了內科、外科、兒科、婦科、骨科、腦外科、精神科和眼科等所有臨床科目病症，當中有男有女，年齡跨度由數月大的嬰兒遠至百歲老人，嚴重程度由簡單如微不足道到危殆至早已氣絕身亡。一天之內，我嘗盡了人世間的疾病之苦，飽歷了其他專科的醫生窮一生也未必能察看透徹的人生之路。

　　一葉落而知天下秋，急症室這塊小天地，仿若普渡浩瀚眾生跨越生老病死各種塵世磨難的縮影。急症科醫生深刻了解自己工作的意義，也倍感任重而道遠，故夙夜匪懈，痌瘝在抱。就是為了這些擁有不盡相同的悲歡離合故事的病人，我跟其他的急症科同袍一道，即使這戰場日夜炮聲隆隆，仍願意每當衝鋒的號角再次吹響，就立刻披甲上陣，義無反顧。

　　寫到這裏，演繹〈急症室醫生的一天〉的任務終於結束了，以文字為鏡頭的現場攝製隊隨之而解散，要説的《守護生命的故事》也到此為止。我這個集編劇、導演、主演和攝影於一身的攝製隊將要歸於平淡，重新回到平淡如水的日常生活裏去。我和所有在這本書中出現過的病人及醫護人員，在一頁頁白紙上留下的汗水和足跡，不久將被日復一日的時光洗擦乾淨。這二百多張書頁，由最初的潔白隨年月泛黃，再如宿命的催促般像秋葉一樣凋零抖落，以致於書中承載的肉體彷彿再也找不到確切存在的證據。唯望我們曾經作出的努力和成就的感人事跡，終會超脱於書頁的桎梏，變成傳奇而得以在世上保留下來。美好的回憶，將會永遠長留人們心中，亦鞭策着後來者為守護生命而繼續努力……

鳴　謝

感謝以下人士提供本書部分相片。

頁數	提供者
頁 4	鄺美鳳小姐
頁 26, 27	李瑞雯醫生
頁 190, 191	范文慧醫生